魔法使いで引きこもり？
14
He is wizard, but social withdrawal?
～モフモフと回る魔法学院文化祭～

コツコツと音を立て、
早足で部屋の奥にやってくる。
そして椅子に座ったまま唖然とするシウを見て、
彼女は大きく手を振り上げた。
ヒルデガルド
ティベリオ

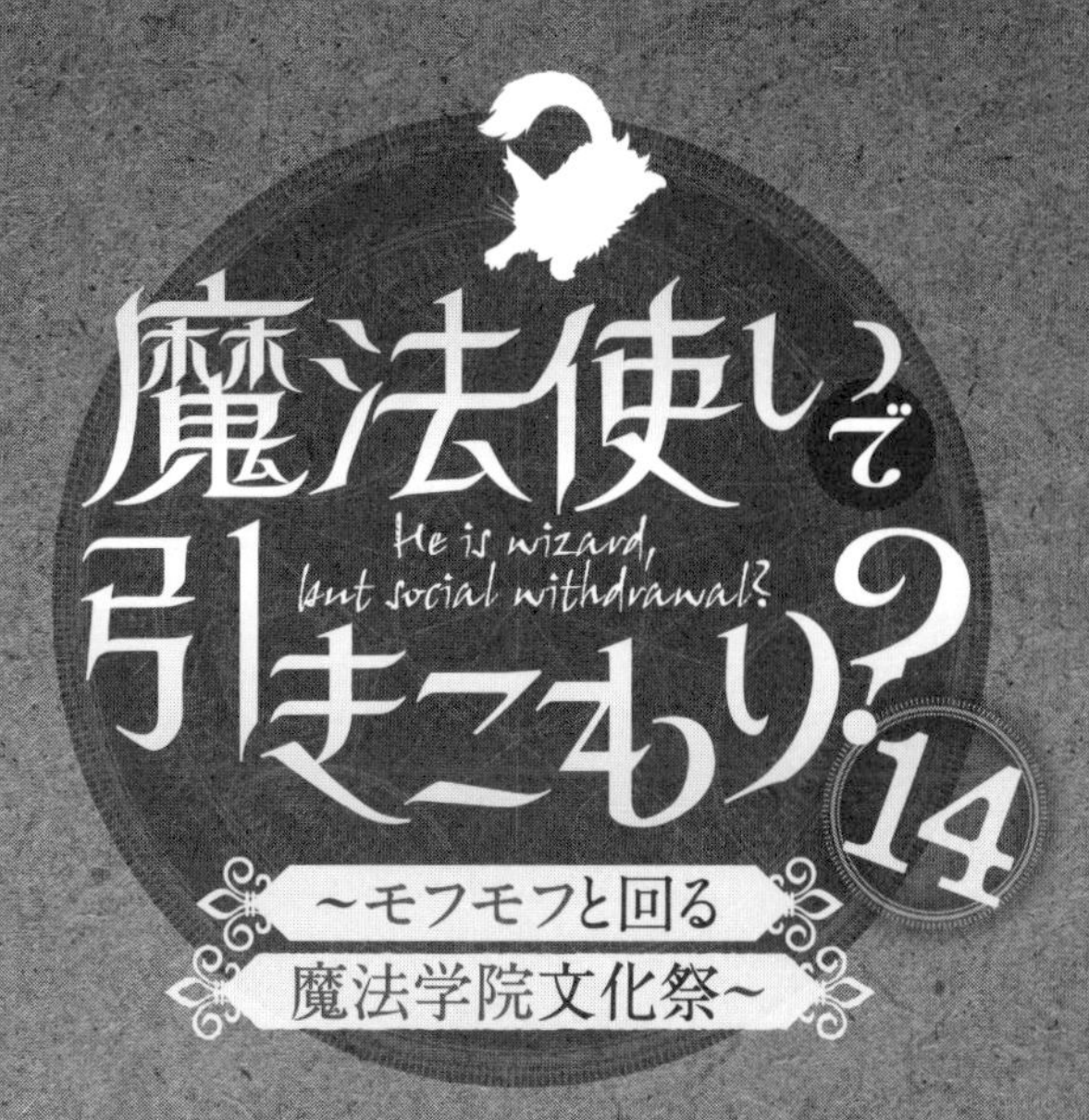

小鳥屋エム

Illust 戸部 淑

He is wizard, but
social withdrawal?

Presented by Emu Kotoriya.
Illustration by Sunaho Tobe

He is wizard, but social withdrawal?

Contents

Illustration by 戸部淑

Character

主な登場人物

メインキャラクター

シウ＝アクィラ

異世界に転生した13歳の少年。
相棒のフェレスとともに異世界生活を満喫している。王都ロワルを離れ、ラトリシア国のシーカー魔法学院に進学した。ラトリシア国ではカスパルの屋敷に下宿している。

フェレス

希少獣の中の猫型騎獣（フェーレース）。甘えん坊でシウが大好き。成獣となり空を飛ぶのが大好きに。

ブランカ

雪豹型騎獣（ニクスレオパルドス）の赤ちゃん。珍しい種族なので子猫だとごまかしている。まるいおなかがチャームポイント。

クロ

九官鳥型希少獣（グラークルス）の赤ちゃん。変異種のため全身が真っ黒。きゅいきゅいという鳴き声がチャームポイント。

ヴァスタ

赤子のシウを拾って育ててくれた樵の爺様。元冒険者で、シウが一人でも生きていけるように育てた人。

神様

何故か日本のサブカルチャーに詳しい、日本人形のような顔立ちの少女。
愁太郎に「転生してみませんか」と勧めてくれた神に位置する存在。

加耶姉さま

前世で複雑な生まれだった幼い愁太郎を、唯一可愛がってくれた優しい少女。

カスパル家

カスパル＝ブラード

伯爵家の子息でシウとはロワル魔法学院からの付き合い。古代の魔道具や魔術式に興味があり、古書集めが趣味。マイペースなオタク気質。

アマリア＝ヴィクストレム

創造研究科の生徒。伯爵家の第二子。ゴーレム製作の研究をしており、人のために戦う騎士人形を作ることが目標。キリクと婚約した。

ヒルデガルド＝カサンドラ

魔法学院の一年生で侯爵家の令嬢。ロワル魔法学校の生徒だったが、魔獣スタンピード事件で身勝手な行動をとり退学となった。シーカー魔法学院でもなにかとトラブルを起こしている。

ミルト

古代遺跡研究科の生徒で狼と犬の血を引く獣人族。魔法学院に来る前はクラフトと共に、冒険者たちの依頼を受けて遺跡の案内をしていた。

クラフト

古代遺跡研究科の生徒で狼の血を引く獣人族。ミルトの従者兼生徒として魔法学院に通っている。

シルト

戦術戦士科の生徒で狼系獣人族。ブリッツ族族長の息子であり高い戦闘能力を持っているが、そのせいで傲慢な態度を取っていた。シウとの勝負に負けたことをきっかけに弟子入り(?)する。

ダン＝バーリ

カスパルの友人兼お付き。
楽しそうにカスパルのフォローをしている。

ロランド

カスパルの家令。ラトリシア国にある屋敷の管理を任されている。

スサ

ブラード家のメイド。シウとリュカのお世話係で、日中はだいたいリュカと一緒にいる。

リュカ

獣人と人族の間に生まれた少年。父を喪い孤児となったところをシウに引き取られる。最近はミルトとクラフトに家庭教師となってもらい獣人としての生き方を教わっている。

シーカー魔法学院の生徒

プルウィア

シウの同級生でエルフの美少女。その美貌のせいで貴族の子弟達からよく言い寄られているが、本人は相手にしていない。ククールスとは親戚同士。

ティベリオ＝エストバル

エストバル侯爵家の第二子でシーカー魔法学院の生徒会長。
魔法学院初の文化祭の発起人。

ラトリシアの冒険者

ククールス

エルフの冒険者。背が高くひょろっとした見た目をしているが、しっかりと鍛えている。重力魔法レベル3を持っている。

ラトリシア国

ヴィンセント＝エルヴェスタム＝ラトリシア

ラトリシア国の第一王子。冷静沈着な人物で滅多に表情が変わらない。

シュヴィークザーム

聖獣の王とも呼ばれる不死鳥(ポエニクス)。お菓子好きでいつもシウにねだっている。

オリヴェル

ラトリシア国王の第六子。ヴィンセントの腹違いの弟。後ろ盾がないことを憂えた乳母が勝手に婚約者捜しをした過去も。

シーカー魔法学院の教師

アルベリク＝レクセル

古代遺跡研究科の講師。レクセル伯爵家の第一子だが、本人曰く放蕩息子。

ヴァルネリ＝クレーデル

男爵。新魔術式開発研究科の教授。天才肌の変わり者。

バルトロメ＝ソランダリ

魔獣魔物生態研究科の教師。
ソランダリ伯爵家の第四子で、お嫁さん探しという名目で教職に就くことを許してもらっている。

レグロ

生産科の教師でドワーフ。生徒に対しては放任主義で、作りたいものを作らせている。アグリコラとも知り合い。

レイナルド

戦術戦士科の教師。熱血漢だが教え方は理論的。

コル

鴉型希少獣(コルニクス)。

エル

芋虫型幻獣(エールーカ)。

キリク＝オスカリウス

辺境伯。「隻眼の英雄」という二つ名を持つ。若い頃ヴァスタに助けられた恩があり、彼が育てたシウのことを気にかけている。

その他

ガルエラド

薄褐色肌で大柄な竜人族の戦士。竜の大繁殖を抑えるために各地を旅してまわっている。

アウレア

白い肌と白い髪が特徴的なハイエルフの子供。ある出来事がきっかけでガルエラドに引き取られる。

王都ロワルの人々

スタン＝ベリウス

王都ロワルでシウが下宿していたベリウス道具屋の主人。シウのよき理解者であり、家族同然の関係。

エミナ＝ベリウス

スタン爺さんの孫娘でおしゃべり大好きな明るい女性。ベリウス道具屋の後継ぎとしてスタン爺さんから仕込まれている途中。

ドミトル

エミナの夫で道具職人。エミナとは新婚。

リグドール＝アドリッド

ロワル魔法学校時代の同級生でシウの親友。大商人の子息ながら庶民派の性格。アリスに想いを寄せている。

アリス＝ベッソール

ロワル魔法学校時代の同級生。伯爵家の令嬢。控えめでおとなしい性格だが、思ったことははっきり言うタイプ。リグドールのことが気になっているらしい……?

これまでのあらすじ

　異世界に転生した少年シウは相棒の猫型騎獣(ねこがたきじゅう)フェレスとともに、大家のスタン爺(じい)さんや孫のエミナらと家族同然に過ごしていた。王都ロワルの魔法学校ではリグドールやアリスといった多くの友達にも恵まれ、孤独だった前世とは違う人生を楽しんでいる。

　その魔法学校を飛び級で卒業したシウは、ラトリシア国にあるシーカー魔法学院に進学した。下宿先はロワルの学校で先輩だったカスパルの屋敷だ。シーカーではトラブルに巻き込まれながらも、エルフのプルウィアや貴族令嬢のアマリアといった友人たちもできた。更にラトリシア国の王子であるヴィンセントや聖獣の王シュヴィークザームにも気に入られる。

　そんな中、アリスの相棒コルに譲られた卵石(たまごいし)から雪豹型希少獣(ゆきひょうがたきしょうじゅう)のブランカと九官鳥型(きゅうかんちょうがた)希少獣(きしょうじゅう)のクロが生まれた。新たな家族の誕生でシウの日常は一層賑(にぎ)やかになる。

　騒がしくも楽しい学園生活を送っていたシウに、またトラブルが舞い込んだ。ヒルデガルドが押しかけてきたのだ。彼女は、シウが自分を不当に貶(おとし)めていると思い込んでいた。その上、指導のためと称して女性騎士の暴力行為を許してしまう。他にも問題を起こしていた彼女はこの一件で謹慎処分となった。優しく正義感の強かった彼女の変貌(へんぼう)ぶりに、シウは気持ちが落ち込むのだった。

プロローグ

He is wizard, but social withdrawal?

Prologue

その夜は静かだった。屋敷の皆が早く就寝したからだ。冷たく、ひっそりとした空気感に寂しさを覚えるも、シウの傍には温かな気配がある。その安堵が眠りを誘い、おかげで深く眠れた。

気付けば朝だ。シウはブランカの「にぃにぃ」と甘えるような鳴き声で目が覚めた。視線を向けると彼女の声が更に高くなる。

ブランカは寝床の毛布を撥ね除け、じたばたしていた。一緒に寝ていたクロが限界ギリギリまで端に寄っている。二人の間には毛布で壁を作っていたけれど、それだけでは危険だと無意識に逃げたのかもしれない。シウはブランカを抱き上げてベッドを降りた。

「んにゃぁ……」

フェレスが「もう起きるの？」と寝ぼけ声で問う。まだまだ寝たりないようだ。シウは笑って「まだ早いから二度寝していいよ」と声を掛けた。フェレスからは「ふみゅ」と返ってくる。ぷすーっと可愛い鼻息が聞こえ、そのまま寝てしまった。

「クロもまだ寝てるかな？」

こちらは寝息も静かだ。起こさないよう、シウはブランカだけを連れて静かに寝室を出た。トイレを済ませて軽く水分を取らせたら、また寝るだろう。

世話をしながら、シウは朝のひやりとした空気を吸い込んだ。昨夜の寂しさに似て全然違う。シウの腕の中には温かなブランカがいて「みゃ～」と満足そうだ。

楽しくも忙しい一日が始まる。

第一章
争い事と事の顛末

He is wizard, but social withdrawal?
Chapter 1

その日、シウが学校に向かって歩いていると正門の方からざわめきが聞こえた。門を過ぎると馬車停留所が騒ぎの中心だと分かる。

シーカーの生徒のほとんどは馬車で通学する。朝は特に停留所が混雑していた。もちろん生徒が降りれば馬車はすぐさま移動する。それでも生徒数を考えると混み合うのは仕方ない。

ただ、そんな普段のざわめきとは違うようにも思う。かといって、関係のないシウが首を突っ込むほど逼迫した様子――たとえば悲鳴のような声――はない。

馬車で通う生徒たちにとって、シウは「徒歩で通う生徒」として珍しく思われている。最初の頃は指を差されもしたし、馬車の窓からからかう声もあった。そんな関係性だ。ならば素通りがいいだろうと歩みを再開したところで声を掛けられた。

「ああ、シウ殿！　良かった、知っている人がいて……」

アロンドラだった。複数属性術式開発のクラスでシウと共に学んでいた生徒だ。彼女の横には重そうな鞄を抱えた従者のユリがいた。両手が塞がっているからか、おろおろするアロンドラに体を寄せて動きを止めようとしている。二人の背後にはいつもの護衛が一人。それから普段は見かけない、家僕と思われる男性が困り顔でシウに頭を下げる。

「どうかしたの？」

「ば、馬車同士が、ぶつかってしまったの」

「えっ、アロンドラさんの馬車が？」

第一章

争い事と事の顚末

シウが驚いて声を上げると、アロンドラは慌てて首を横に振った。

「ううん。わたしの馬車はもう出ていくところだったから。だけど、ちょっと急がせたから、ユリが頭をぶつけてしまったのだけれど」

その説明を聞いて、シウはユリに視線を向けた。大丈夫かと問えば、彼女は顔を赤くして「はい」と頷(うなず)いた。

「たんこぶにもならない程度ですから」

「そう。でも後で救護室へ行くんだよ」

「はい」

「じゃあ、別の人の馬車が事故を起こしたの？」

「ええ、あの、そうなの。それで、気になって」

アロンドラが視線を彷徨(さまよ)わせる。野次馬のようだと思って恥ずかしくなったのかもしれない。人は、事故現場に遭遇するとついつい見てしまうものだ。気になってしまうのは分からないでもない。ただ、危険な目に遭う可能性もあった。できれば離れた方がいい。もちろん、救助できるスキルがあればその限りではない。

それはアロンドラも分かっているようだ。シウに、言い訳めいた口調で話を続けた。

「だ、だって、クラリーサ様とヴァレンテ様の馬車がぶつかったの。わ、わたしでは役に立たないと分かってる。だけど、心配だから、つい……」

「アロンドラさん、大丈夫だから、落ち着こう。ところで、クラリーサさんって、もしかしてヴァーデンフェ家のお嬢様のことかな」

「そ、そう。シウ殿、ご存じなの？」

アロンドラの緊張が徐々に解けてきた。震えも治まったようだ。

「同じ学科を受講しているんだ」

「同じ？　あなたと彼女が？」

アロンドラが目を丸くする。シウとは接点がないように思ったからだろう。シウからすれば、アロンドラとクラリーサの組み合わせの方が意外だ。クラリーサは戦術戦士科を選択し、貴族子女としては珍しい「剣を振るう」活動的なタイプだ。対して、アロンドラと言えば本の虫、女性だけのお茶会にも参加しない引きこもりだった。

「アロンドラさんは彼女の友人なの？」

「あ、ええと、去年同じ必須科目を取っていたの。その時、班ごとで発表しなきゃならないのにどうしていいか分からなくて、困っていたら誘ってくれたから……」

「ああ、それで」

シウは、ユリが以前「アロンドラ様は社交をされないので友人がいない」と嘆いていたのを思い出した。先ほどシウが「友人か」と問うて肯定しなかったところをみると、まだそこまでの仲ではないようだ。でも、アロンドラの方はクラリーサに良い印象を持っている。だからこうして、なんとかできないかとシウを呼んだ。

「事故の流れは分からないんだよね？」

争い事と事の顛末

「あの、実は我が家の家僕が見ていたようなの。えっと、ヴァレンテ様の馬車が後ろから煽ったらしいのね。それで揉めたみたい。ちょっと悩んだのだけど、でも事故の証言が必要かしらと思って近付いたら、なんだか変で。あの人たち『女性がのたのたして降りるからだ』なんて大声を上げだして、それで怖くなって……」

戸惑ってウロウロしているところにシウが現れたようだ。

アロンドラの話では、ヴァレンテ側が「ヴァーデンフェの馬車が退かなかった」から「そのせいで後続の馬車がぶつかった」などと言っているらしい。しかも「嫌がらせでやったのだろう」と決めつけるような発言もあったという。

「ああ、それで困っていたんだね。別の揉め事に発展していたら入りづらいよね」

それでなくともアロンドラは人見知りのところがある。彼女にとっては大きな一歩だったに違いない。ところが目の前で争いが始まってしまった。足踏みする気持ちは理解できた。家僕も同じだろう。理性的なやり取りの場に善意の第三者として目撃証言するのと、争っている場に入るのとでは雲泥の差だ。

シウが労りの視線で二人を見れば、家僕が無言で何度も頷いた。アロンドラは、

「そ、そうなの！」

と、自分の気持ちを分かってもらえたと喜んだ。

アロンドラの家は伯爵家だから上位貴族になる。ただ、あまり裕福ではないそうだ。

そのため護衛も一人しかつけていない。今いる家僕も、行き帰りに付き添うだけだという。

つまり、彼女には最低限の人員しかいない。貴族同士の対話を遮って「目撃者がいます」と言える立場の者もいなかった。

「事情は分かった。とりあえず、証言はできると思っていいよね？」

「え、ええ。大丈夫よ。ね、大丈夫、よね」

アロンドラが家僕を見ると、彼は緊張した様子ながらも「へぇ、もちろんだす」と答えた。シウは彼に向かってニコリと微笑んだ。

「証言の時、誓言魔法を掛けられるかもしれないけど大丈夫だからね。心の準備だけしておいて」

「へぇっ？」

「貴族の揉め事にはこれが一番だから。それに、あなたのためでもあるんだ」

及び腰の家僕に安心してほしいと告げる。もしも、家僕の証言に不都合を覚える側が「嘘を言っている」と言い出した場合、平民の家僕に耐えられるか分からない。萎縮して何も言えなくなる可能性だってあった。そうならないために「証言は嘘ではない」と証明してくれるのが誓言魔法だ。

誓言魔法は神官が多く持つスキルで、争い事が長引く時に使用をお願いする。もちろん対価は必要だ。スキルや時間を使うのだから当然である。神官なので、お礼やお布施といった呼び方にはなるが、これは貴族に限らず平民にも分かるマナーの問題だ。

証言者にもお礼は出る。これは証言によって正当性を認められた方、都合の良かった側から支払われる。特に貴族の場合は渋ることはない。出し惜しみすれば、あの貴族はケチだと噂(うわさ)されてしまうだろう。助けてくれる人など出てこなくなる。

そうは言っても家僕の緊張は解けない。周りが貴族だらけだからだ。シウはユリに目配せし、家僕のフォローを頼んだ。彼女ならアロンドラを見つつ家僕を励ましてくれるはずだ。シウは皆を置いて、先に騒ぎの中心へと向かった。

ちょうど騒ぎに気付いた職員も駆け付けてきたところだった。しかし、渋滞中の馬車の整理に人手を取られ、歩道上の混乱にまで手が回っていない。

石畳の歩道上は多くの人でごった返し、揉め事もまだ治まっていなかった。

「またお嬢様に対して失礼な発言をしたな！　謝罪してもらおう！」

「その前に乗降口に居座ったことを詫(わ)びるがいい！」

「だから先ほどから何度も、こちらは素早く降りていたと話しているではないか！」

「はん！　女がどうやったら素早く降りられるんだ！」

「なんだと？」

「大体、女が粋(いき)がって魔法学校へ来ること自体がおかしいんだ！」

「貴様っ、お嬢様をなおも侮辱(ぶじょく)するかっ！」

クラリーサの騎士、ダリラが怒りに震える。それでも柄に手を掛けるような、あからさまな威嚇行為は見せない。先日の事件――ヒルデガルドの騎士カミラが食堂で抜剣した事件――が頭に残っているのだろう。それに周囲へ目を配る余裕もあった。シウを真っ先に見付けたのがその証拠だ。ダリラはほんの少し肩の力を抜いた。

　シウは生徒たちの間をするりと通り抜け、向かい合う人たちの間に立った。

「皆さん、落ち着いてください」

　これ以上、当人同士が揉めるのは良くない。エスカレートするかもしれないからだ。カミラのような真似をする騎士や護衛はそうそういないだろうが、すでに貴族とは思えぬ発言が飛び出ていた。ダリラも煽られすぎて我慢の限界のようだった。

　こんな時は第三者がいた方がいい。特にシウであれば「貴族でもなく平民でもない」から矢面となれそうだ。はたして。

「なんなんだ、お前！　邪魔をするな」

　青年たちの視線がシウに集中した。できればこのまま、矛先が分散されるといい。

「待て、こいつ、例の奴だ。ほら、女と同じクラスにいただろう？」

「同じクラスの、ああ、小さい奴か」

　シウは地獄耳だから囁き声で話していても聞き取れる。青年たちはまさか聞こえているとは思っていないのか、案外あけすけに話していた。「ヴァーデンフェの娘だけでなく、仲間も巻き込むか」などと打ち合わせている。それらのことから、彼等がわざと騒ぎを起こしたのだと知った。しかも、最初からクラリーサを狙っていたのだろう。
　二、三の話し合いを終えた青年らがシウを見る。意気揚々と口を開き掛けるが、シウは

第一章

争い事と事の顚末

それに先んじて声を上げた。

「待ってください、先にお知らせです」

出鼻をくじかれた青年たちが呆気に取られる。

「悪巧みをしていてもバレますよ。先に僕の話を聞いておいた方がいいです」

「はぁ？　どういう意味だ」

息巻く青年の一人に、シウは「まあまあ」と笑顔を作って両手のひらを向けた。敵意はないと示すポージングだ。青年たちは一瞬、怯んだ。

怒りに対して怒りを示すとエスカレートしやすい。悪意のある彼等には何も響かないと思っていたが、意外と通用した。まだそこまでの悪党ではないということだ。

シウは笑顔のまま続けた。ちなみに《鑑定》したので彼等の名前は分かっている。

「そちらのヴァレンテ＝スカルキさんが、前方の馬車に『ぶつかった』馬車の持ち主ですね？　スカルキ子爵のご子息とお見受けします。横にいらっしゃるラデクさんは男爵のご子息、イーヴォさんとヤンネさんはお二人のご学友でしょうか」

名前を正確に告げたことで青年たちが怯む。そして怪訝な顔でシウを凝視した。シウは気にせず、そのまま従者や護衛の名も読み上げた。

「ランスロットさん、ドノイさん、ミハエルさん、アスランさん、ルイさん」

ただ声に出すのではない。各自の顔を見ながら伝えていく。最初は困惑していた一同が、やがて気味悪そうにシウを見た。

「さて。これだけ多くの方が『クラリーサさんがのたのたとゆっくり馬車から降りた』と証言する訳ですね？　しかも『嫌がらせ』で？」

一部分を強調して告げる。その一瞬、ダリラがピクリと動いた。青年たちに言われた内容を思い出して腹が立ったのかもしれないし、シウが何故そんなことを言うのかと考えたのだろう。彼女が動揺しなかったのはシウが味方であると信じているからだ。

クラリーサには多くの味方がいる。彼女の従者であるジェンマやイゾッタが青年たちの顔をジッと見つめている。一人たりとも忘れないぞ、といった気持ちなのだろう。青年たちは視線の強さに目を逸らしかけ、慌てて口を開いた。

「そ、そうだ。わざと、ゆっくり降りたんだ」

「そうですか。でも、万が一それが嘘だったら、とんでもないことになりますよ？」

「なんだとっ」

「嘘だと言うのか、この庶民風情が！」

声を張り上げることで更に興奮する青年たちを、シウはまたも笑顔で制した。ついでに風属性魔法を使って柔らかく圧を掛ける。もちろん、まだ玄関前とはいえ学内だ。攻撃魔法ではない。あくまでも微風程度に吹かせるだけだ。たったそれだけでも前のめりになりかけた青年たちの体が止まる。

シウは魔法を使ったことなどおくびにも出さず、笑顔を深めた。

「先ほどの話に一つでも嘘があったなら、名誉棄損になります。貴族女性に対する侮辱罪には厳しい判決が下されるようですから、くれぐれも慎重に発言なさってくださいね」

「な、なにを」

「ラトリシア国の法律書を読み込んだので間違いないです。おかげで『先日の騒ぎ』では大変助かりました」

とは、ヒルデガルドの件だ。彼女の騎士であるカミラがシウに言いがかりを付けてきた時にも、騎獣(きじゅう)についての法律を説明した。

幸いにも青年たちは「先日の騒ぎ」を知っていたようだ。顔色が変わる。

「それを踏まえて申し上げるのですが、このように女性を取り囲んで罵る行為は、貴族の在り方として正しいですか？」

さすがに言い返せないようだ。青年たちが言葉に詰まる。

「これは法律ではありませんが、ラトリシアの貴族の方々も『貴族たるもの、その身分に相応しい振る舞いをしなければならぬ』という言葉を大事にし、守っているそうですね。そうそう、ラトリシアでは勇名を馳(は)せた英雄の発言を元に『弱きものを守るべし、蔑(さげす)むことは恥と知り、子を成す女性を貴(たっと)ぶべし』と、特に貴族に向けて発布された歴史もあります。もちろん、あなた方ならご存じですよね？」

青年たちの目が泳ぐ。

「魔法学院に入るより前、中等学校の歴史で習うはずです。なにしろ僕は、ラトリシアの図書館にあった中等用の教科書で読んだのですから。その時に『ラトリシアの貴族の方々はなんて素晴らしいのだろう』と思いました」

シウの言葉に含まれた嫌味に気付き、青年たちが不機嫌な顔になる。シウは構わずに続けた。こういう場合は「言ったもの勝ち」だそうだ。相手に反論する余地を与えてはいけない。これは法律家のテオドロに教わった。

「もう一度、お伺いします。先ほど、女性が魔法学校で学ぶことに対して何か仰っていたようですが、僕の聞き間違いでしょうか」

「聞き間違いだろう」

言い切った青年の顔をじっと見つめ、シウは次にクラリーサを振り返った。彼女はシウの言わんとすることを正確に悟ったようだ。スッと前に出てきた。

「クラリーサさんはどうですか」

「わたくし、確かにこの耳で『女が粋がって魔法学校へ来ること自体がおかしい』と聞きましたわ。他にも数々の侮辱を受けました。一言一句、覚えております。それらを認めていただいた上で、謝罪を要求いたしますわ」

シウは彼女の目を見た。

「彼等は認めていないようです。謝罪は――」

「するわけがない！　偉そうに、何を言っているんだ！」

「ということです。クラリーサさんはどうされますか」

クラリーサはシウに向かって一つ頷いた。そして毅然とした態度で青年たちに向かった。

第一章

争い事と事の顚末

「わたくしの名誉のためにも然るべき措置を執らせていただきたいと存じます」

シウは心の中で彼女の勇気を称えた。にっこり微笑んで、青年たちを見る。

「では、僕が自動書記魔法を使って記録した『証拠』を、まずはこの場で読み上げましょうか」

「は？　自動書記魔法だと？」

「証拠ってそんな……」

　青年たちは言葉をなぞり、ハッとした顔になった。ようやく自分たちがどれだけまずい立場にいるのかを悟ったようだ。

　彼等がここで引いて、きちんと謝罪をするのなら、クラリーサも大事にはしないだろう。彼女だって不名誉な話題で名前が有名になるのは避けたい。けれど、引けないこともある。このまま「なあなあ」にしてしまえば、青年たちの言葉が正しいと広められる可能性だってあった。

　そして、証言だけでなく証拠まで揃っているとなると、大事になった時に困るのは青年たちの方だ。それに気付いた彼等に、シウは追い打ちを掛ける。

「実は到着してすぐに自動書記魔法を起動していました。そのため、あなた方が話し合っていた内容も記録されています。どうも僕には、わざと騒ぎを起こしたようにも聞こえました。それについてもお伺いしたいです」

　青年たちの顔が青くなる。

そこに応援の職員がやってきた。周りを取り囲む無関係の生徒たちに「早く教室へ」と指示を出す。徐々に生徒たちが減っていくのを《全方位探索》で確認しながら、シウは再度、青年たちに確認を取った。

「最後にもう一度問います。クラリーサさんの乗っていた馬車は『嫌がらせで、わざと止まったまま動かなかった』のでしょうか」

青年の一人が「いや」と低い声で唸った。

「勘違いでしたか？　では『女性だから、のたのたとゆっくり馬車から降りた』というのはどうでしょう？」

「……勘違いだったかも、しれん」

その言葉にクラリーサたちはホッとしたようだが、シウは追撃を止めなかった。

「勘違いだった『かもしれない』のなら、再現してみましょう。クラリーサさん、馬車の乗り降りを普段通りにしてみてください」

「え？」

シウは驚く彼女に「職員が集まる前に早く」と指示を出した。

青年たちにも有無を言わせず、少し先に移動していた馬車まで追い立てる。皆、シウの矢継ぎ早の指示に戸惑いながらも、勢いに飲まれて従った。彼等が我に返る前に現場検証だ。幸い、馬車は後部の飾り部分が抉れているだけで乗車自体に問題はなかった。

シウの意図に気付いたジェンマとイゾッタが、ノリノリでクラリーサを馬車に誘導した。

彼女が乗ったところで、シウは皆を振り返ってからクラリーサに指示を出す。

「では、いつも通りに降りてください」

「え、ええ」

いつも通りとはいっても多少ぎこちない。皆の視線が集まっているからだ。それでも、クラリーサは優雅に、かつサッと歩道に降り立った。

「ありがとうございます。では、ヴァレンテさん、どうぞ」

「は?」

「ですから、乗ってください。そして、いつも通りに降りてください。さあ、早く。授業が始まりますよ。『男性』だから乗降は早いですよね?」

ヴァレンテは不機嫌顔でクラリーサの馬車に乗ろうとした。ところが、途中で足を止める。

「おい、ランスロット!」

「はっ」

従者がやってきて手を添える。ヴァレンテはその手を支えに馬車へと乗り込んだ。さすがは貴族だ。足下を見るでなく、背を丸めるでもない。音を立てないのも貴族ならではだろうか。もちろん、それはクラリーサも同じだった。

ここで、急いで駆け付けた職員や、まだ残っていた一部の生徒が笑みを零(こぼ)した。

「では降りてください」

「分かった」

ランスロットという名の従者が手を差し出す。ヴァレンテはそれに何の不思議も感じず、いつも通りに降りた。そして、これがどうしたと言わんばかりの顔を見せる。

シウは一つ頷き、集まった人の方を向いた。

「皆さん、どちらが乗降に時間がかかっていましたか？　また、わざとゆっくり乗降したように見えたのなら教えてください」

さっきまでのざわめきが消える。

静かになったところで「みゃぁ」と、ブランカの鳴き声が響いた。まるで「つまんない」とでも言っているかのようだ。

「よしよし、ごめんね」

撫(な)でながら、シウは周囲を見回す。

「こんな、つまらない話をする場所じゃないですよね？　ここはどこですか」

「学校ね」

クラリーサがぽつりと呟(つぶや)いた。

「そうです。学ぶべき場所です。ヴァレンテさんたちも新たに学べましたね」

「な、なにをだ」

「女性であろうと馬車の乗降に支障はなく、時間も掛からないという事実をです。ご存じなかったのでしょう？」

　ヴァレンテの顔が赤くなった。ここで何を言ったとしても言い訳にしかならない。言葉にすればするほど恥の上塗りになる。そもそも、最初から言いがかりを付けていた自覚はあるのだろう。その上、集まった職員の冷たい視線にも耐えられなかったようだ。彼やその仲間たちは黙るしかなかった。

　シウはなるべく柔らかい口調で告げた。

「車回しが混み合うのは学校側の問題です。彼女たちの責任ではないと、分かってもらえましたよね？　もっとも『貴族とは紳士たる振る舞いをしなくてはならない』のだから、前が閊えていたからといって馬車をぶつけていい道理はないです」

　それでもまだ黙っている青年たちに、シウは少しだけ声を大きくした。

「まずは謝罪をしましょう。大勢の前で謂れなき辱めを受けた女性に対して」

「そ、それは」

　まだ四の五の言うヴァレンテに、見守っていた職員が口を挟んだ。

「彼が猶予を与えている間に受けた方が良いですよ」

「は？」

「ヴァレンテ様……」

　不機嫌そうなヴァレンテの返事に被せる形で、彼の従者ランスロットが耳打ちする。

「もし、誓言魔法持ちの神官を寄越されたら不利です。複数人いれば買収は厳しいでしょう。こちらの負けとなります。しかし、今ここで正式に謝罪すれば『事を大きくしない』と仰っておられる」

「そう、なのか？」

「わたしはそのように受け取りました」

ヴァレンテはランスロットから視線を外し、仲間たちを振り返った。彼等の顔を見て、ようやく「負け」を悟ったようだ。悔しそうに唇を噛む。

それから何度か唾を飲み込み、躊躇いながらもクラリーサに視線を戻した。一瞬の間を置き、ヴァレンテが頭を下げる。

「御者や、家僕の話を真に受けてしまったようだ。実際に見てもいないのに、あなたを侮辱するような発言をしてしまったことを謝罪する。申し訳なかった」

「では、発言の数々を撤回してくださるのですね？」

クラリーサが堂々と返す。ヴァレンテは渋々頷いた。

「撤回すると約束しよう」

「では、わたくしはあなたの謝罪を受け入れましょう。しかし、名誉棄損の件については今しばらく様子を見させてください」

「そ、それは」

「なにしろ、このように大勢がいる中で罵倒されたのです。貴族女性として、今後どのような目で見られてしまうのかと思うと不安でございます。しっかりと、父上ならびに担当の者に相談してみないことには軽々にお答えはできません」

「……くっ、わ、分かった。いや、分かりました」

これで終わった。職員もここが良いタイミングだと思ったのだろう。手を叩いて生徒たちを追い立てる。

「馬車の修理は我々が手配しておきます。皆さんは急いで授業に出てください」

ヴァレンテたちは我先にと校舎内に走っていった。

残されたクラリーサたちとシウは顔を見合わせて笑った。


移動中、シウはアロンドラの話をクラリーサに教えた。

「揉め事に巻き込まれているクラリーサさんを心配して残っていたようなんだ。それと、一部始終を見ていたアロンドラさんの家僕が証言してくれるそうだよ。念のため神殿にも行ってもらって、誓言魔法で書面に残しておいた方がいいね」

クラリーサが口を開く前に、ダリラが「そうか、それはいい」と頷いた。

その後にクラリーサが返事をする。

「分かりましたわ。シウ殿も本当にありがとう」

すると、ジェンマが頬に手を当てて溜息を吐いた。

「こんな時にどうすれば良いのか、授業で何度も話をしていましたのにね。頭に血が上って冷静になれませんでしたわ」

そう言いつつ、彼女の視線はダリラに向かっていた。ダリラが一番興奮してしまったのだろう。ジェンマの窘めるような視線を受け、ダリラは焦った様子で頭を下げた。

「も、申し訳ありません。お嬢様を侮辱されて、つい！」

「いいのよ、ダリラ。ジェンマもそれぐらいで許してあげて」

しゅんと落ち込むダリラを慰めながら、クラリーサはジェンマたちにも労りの言葉を掛けた。

「皆、よく我慢してくれたわね。ありがとう。傍観するばかりで助けてくださる方が貴族の中にいなかったのは残念でしたけれど、これもわたくしの対処が的確でなかったからね。もっと学ばないといけないわ。皆もわたくしを支えてね」

「はい、お嬢様！」

とはいえ、ヴァレンテたちが心から反省してくれるのならいいが、中には面子を潰されたと考える者もいるだろう。何らかの行動に出るかもしれず油断はできない。クラリーサもそれが心配のようだった。

もちろん、名誉を守れたのは良かった。反論できずにいたら「馬車の事故を起こした張本人」だとか「嫌がらせで周囲に迷惑を掛けた女性」として広まってしまう。それは貴族女性にとって大きな汚点だ。妙な噂は将来にも関わる。

事実、シウの友人でもあるアマリアは罠に掛けられ、ひどい噂を立てられた。その上、望まない結婚をさせられるかもしれなかったのだ。

先ほど無関係のシウが出張ってまで白黒を付けたのも、アマリアのことが頭にあったからだ。たとえ真実でなかろうと、噂になってしまう時点で良くない。クラリーサも同じようにアマリアの件が脳裏に浮かんだという。だから、シウのお節介に心から感謝してくれたのだ。

闘技場に着くと授業はもう始まっていたが、遅刻を咎(とが)められることはなかった。どこから耳にしたのか、レイナルドは朝の事件をすでに知っていた。クラリーサやシウに「大変だったようだな」と声を掛ける。

クラリーサが改めて事情を説明すると、レイナルドは腕を組んで渋い顔になった。

「ヴァレンテか、俺の受け持ちにはいないな。でも聞き覚えはある」

「先生、お忘れですの？　先日、授業を邪魔した戦略指揮科の生徒の一人ですわ」

「それか！」

「他にも戦略指揮科の生徒が数人おりました。ですから、騒ぎを起こしたのはニルソン先生の指示なのではないかと疑ったほどですわ」

疑う理由は他にもある。ニルソンは元々差別主義者のようで、特に戦術戦士を学ぶ生徒を下に見ていた。他にも女性蔑視(べっし)の発言が多いと聞く。そんな教授に学ぶ生徒が、真似てしまうのは有り得る話だ。

レイナルドが詳しい話を聞きたがったので、シウも途中からではあるが流れを説明した。

ところが話の途中で、女性に優しいレイナルドが怒りだした。

「なんたる発言だ！　くそ、そいつらが俺の授業を受けていたら――」

「レイナルド先生？」

シゴキでも、と続けるつもりだったのだろうが、クラリーサの低い声で遮られた。それにヴァレンテたちのような人間はレイナルドの授業を受けないだろう。

レイナルドの怒りは別の形で消化してもらおう。シウは彼の前に立った。

「ニルソン先生の指示かどうかは分からないけれど、またちょっかいを掛けられるかもしれません。レイナルド先生、対処法を教えてください」

「おう、そうだな」

レイナルドは気持ちを切り替え、機嫌良く授業を再開した。


ノリノリで始まった授業ではあるが、いつものようにフェレスの訓練も行われている。人間からの威圧に耐え、シウが攻撃されていても合図が出るまでは我慢する、という訓練だ。

フェレスのストレス度が高ければ訓練を続けるのも躊躇（ちゅうちょ）しただろう。しかし、不満があったのは最初の訓練時だけだ。最近は授業が終わるとスイッチを切り替えたかのように落ち着いている。

この訓練を始めて良かったのはフェレスだけではない。クロやブランカにも影響があっ

た。授業中は二頭をサークル内に置いているのだが、ただ遊んでいるだけかと思っていたら意外と皆の様子を眺めている。そして、我慢することを覚えた。

最初はシウが「苛められている」と感じて鳴き叫んでいたのに、シウが「訓練だから静かにね」と言えば耐えるようになったのだ。

当然、二頭にはしっかりと説明した。言葉が通じていようがいまいが、伝えるという気持ちが大事だ。甘えてくる二頭を抱き締め、何の問題もないのだと笑顔で教える。それだけでも全然違う。二頭は「なんとなく」かもしれないが分かっているようだった。

成獣になる前から調教に近いやり方は「早い」とは思う。しかし、今後もシウと常に一緒に行動すると考えたら、今のうちに慣れておいた方がいい。その代わり二頭を目一杯に甘えさせる。せめて過度なストレスとならないよう心がけるしかない。

シウは今後も面倒事に巻き込まれるだろう。なにしろ希少獣が三頭も手元にいる。そのうちの二頭は騎獣だ。やっかみは避けられない。

「僕たちが一緒にいるための訓練だから、頑張ろうね？」

理解しているのかどうか、それでも「にゃ！」「きゅぃ！」「みゃぁー」と返ってくる。

可愛い皆の様子に、シウは笑顔になった。

昼休みの食堂では、牛すじ肉で作った味噌煮込みを出してみた。思い立って作ったものだ。シウはやはり味噌味が好きだった。

「うわ、とろっとして柔らかい」

「お米が合うって言ってたけど、分かるな～」

と言って、おにぎり片手に語り合う。皆の頬張る顔が幸せそうだ。シウまで嬉しくなる。

「これだけ柔らかいんだから、長時間煮込むよね？」

「圧力鍋だと早いよ。普通に煮込むとしたら半日、ううん、一日はかかるかな」

「え、そうなの？　それは面倒ね」

話を聞いていたプルウィアが顔を顰める。近くにいた男子が笑い、それからシウに話し掛けた。

「そのおかげで角牛の肉じゃなくても美味しくなるんだろ？」

「うん。味付けも大事だよね。すじ肉は不人気だから安く仕入れられるんだ。食堂のメニューにも使えるんじゃないかと思って、普通の牛肉で作ってみたんだけど――」

味見係でもある皆がすぐに反応した。

「あ、俺はアリだな」

「僕もこれは好きだね。そうだ、天ムスも美味しかったけど、これをおにぎりに入れてもいいんじゃないかな」

　他にも案が飛び出てくる。

　皆がわいわい話していると、いつの間にか交ざっていた食堂担当の職員フラハが手を挙げた。彼は急いで口の中のものを飲み込んだ。

「ごほん。えー、実は今度の文化祭で、食堂も出店しようと思いまして」

「あ、いいですね」

「はい。昼時は普段通り、生徒向けに食堂を開けます。それ以外の時間に特別メニューを披露できたらと考えております」

　周囲の生徒たちが手を叩いた。

「料理長が張り切っていまして、新作が出る予定です」

　美味しいものが好きな生徒ばかりだから「楽しみすぎる」と喜んだ。

「そんなわけですから、シウ殿にはぜひともアドバイスをいただきたく！」

　フラハに頼まれ、シウは二つ返事で引き受けた。


　文化祭については先日、生徒会から正式に開催すると発表された。草枯れ(くさか)の月(つき)の、最初の週末に行うと決まった。強制力はなく、あくまでも任意参加である。とはいえ、研究成果を発表できる場だ、生徒の多くが文化祭開催に好意的なようだった。参加する人も多いと聞いている。

初めての試みとあって規則作りや周知徹底など、生徒会は忙しそうだった。シウも手伝いを頼まれているので、できるだけ顔を出す予定だ。この日も授業終わりに行くという話をしていると、エドガールが口を開いた。

「わたしたちもクラスで何かやってみないか？」

「えっ、俺もやるのか？」

「わたしは無理よ」

シルトが驚き、プルウィアは一刀両断する。エドガールは不思議そうにプルウィアを見た。彼女が断るとは思っていなかったようだ。

「どうしてだい？　勉強に遅れがあるようには思えないのだけれど」

そう言ってチラリとシルトに視線を向ける。シルトは苦手な科目が多く、皆に付いていけないことも多々あった。それを助けているのが同郷のエドガールだ。よく教えてあげていた。彼にとって時間がないように見えるのはプルウィアよりシルトだったのだろう。

「だって、文化祭の実行委員なんだもの」

「え、そうなのかい？」

驚くエドガールに、プルウィアが胸を張る。エドガールやシルトの視線が自然とそこに向いた。が、すぐさま目を逸らす。二人とも若い男性だ。どうしたって女性の魅力的だと思える部分に目が行ってしまうのは仕方ない。それなのに、二人は紳士であろうと目を逸

らした。シウが偉いなと思っていると、プルウィアがむくれ顔になった。

「何よ、その残念そうな顔は」

「いや、わたしは――」

「な、なんでもねぇよ」

　二人の男子が慌てて答える。プルウィアは拗ねたような口調で続けた。

「どうせ『エルフは体が薄い』と思っているのでしょう？　でもね、こういうのを種族特性というのよ」

　シウが首を傾げると、プルウィアがそれに気付いた。彼女も何か考え込む。それから目を丸くした。

「もしかして、シウって箱入り息子なの？」

　シウはまたも首を傾げた。胸を見られて怒っていたはずのプルウィアが、今は不思議そうな表情だ。

「冒険者なら、こういう話題なんて普通に出ると思っていたわ」

「何が？」

「それはわたしからは言えないわ。察してほしい、ってそれも無理なのねぇ」

「プルウィアさん」

　窘める声音のエドガールに視線を向け、プルウィアは頬を膨らませた。

「なによ、あなただって見ていたくせに。いいわ、エド、あなたが後でシウに常識を教えてあげて」

「いや、それは、その」

もごもごと口ごもったエドガールは咳払いし、改めて口を開いた。

「先ほどは失礼しました」

「もういいわよ。慣れているもの。みんな、エルフだと分かると体型を確認したくなるのね。よく見られるもの」

　プルウィアが肩を竦める。

　その横でシルトが尻尾をしょぼんとさせて俯いた。種族特性というからには彼の尻尾もそうだろう。嬉しい時は耳や尻尾が動き、悲しい時は萎れる。それに筋肉質でもあるのは彼等のような獣人族の特性だ。

　種族それぞれに得意分野がある。もちろん苦手な部分もだ。シウにはまだまだ知らない彼等の事情がある。だから、黙って皆の話に耳を傾けた。


　午後の授業を終えると、シウはお茶に誘ってくれたファビアンらに「文化祭の実行委員になったから」と断り、生徒会室に赴いた。

　プルウィアとは生徒会室の前で合流した。中に入るとルイスやウェンディたちがすでに来ている。誰も寄り道しなかったようだ。

　ルイスたちは実行委員のメンバーと話し込んでいた。もう仲良くなったらしい。中にはシウを気に入らないと思っている生徒もいたけれど、あからさまな態度を取るわけではない。だから気付かずにいたルイスがシウを輪の中に誘った。

皆が揃ったのを確認すると、生徒会長のティベリオが挨拶を始めた。

「秋休みを挟んでの準備となるのでしっかり計画を立てて頑張ろう」

実行委員の代表もティベリオになるが、実際に動くのは違う人たちだ。ティベリオが信頼しているというグルニカル＝ブラントという生徒が主体になる。補助としてミルシュカ＝エドバリという女性が就くそうだ。二人が実行委員を牽引していく。そのため、ティベリオの後に挨拶が始まった。少々緊張気味ではあったが簡潔で分かりやすい。

この二人はシウに対して好意的だった。

「よろしくね、シウ君」

「はい。よろしくお願いします」

「他のメンバーはもう知っているよね。じゃあ、早速、各クラスから出ている企画書の内容を確認しようか。規則に沿っているか、その内容が本当に文化祭に相応しいのか、細かな部分まで見てほしい。再確認はするけれど、だからといって適当に見てはいけないよ」

グルニカルがもっともな指示を出す。皆、神妙な顔で頷いた。

シウも皆と同じように書類の確認を始めたが、半数近くが手抜きとも言える甘い内容だった。頭を抱えてしまう。

「どうしたんだい？」

「グルニカルさん。えーと、この企画書があまりにひどくて。そもそも企画書じゃなくて願望書のような内容なんです」

「あはは。そうかそうか」

笑い事じゃないのだが、グルニカルは最初から分かっていたような顔でシウの肩をポンと叩いた。すると、シウの隣に座っていたプルウィアからも声が上がった。

「こっちは違う意味でひどいわよ」

書類を振り回しながら続ける。

「こんな発表会、誰も見たくないと思うわ」

シウが横から覗くと「洗浄トイレについての研究」と題したものだった。どう見てもカスパルの提出した企画書だ。シウは苦笑した。

「個人で提出しているものだから、きっとすごい研究だと思ったのよ。それがどう？　洗浄トイレよ？　全く面白くないし、楽しくないわ」

「どれどれ。あー、研究内容自体は高度そうだね。だけど、この企画書を見る限り、やっちゃうとダメな発表会になりそう」

一般人どころか魔法学校の生徒でさえ戸惑うような、高レベルの研究内容をそのまま発表するという感じだろうか。高度すぎて周りが付いていけないパターンだ。

「ええと、名前はカスパル＝ブラード。うん？　ブラード家って」

グルニカルがシウを見た。プルウィアも釣られてシウを見る。二人が同時に「あ！」と声を上げた。

「シウがお世話になっているという家の人？」

「うん」

二人が黙り込む。その上、残念そうな目で見てくるが、その企画書を提出したのはカスパルであってシウではない。そんな気持ちが顔に表れたのか、グルニカルは「ゴホン」と咳払（せきばら）いをしてから話題を変えた。

「とりあえず、それは没にしておこう。で、残ったのはこれだけ？」

グルニカルは審査を通った企画書を前に唸り始めた。

そこに別の作業をしていたミルシュカが割って入った。

「ねぇ、グルニカル。教室は足りるかしら」

彼女は大まかに作った全体の計画書を見ていた。場所の選定や人員の確保について考えていたようだ。

「足りるんじゃないかな。見てよ、これ。残った企画書はこれだけだ」

「あら」

ミルシュカは目を真ん丸にしてグルニカルの手元を見た。

「少ないわね」

「再提出した企画書が通ったとしても、予想の数には届かないんじゃないかな」

「文化祭の周知徹底が進んでいないから追加申請はあると思うのだけど。うーん。弾かれた割合を考えると、最終的な数字は低そうね」

彼女はシウたちを見て笑った。

「審査の目が厳しいのは良いことだけれど、申請した側にとっては残念な話ねぇ」

「こら、そんな言い方をしたら初年度生がやり辛いだろ」

「はぁい。ごめんなさいね。でも、これぐらい厳しい方が良いのは本当よ？」

生徒会が甘い判断をしてはいけない。彼女はそう言っているのだ。

そのキッパリとした意見や態度が、プルウィアに響いたようだった。二人は「何故この企画書を没にしたのか」を話し合ううちに仲良くなった。


ルイスたちも企画書のどこがダメだったのか、その説明をどう統一するかで同年代の生徒を中心に親しくなっていったようだ。

実行委員には生徒会役員はもちろん、次のメンバーとなりうる期待の新人も多く参加している。皆が一生懸命だ。良い意味でライバル心があり、共に意見を出し合っている。

シウもグルニカルと意見を出し合いながら書類を確認していたら、常時発動の《全方位探索》に注意を促す印が出た。ヒルデガルドだった。

気になる人にはマーカーを付けているから、近くに来ると脳内マップに表示される仕組みだ。彼女は要注意人物である。普段はできるだけ避けるようにしているが、大抵の面倒

事は向こうからやってきてしまう。

そして生徒会での作業中という、逃げも隠れもできない状況では待つしかない。シウは溜息を噛み殺しながら扉に目を向けた。

そんなシウの様子に気付いたのはプルウィアだ。

「どうしたの？」

「えーと、揉め事がやってくるみたい」

「揉め事？」

プルウィアと話し込んでいたミルシュカも顔を上げる。シウの言葉に反応したのだろう。

生徒会役員は揉め事に慣れているらしい。冷静な顔でシウと、それからその視線の先にある扉を見た。

同時に扉がバンと開かれる。

皆の視線が一斉に注がれるも、入ってきたヒルデガルドは一切怯まなかった。むしろ、堂々とした態度だ。胸を張って言い放つ。

「シウ＝アクィラ！　ここにいるわね？」

生徒会室は音を失くした。

一瞬の静寂の後に続いたのはヒルデガルドの靴音だった。コツコツと音を立て、早足で部屋の奥にやってくる。そして椅子に座ったまま唖然とするシウを見て、彼女は大きく手を振り上げた。叩くつもりだ。

避けるべきなのは分かるが、いっそ叩かれてしまった方が彼女の気が済むのではないか。などとシウが考えている間に、止めに入る人がいた。プルウィアとティベリオだ。

プルウィアはシウと共に扉を見ていたから反応が早かった。ティベリオは生徒会長という役目ゆえだろうか。あるいは元々、対処が早いのかもしれない。咄嗟に立ち上がり、シウの前に出た。

「ちょ、止めなさい。ヒルデガルドさん――」

そのせいで、ティベリオが叩かれてしまった。

プルウィアはシウを庇うように抱き締めてくる。座っていたため、彼女の腕の中にシウの頭がすっぽり収まった。無意識に力を込めているのだろう、圧迫されたシウは息ができなくなってきた。慌ててプルウィアの背中を叩く。

「あら、ごめんなさい。苦しかった？」

慌てたプルウィアが突き飛ばす勢いでシウの体を離す。首がガクンとなるが、それでもいい。息ができなくなるほど抱き締められるよりはマシだ。シウは力なく笑った。

「息が止まるかと思ったよ……」

「ごめんなさい。つい力が入っちゃった。ちょうどいい抱き心地だったからだわ」

そう言って肩を竦める。シウは苦笑で「助けてくれてありがとう」とだけ告げた。それよりもヒルデガルドだ。シウとプルウィアは同時にヒルデガルドの方に視線を向けた。彼女を止めているのはティベリオ一人だ。

「いきなり暴力を振るうだなんて、淑女とは思えない行動だね」

「邪魔しないでくださるかしら。それにこれは暴力ではありませんわ。指導です。誰もやらないからこそ、わたくしが身を切るのです」

彼女の台詞に、ティベリオはぽかんとしてしまった。シウだって驚きだ。

「その前に、ヒルデガルド様。わたくしどもの主に謝罪を要求いたします」

ティベリオの従者ロジータが二人の間に立った。彼女は元々冷静な性質で、生徒会長として忙しいティベリオを陰ながら支えている。そんなロジータが怒っていた。感情を露にしているわけではない。視線が強いのだ。

それを見たヒルデガルドが眉を顰める。

「従者ごときが前に出るなど、どういった教育をしているのかしら。いいこと？　よく聞きなさい。あなたは主の行動を防ぐべきでしたわ。平民の代わりに身を差し出すだなんて、あってはならないことよ。何よりも、わたくしの行動を邪魔した事実を恥じなさい。ラトリシアの貴族の方々は一体どうなっているのかしら」

あまりの言い分にロジータがたじろぐ。シウだって唖然とした。

しかし、ティベリオの連れている側近の中で、ヒルデガルドに物を申せるのは彼女ぐらいだ。他の人では身分が低すぎる。ロジータでも本来なら口を挟める立場にないのだろうが、主をフォローするのは従者の役目だ。たとえ後々罰を受けることになろうとも、主を思えばこその行動だった。しかし、

「もういい。下がっていなさい」

止めたのはティベリオだった。彼はいつもの微笑み顔を止め、真剣な様子でロジータの目を見た。彼女は迷った末に数歩下がった。警戒は解いていない。

皆も同じように緊張感を抱いている。ヒルデガルドの言い分に不可解さを感じたからだ。彼女が次に何を言うのか、戦々恐々としていた。いや、何かを言うだけならまだいい。それを行動に移すことを皆は恐れていた。

先日もそうだった。ヒルデガルド自身が行動したわけではないが、お付きの女性騎士が抜刀した時に止めようとしなかったのだ。そのために彼女は謹慎処分を受けたばかりだった。それなのに、またも事件を起こそうとしている。何故なのか。シウは考えても考えても、その理由が分からなかった。


目の前では、ティベリオがヒルデガルドに再度注意を始めたところだ。

「先触れも出さずに突然やってくるとは、淑女にあるまじき行動ではないだろうか。ましてや暴力を振るうなど、貴族でなくとも許されない行為だ。これを理解できないと言うのなら、君にシーカー魔法学院の生徒である資格はない」

ヒルデガルドの眉が片方だけ歪む。まるでティベリオの方が話の通じない人だと思っているようだ。その表情からも、彼女は自分に正義があると思っている。

シウは静かに二人のやり取りを見つめた。

「我がラトリシア国では、無辜の民への暴力は許されていない。それはシュタイバーン国でも同じだったと思うがね」

ティベリオは落ち着いた低い声で、諭すように語る。

「それだけではないよ。君は、再三に渡って学院内の秩序を乱してきた。看過できないほどにね。僕は生徒会長として初めて、この権限を使用しよう。君を退学除名処分とする。理由は言うまでもないね？　今この時、君の見せた行動が全てだ」

ティベリオは、さあ次は君の番だ、とでもいうかのように手のひらをヒルデガルドに向けた。それを受け、ヒルデガルドがこくりと喉を動かす。

「……所詮はラトリシア貴族の一員ね。あなたが邪魔をしなければ暴力にはならなかったのに。ええ、結構よ。わたくしも、このような国にある学校に未練はございません。ですが、そのこととシウの問題は別です。お退きなさい」

扇子の先がティベリオからシウに移動する。

「この悪魔を成敗しなければならないの。わたくしの正義が許しませんもの」

しっかりとシウの目を見て、彼女は続けた。

「この悪魔憑きだけは、わたくしがなんとしてでも始末してみせますわ」

その目がギラギラとしている。むしろ彼女こそが悪魔憑きなのではないだろうか。そう思ってしまうほどに興奮状態だった。

もちろん、ヒルデガルドは悪魔憑きではない。シウが念のためと《完全鑑定》を掛けてみても、そうした履歴は残っていなかった。

では何故ここまで勘違いしているのか。

シウがふと思い出したのは、ヒルデガルドが失恋した件だった。彼女はキリクに並々ならぬ思いがあったようだ。ところが彼が選んだのはアマリアだった。ヒルデガルドとは随分違うタイプで、かつラトリシア国の貴族令嬢でもあった。

思い込みの激しいヒルデガルドにとって、きっと迎えに来てくれると思っていた男性が違う女性を選んだ事実は強いストレスになったのかもしれない。

そうだとしても、シウには理解できない。

恋をした経験がないからだろうか。そう思うとひどく怖いような気持ちになった。それを隠すようにシウは大きく息を吸い込んだ。

　シウがゆっくり息を吐いて気持ちを落ち着かせていると、ヒルデガルドが話を始めた。

　彼女が言うには、今朝の事件が発端らしい。馬車停留所で起こった事件を耳にし、シウのやりように腹が立ったようだ。もう我慢ならないと、急いで駆け付けたのだという。

　謹慎処分中の彼女に誰が教えたのだろう。その誰かはヒルデガルドを学校から追い出したいのではないか。騒ぎを楽しんでいた時期は過ぎ、そろそろ厄介払いをと考えたのかもしれない。その誰かについて考えていると、ヒルデガルドがまたシウを見た。

「貴族同士の揉め事に流民のあなたが割り込んだと伺いましたわ。それは、以前あなたの話した『ラトリシア国の法律に背く』ことではなくて？」

「仲裁に入ることがですか？」

　シウが返すと、ヒルデガルドはふふんと勝ち誇ったような顔になった。

「貴族の揉め事に介入できるのは資格のある者と決まっております！」

「つまりヒルデガルドさんは、たまさか僕をやり込められる事件を耳にしたからと、意気揚々とやってきたのですか？」

「相変わらず憎たらしい言い方をする子だこと。卑しい身分の者は心までも卑しいのね」

　自分を正当化するために相手を貶す。しかも身分という、変えようのないものを引き合いに出して。彼女はそんな人ではなかったはずだ。シウは怒るよりも悲しい気持ちになった。自分でも分かるほど声に力が出ない。

「馬車停留所で、クラリーサ＝ヴァーデンフェ嬢はヴァレンテ＝スカルキ殿から貶める発言を立て続けに浴びせられました。大勢の見物人がいる中で『虚偽の情報』を流されそうになった。それはヒルデガルドさんにとって、忌むべき行為ではないでしょうか？」

ただ、淡々と事実を告げる。だからだろうか。ヒルデガルドの表情に少しの変化が見て取れた。シウの言葉に耳を傾けたのだ。

「どういった経緯で話が伝わったのかは知りません。しかし、クラリーサさんが『女のくせに魔法学院へ粋がって入学した』と面罵されたのは事実です」

それを聞いて、ヒルデガルドは動揺したようだ。「え」と小さな声も漏れる。彼女はやはり一方的な話しか知らされていなかったようだ。

シウは今のヒルデガルドになら届くかもしれないと思い、大事な事実を告げた。

「あなたに誰が告げ口したのか僕には分かりませんが、その方の情報を鵜呑みにしない方がいいです」

「な、何を……」

戸惑うヒルデガルドに、若干早口になりながら続ける。

「それと、停留所で起きた揉め事についてですが、学校敷地内のことですから基本的には学校の規則に従います。シーカーでは身分による差別を排除しているため、平民が仲裁に入っても問題はありません。あるいは生徒会、もしくは事件が大きくなれば学校側が対処します。しかし、たかが口での喧嘩に学院の手を煩わせるほどのものではない。『落ち着いて話し合いましょう』で済む話です。僕らは大人なんですから」

シウはまだ未成年だが、シーカーに入学する生徒の多くは成人済みだ。そもそも大学校の位置づけにあるシーカー魔法学院に来てまで、子供みたいな喧嘩をする方がおかしいのだ。くだらない喧嘩の吹っ掛けを収めるのに、平民も貴族もない。

「たとえ流民であっても、揉めている生徒同士を止めるだけのことに法律なんて関係ありません。それに平民が物を申しても罪にはならないです。常識を伴っているのであれば、意見だって伝えられる。ラトリシアもシュタイバーンと同じく開かれた国だからです。ただ、貴族の中には強権主義者もいる。それらから庶民を守るために、先ほどの法律が作られたんです。決して『貴族のために』できたものじゃない」

ヒルデガルドの顔が真っ赤になる。けれど、シウは止めなかった。

「今朝の件は、明らかにクラリーサさんが狙い撃ちされていました。仕組まれていたのだと思います。結果はどうでも良かったのかもしれません。騒ぎになればそれで良かった。だから、途中で割り込んだだけの僕にでも仲裁ができたのでしょう」

「意味が、分からないわ」

それはそうだろう。シウにだって仕組んだ人の気持ちが理解できない。

「ヴァレンテ殿もヒルデガルドさんも体よく使われたんです。それと分からないように仕組まれていたのでしょうね」

ヒルデガルドがムッとした顔でシウを睨む。彼女の後ろで口を閉ざしていた騎士ユーリアも、苛立ちを隠さない。しかし、口を挟む真似はしなかった。女性騎士が処分を受けた件で慎重になっているようだ。

シウは彼等を煽るつもりはないから、殊更に柔らかい口調を心がけた。

「クラリーサさんは戦術戦士科の生徒です。以前、戦略指揮科の生徒たちが授業中に割り込んできたでしょう？」

「あれは――」

「ニルソン先生が勝手にしたことだと聞いています。レイナルド先生が抗議し、教授会でも問題になっている。それなのに、未だに戦術戦士科との合同授業を画策しているそうです」

「それのどこが問題なのかしら。授業内容として、有り得ない話ではないわ。ロワルの魔法学校でも合同授業は行われていましたもの」

あなたなら知っているでしょう。そんな視線がシウに向く。

シウは首を横に振った。

「問題はあります。ニルソン先生はご自身の受け持ちクラス以外の生徒に対して、差別的なところがある。戦術戦士科に対してはもっと口調がひどかった。そんな彼の進める合同授業で何が起こるのか、もう少し想像力を働かせてください」

シウの言い方に不満を抱いたのだろう、ヒルデガルドが眉間に皺を寄せた。

「『事前に連絡もせず』戦術戦士科の授業に割り込み、生徒に対して『兵隊』だとか『お仕置き』だなんて言葉を否定もしなかった先生ですよ？　同じ台詞をヒルデガルドさんが言われたらどうですか？　ニルソン先生たちは最初から自分が『上』の立場で来ていますが、同じことを『他国の上位貴族』にやられても平気でしょうか。そんなわけないですよね。だって、あなたは先ほど、ティベリオ会長の言葉に怒りを表していた」

ヒルデガルドが益々表情を歪める。しかし、シウの次の台詞で顔色を変えた。

「最初から話が噛み合っていない、同じ学校で学ぶ生徒の中に上下を持ち込むようなニルソン先生の提案した合同授業に、何が望めるでしょうか。教授会で何度も却下されているのがその証拠ではないですか」

シウはできるだけ感情を込めずに語り続けた。

「ニルソン先生にとってみれば、自分の思うとおりにいかない今回の件は腹立たしかったのではないでしょうか。教授会が認めない事実は置いておき、申し入れを断る戦術戦士科に思うところもあったでしょう。そんな時に事件が起こった。戦略指揮科に所属する生徒が戦術戦士科の生徒を貶めたという事件です。何も関係ないと言えるでしょうか？」

淡々とした言い方だからか、あるいはヒルデガルドにも思い当たる節があったのか。彼女はハッとした顔でシウを凝視した。何かを考え、その心の内を口に出す。

「揉め事を収めるために、何らかの取り引きを申し出た可能性もあった……？」

独り言のようだったけれど、シウはヒルデガルドの言葉に応えた。

「有り得ますよね。ニルソン先生の噂は僕の耳にまで届いていています。気に入らない生徒には指導を超えた、無理難題を強要するとか」

「わたくしは、そのような――」

「戦略指揮科の生徒は基本的に彼のお気に入りでしょうからね」

でも、それで済む話ではない。

「ニルソン先生がヴァレンテ殿を唆したのかどうかは分かりません。でも彼は最初からクラリーサさんを狙っていた。言いがかりも甚だしいし、理不尽がすぎました。女性を選んだのも、元々、ニルソン先生のように差別主義者だったからかもしれません」

問題はまだある。

「その騒ぎに乗じたのか、あるいはその人こそが唆したのか。ともあれ、あなたに今回の話を教えた人がいる。でも、その情報は本当に正しかったですか？　ちゃんとクラリーサさん側の話を聞いたでしょうか。その情報をあなたに伝えた『人』は、あなたに問題を起こしてもらいたいのではないでしょうか。そうなれば、今まで利用していたあなたを排除できる。自分の手を汚さずに」

シウは悲しい気持ちでそれを伝えた。

ヒルデガルドの顔から血の気が引いていく。誰のことか分かったのだろう。そして一つを理解すれば、まるでパズルのピースがはまっていくかのごとく、次々と気付いてしまう。

彼女は何度も目を瞬き、やがて、震える声で呟いた。

「では、では、わたくしは、騙されていたというの……？」

自分の口から出た言葉で、彼女はハッとしたようだ。顔を上げ、身を翻す。様子を見ていたシウはサッとヒルデガルドの前に出た。両手を広げて通せんぼをする。

「待ってください。あなたのその、思い立ったら即行動に移すところが一番の問題なんです」

「な、なんですって？」

「いろいろ思うところはあるでしょう。利用されていた事実を知ったばかりで頭に血が上ってしまうのも分かります。けれど、まずは一旦落ち着きましょう」

ヒルデガルドはシウの言葉に眉を顰めたけれど、意外にも話を聞く態勢だ。シウは急いで続けた。

「行動に移す前に一度、立ち止まって考えてみてはいかがでしょうか。あなたにあなたの正義があるのは分かります。でも、それがいつでも罷り通るわけがない。誰にだって自分の考え、意思があるからです。たとえば、あなたは僕を嫌っていたでしょう？　その僕の話す内容を、何故そうも簡単に信じるのですか。僕が嘘を言っているかもしれないとは考えないんですか」

ヒルデガルドは目を見開き、シウを見つめた。指摘されるまで気付かなかったようだ。

「考え方は人それぞれです。そこに、他人を陥れようとする意思があればどうでしょう。あなたの意見に寄り添う風を装い、間違った情報を与えることで行動を誘導するのではないですか。もちろん疑ってばかりでは友人などできない。だからといって他人の意見をそのまま信じるのは危険です。少なくとも、自分でも情報を集めて精査しないと」

何を言っているのか分からないといった様子でヒルデガルドが緩く首を振る。シウは正直な気持ちを告げた。

「特にあなたは騙されやすい性質のようだから、より気を付けるべきです。……良い教師や従者に恵まれていれば違ったのでしょうが」

幼い頃から付けてもらっている教師にも恵まれていないのではないか。でなければ、こんな風にならない。

シウがハッキリと口にした内容に、怒りを抱いたのはユーリアだった。挑むような眼差しで睨んでくる。それでもやはり口を挟む真似はしない。彼はカミラほど直情的ではないようだ。あるいは、自分の不手際に気付いているのか。ユーリアに限らず、ヒルデガルドの周囲にいる者が少しでも違和感に気付いていれば、主の行動を諫められただろう。

しかし、残念ながら誰もヒルデガルドを止めることはなかった。

「あなたの身近にいる人たちが誰か一人でも諫言できていれば良かった。事実は逆で、むしろ悪い方向へと突き進んだのがカミラさんですよね。でも一番の問題はあなたにある。そんな環境にしてしまったからです」

ヒルデガルドを教育した人が悪いとも言えるが、長く学校に通いながら何も学べなかったのは彼女自身の問題でもある。

シウの厳しい言葉に、ヒルデガルドは反論しなかった。

「わたくしが何もかも悪いと言うのね」

いつもなら怒っていただろう。もしくは聞く耳を持たなかった。そんなヒルデガルドが、今はシウの言葉を真正面から受け止めている。

「耳心地の良い言葉や追従ばかり言う者を傍に置くのは止めた方がいい。厳しくとも、あなたのためを思って忠告してくれる人こそ、得難い存在ではないですか」

シウはかつての彼女を思い出した。

「あなたは一人でいる僕に話しかけてくれるような、優しい心の持ち主だった」

ヒルデガルドがシウをまじまじと見つめる。

「本来は正義感のある優しい人だと、僕は知っています。……まあ、行き過ぎた正義感ではありましたが」

付け足したせいで睨まれてしまったが、シウの意見はおおむね合っているはずだ。

ヒルデガルドは憑き物が落ちたかのように静かになった。そして、小さな声で返した。

「……今更どうして、わたくしにそのようなことを言うの？」

「もう、ここではやり直しができないでしょう。けれど、これから先、そのままでいいとは思えない。ヒルデガルドさんに知ってほしいんです」

あの頃のヒルデガルドに戻ってほしいとも思う。

「どうか、落ち着いて考えてください。さっきも、僕の話を鵜呑みにして情報提供者のところへ向かおうとしたでしょう。それではいけないんです」

「あなたの話を聞く限りでは、わたくしに情報を流した者が悪いに決まっているではないの」

「本当にそうでしょうか。僕が嘘を言っていないとしても、たとえば、その人が騙されている可能性だってある。あるいは脅されて、もしくは全く関係のない噂好きの第三者ということだって考えられるんですよ？」

ヒルデガルドは息を止め、それからゆっくりと吐き出した。本当にその考えに至っていなかったようだ。彼女は一か〇でものを考えているのかもしれない。

だからというわけではないが、シウは言葉を選ばずに思ったままを口にした。

「あなたはもっと慎重に物事を考えるべきです。他人が一分考えるなら、あなたは三分考えるという風に」

それを聞いていたティベリオが、思わずといった風に横で笑った。同意というよりは、シウの物言いに対して笑ったようだ。「ひどいな」と呟く声も聞こえた。

馬鹿にした笑いでなかったせいか、あるいはシウの言葉に思うところでもあったのか、ヒルデガルドはただ黙って聞いている。だからシウも全部を出し切ってしまう。

「あなたに嘘の情報を伝えた人、もしくはそう仕向けた誰かに一矢報いたいと思う気持ちは理解できます。でも、その行動によってまた陥れられないとも限らない。そもそも本来なら他人の行動なんて変えようがないんです。特に強い意思を持つ相手には無理だ」

人の意思や意見を変えてしまうというのは、よほどのことだ。無理に迫ったところで難しい。もし本当の意味で変えられるとしたら、それは真摯な態度で真心を込めて伝える時ではないだろうか。

ヒルデガルドが力なく笑う。

「……それは、痛いほどよく分かっているわ」

ゆっくりと目を閉じる。彼女の呼吸は落ち着いていた。

「わたくしを追い詰めたのは、わたくし自身ということかしらね」

自分の心に問うような言葉だった。

「そうかもしれません。そうだと、僕は思っています」

昔のヒルデガルドはやや強引ではあったが、シウの話を聞いてくれた。一人で授業を受けるシウに何度も声を掛けてくれる優しさがあった。もちろん、それを望んでいないことにまでは気付かなかったけれど、それはハッキリ伝えなかったシウも悪い。

彼女は空回りし続け、シウもちゃんと向き合わなかった。

きっとこれまでのヒルデガルドの人生そのものが、同じ積み重ねで来ているのだ。

シウが偉そうに言えることなどない。それでもやっぱり伝えたかった。

「僕は、以前のヒルデガルドさんに戻ってほしいと願っています。心優しい、あの時のあなたに」

「……あなたの口から聞くと、まるで嘘か嫌味に感じてしまうわ。でも、そうね。考えなくてはならないことがたくさんあるわね」

カミラについても、と呟く。その名を聞いて、シウはヒルデガルドに頼み込んだ。

「彼女をどうにかしてもらわないと僕は夜も安心して眠れません。逆恨みで襲ってきそうな気がします」

半分冗談のつもりもあって、シウは笑って話した。ところが、ヒルデガルドはしごく真面目な顔だ。

「それはないわ」

と、感情の籠もっていない返事をする。シウがどういう意味なのかと思ってヒルデガルドを見るも、話すつもりはないようだ。口を固く閉じている。彼女の背後に立つユーリアの方はもっとあからさまだった。何も言うまいと奥歯を強く嚙み締めているのだろう、顎が不自然に盛り上がっている。

それまで静かに話を聞いていたティベリオが口を開いた。

「彼女、全く反省の色が見えなくてね。内々の処分が難しいことから、身柄を魔法省に移したんだよ。取り調べの最中も冷静な話ができず、釈放されたら君を無礼討ちにすると息巻いていたそうだから」

シウは「わぁ」と思わず声にした。ティベリオは苦笑いだ。

「司法省との話し合いで、ラトリシアでは扱い兼ねると本国に強制送還と決まったよ。あちらに戻り次第、騎士資格剝奪となる予定だ」

「そう、なんですね」

「彼女は本日移送される手筈となっているね。今朝、聞いたばかりの最新情報だよ」

シウがヒルデガルドを見ると、彼女はまた小さく笑った。

「わたくしたちも追って、帰国いたしますわ。カミラはわたくしが責任を持って再教育しましょう。ユーリアも、ね」

「姫！」

「わたくしの騎士ならば、あなたも共に成長しようと頑張りなさい」

「ひ、姫」

「それとも、堕ちてしまった主に仕える気はなくて？」

疲れたような、あるいは何かを諦めたような声にも聞こえる。視線は下に向き、ヒルデガルドらしくない。そんな彼女を見て、ユーリアは首を横に振った。

「そのようなことはございません！　不肖ユーリア＝ライツ、ヒルデガルド姫に一生仕えると心に決めております。どうぞ、命尽きるその時までお傍に侍らせてください！」

「うん、そういうことは他所でやってくれるかな」

ティベリオが爽やかな笑顔で言い放つ。シウも正直、芝居がかったユーリアの様子に驚いていたので、同意見だ。そういう話は身内同士でしてほしい。

もっとも、普段から人の目が常にある中で生活している上位貴族の女性だ。ティベリオの言葉の意味にヒルデガルドは気付かなかった。結局、なんやかやと上手く話をまとめたティベリオによって、一行は出ていった。

そこでようやく、その場にいた全員が肩の力を抜いた。

この騒ぎの責任が全てシウにあるわけではないだろうが、原因の一端はある。何より、皆が疲れていた。シウはお詫びを兼ねて生徒会室の全員にお菓子を提供した。グルニカルやミルシュカといった、元々シウに好意的な生徒は率先して受け取った。そうでない生徒も、他の生徒に引っ張られる形でやってきた。

従者や護衛にも配る。職務中は無理でも、交代で休憩だってするだろう。その時に癒やしの一つとなってもらえるならシウも作った甲斐がある。

お詫びという名の袖の下を振る舞った後は実行委員の仕事だ。随分と時間を無駄にしてしまったのでキリキリ働かねばなるまい。シウが張り切っていたところ、プルウィアが口の周りをメープルクリームで汚しながら笑っている姿を見てしまった。

「あれでもう終わりよね？　あ～、スッキリしたわ」

「そうだね。ところで、気を付けて食べないと、クリームが落ちるよ」

「そう？　それより、良かったわね。これで文化祭に集中できるじゃない」

「うん。そうなんだけどね。あっ、ほら、落ちる！」

クリームが落ちかけ、プルウィアが慌てて手で受け止めた。彼女は「あーあ」と残念そうな声を上げ、指に付いたクリームを舐め取った。その様子を、他の生徒たちが唖然として見ている。シウは半眼になって注意した。

「プルウィア、行儀が悪いよ」

「あ、そうね。ごめんなさい。でも、メープル味でしょう？　もったいないじゃない」

肩を竦めて謝るが、本当に悪いとは思っていない。その証拠に、シウの目を盗むように残りの指もぺろんと舐める。

見ていた生徒のうち男子は目を逸らし、女子はぽかんとしたままだ。シーカーにいる生徒のほとんどが貴族出身なので、こうした平民らしい所作を見たのは初めてだったのだろう。あるいはプルウィアがそんなことをするとは思っていなかったか。

これが冒険者なら「らしい」と思われるだろうが、見た目は誰より美しいプルウィアだと不似合いかもしれなかった。印象によって見方も変わる、などとシウが考えていたら、プルウィアがニコニコと話し掛けてきた。

「この『しゅーくりーむ』は食べづらいけれど、とても美味しいわね」

「そうだね、食べ方にコツはいるかも。でも他の人はちゃんと食べているよ。プルウィアがかぶりつきすぎなんだよ」

「え、そうかしら」

彼女が周囲に視線を送ると、皆が急いで首を縦に振る。プルウィアはちょっと拗ねたように唇を尖(とが)らせた。

ともあれ、皆でお菓子を食べていると気持ちも休まる。徐々に和気藹々(わきあいあい)とした空気になった。

「これも角牛の乳から作ったのかい？」

「いいえ、一般に出回っている牛乳ですよ。それでも充分に美味しいでしょう？」

「へぇ、そうなんだ。とても美味しいよ。果実オレの方が角牛乳を使っていたのか」

それぞれで好きなように飲んでもらおうと、ガラス瓶に果実を絞ったジュースを入れて並べている。ジュースだけでも美味しいし、牛乳を合わせても美味しい。普通の牛だけでなく、角牛から取れた牛乳もガラス瓶に入れて並べたから味比べもできる。

「こういうのを文化祭でも出せたらいいなぁ」

一人が口にすると、別の誰かが答える。

「飲み物専用の出店なら申請が出ていたよ」

「うーん、じゃあ、シュークリームは？」

チラリとシウに視線が飛んでくる。すると、別の誰かが先に答えた。

「生徒会でそこまではできないよ。彼だって忙しいだろう？」

「じゃあ、どこかに委託するという形ならどうかな」

そのうち、シウを遠巻きにしていた生徒も話に参加し始めた。シウに対して向けられていた見えない壁がいつの間にかなくなっている。

最後には、

「それはそうと、その、さっきはつまらない態度を取って悪かった」

と、謝ってくれた。

ヒルデガルドの襲来は大変だったけれど、結果としては良かったのかもしれない。

第二章
無謀のツケと展示物の話し合い

He is wizard, but social withdrawal?
Chapter II

土の日になり、シウは本来なら休みのところ、学校に赴いて文化祭実行委員会の仕事を手伝った。午前中に終わらせてしまうと、次は商人ギルドに寄る。そこで文化祭の話題が出た。

「歩球板の件だけど、どうせなら文化祭で発表してみたらどうかしら？」

シェイラが企み顔で笑う。

「ちょうど商品化されるのもその頃でしょう？　注目を集めておくのも大事なことよ。売れ行きも違うでしょうしね」

「そこまでして売りたいわけじゃないんだけど」

「商人は売りたいの。飛行板で儲けられなかったのだから、ここで儲けないとね？」

「はあ」

「シーカー魔法学院で開発されたと分かれば売れるわよ。まあ、シウ君が作ったというだけでも人気は出るでしょうね。でもやはり、学院で発表する意義はあるわ。宣伝効果が高いもの。そうだ、ついでに使用方法も指南してくれると助かるわね。商人も売りやすくなると思うの」

さすが、商人ギルドの職員だ。作った人間に宣伝と使い方指南まで指示してくる。

幸いというと変だが、ちょうど生産科も文化祭に参加する予定だ。シウにも参加するよう打診があった。歩球板なら生産の授業中に作ったものだから展示にも問題はない。シェイラには「分かりました」と答えておいた。

他にも、一般向けとして開発した圧力鍋の販売が始まったそうだ。順調らしく、シウはホッとした。

この圧力鍋、実はシウ自身はほとんど使わない。ブラード家の料理長と共に新メニューを開発する際に使うぐらいだろうか。

シウが一人で何かを作るのなら――たとえば味噌や醤油などの場合は――空間壁で囲んでしまって発酵を促せばいい。空間魔法と促進魔法を重ねることで使えるようになった魔法だ。あっという間に終わる。ただし、扱いには細心の注意が必要だ。気を抜くと、せっかくの材料が炭に変わってしまう。

気を抜けないのは圧力鍋も同じで、取扱説明書には注意事項がでかでかと書いてある。安全装置はあっても使うのは人間だ。思いも寄らぬ行動を取らないとも限らない。それを踏まえ、店では商品を手渡す際に必ず口頭での注意をしているそうだ。

翌日は冒険者ギルドの依頼を受けた。シウの仕事でもあり学生生活の合間の息抜きにもなっている。フェレスもだろう。彼の場合は王都を出て思う存分に飛べることが一番かもしれない。

依頼書は薬草採取をメインに取った。ついでに、ギルドから「ミセリコルディアにあるシアーナ街道の周辺を見回ってほしい」と頼まれた。指名依頼だ。
シウとヴィンセントが角牛を生け捕りにしたことで、貴族たちも欲しくなったらしい。多くの依頼が舞い込んだ。しかし、角牛のほとんどが南下している。この周辺に残っている個体は少ない。少なければ見付けるのは困難だ。いくらギルドがその事実を説明しても、依頼者である貴族たちは聞き入れない。とりあえず見るだけでも見てきてほしいと依頼が出された。

結果として、冒険者たちはいもしない角牛を探して草原を歩き回る羽目になった。中にはミセリコルディアまで足を踏み入れる者もいた。それでも見つからない。

そのうちギルドを通さず冒険者に直接頼む者まで出てきた。ギルドを通さない依頼は仲介料が発生しないため収入はいい。税金も取られないことから、中には敢えて直接取引する冒険者もいる。しかし、揉め事が発生した場合は面倒だ。まして相手が貴族なら、冒険者の方が泣き寝入りになるだろう。それでも付き合いの関係上、断れない冒険者だっている。もちろん、最初からリスクを承知で請け負う冒険者もいる。

ギルドは冒険者たちを守ろうと注意喚起をしているが、聞いてくれる者ばかりではない。心配なので見てきてくれ、というギルドの思いにシウは応じた。

フェレスは最速で森まで飛んだ。コースレコードを更新し続けている。それほど目一杯の力で飛んだにも拘らず、シウが遊んできていいよと言えば「にゃあ！」とすっ飛んでい

第二章

無謀のツケと展示物の話し合い

く。後ろ姿からも喜びが伝わった。よほど楽しいらしい。そうして森に夢中になっているかと思えば、時折はシウを思い出すようだ。採取をしているところに何度か戻ってきては体をぐりぐり擦りつける。納得したらまた森遊びを再開だ。シウはされるに任せ、まずは依頼を片付けた。

採取を終えると、次はギルドに頼まれた「見回り」だ。一旦、森を貫く街道まで移動する。そこから街道沿いを見て回るつもりだ。

シウはフェレスには乗らず、飛行板に乗った。クロが風を受けて、羽をパタパタと動かす。飛ぶための訓練だろうか。シウの頭の上という安心安全なポジションに陣取りながら、風を感じているようだ。賢く、ちゃんとシウの髪に足を絡ませている。

ブランカは飛行板の上に自分の足で乗りたがった。シウの抱っこを嫌がり、視線を飛行板に向けて鳴く。とはいえ、下ろしたら下ろしたで不安定さや高さに怯えて「みゃぁみゃぁっ！」と震えて鳴くのだ。

シウはブランカが高さを怖がる子で良かったと思っている。彼女はテーブルの上から何度も床に落ちた経験がある。本獣は華麗に飛び下りるつもりだったのかもしれない。残念ながら上手く着地できずに落ちた。その度に「みぎゃっ」と訴えるように鳴く。そこで反省すればいいのに、忘れた頃にまたやらかすのだった。ただ「落ちると痛い」というイメージは刷り込まれた。おかげで高さのあるテーブルからは飛び下りようとしなかった。

「まだ自力で飛べないんだからダメだよ。ほら、戻っておいで」

飛行板の上で屈み、ブランカを抱え上げる。魔法袋から特製の背負子を取り出し、椅子の部分に彼女を乗せた。シウの背中には背負うための魔法袋があって、背負子はそれに干渉しない形だ。椅子の部分が高い位置にあって、ブランカが座るとシウの後頭部がちょうど前脚を置くのにいい位置となる。彼女は途端に機嫌を直した。

椅子は余裕を持って作ってある。その分、落ちる可能性もあった。リードは着けているものの、落ちた瞬間に多少の負荷はかかるだろう。シウがすぐさま助けるとしてもだ。ブランカ自身に「危ないから落ちないようにね。また喉が詰まっちゃうよ」と注意するも、本獣からは間髪入れずの「みゃ！」という元気な返事だ。

「返事だけはいいんだよなあ。クロはブランカみたいに無謀な真似はしちゃダメだよ。羽はあってもまだ飛べないんだからね」

「きゅぃ」

こちらは分かっているようだ。しかも、シウの頭の上で何やらもぞもぞと動いているので《感覚転移》で視ると、ブランカに何やら話し掛けている。

「きゅぃ」

「みゃ」

まだまだ幼獣でシウには明確な言葉として伝わってこない。けれど、彼等だけの間に通じる何かがあるようだった。ちょっとだけ寂しいような、でも可愛い二頭の様子に和みながら、シウは街道から森に入っていった。

第二章

無謀のツケと展示物の話し合い

シウの《全方位探索》によると、普段よりも多くの人間が森に入っているようだと分かる。一部は緩慢な動きだ。どうやら冒険者以外の、おそらく貴族の一行が共にいる。しかも大所帯だ。

それらは一つや二つではなかった。また、広く点在している。街道沿いの森に分け入るグループもあれば、遠く離れた南西の草原にまで出張っているグループもあった。草原は見通しが良いから比較的安全だ。逃げ場がないとも言えるが、冒険者が一緒なら誘導もし易(やす)い。しかし、森の奥にまで入り込んでいるグループは危険だ。森の中は見通しが悪く、大所帯ゆえの見落としだってあるだろう。

シウはフェレスを呼び寄せ、より注意が必要な方に向かった。

途中、出会った冒険者にも声を掛ける。冒険者ギルドにも、冒険者や貴族がいたら注意を促すよう指示されていた。それでなくとも実力に合わないレベルで森の奥深くに入るのは危険だ。

冒険者たちは突然現れて注意するシウに驚きを隠さなかった。

「な、なんだ、お前」

「ギルドに依頼を受けて見回っています。もし角牛探しで分け入ったのなら引き返した方がいいです。このあたりにはもういませんし、奥には中型以上の魔獣が多いですよ」

「い、いや、俺たちは別の依頼で……」

とは言うが、彼等はシウの気配に全く気付いていなかった。シウだけならまだしも希少獣までいるというのに気付けない、というのは森に入れるレベルにない。

シウがジッと見つめると、冒険者たちは戸惑った様子で顔を見合わせた。

「……本当にこのへんに角牛はいないのか？」

「さっき上空から確認したけれど、見かけませんでした。情報では南西の、エルシア大河付近にまだ一部が残っているようですよ。それも群れの南下に遅れた少数でしょう。少なくとも山中の浅いところにはいないようです。探知魔法にも反応がありません」

本当は、もっと奥に行けば逸れ角牛がいるのはシウの魔法で分かっている。しかし、目の前にいる冒険者たちの装備で向かうには厳しい。シウの気配を察知できなかったことからもレベルは低いだろう。彼等自身もそれに気付いたようだ。諦めて帰っていった。

このように、冒険者だけで依頼を受けて森に入ったグループはシウの話をちゃんと聞いてくれた。ギルドの依頼で見回っている、という言葉も良かったようだ。上級冒険者がギルドに頼まれて下級冒険者を助ける、というのはよくある話だからだ。シウの見た目が幼かろうと「騎獣を連れている」のは信用に値する。


問題は貴族の一行だった。

シウが上空から様子を確認していると、彼等が連れていた騎獣に気付かれた。当然、主である貴族にも伝わる。彼は空を見上げ、シウに気付くや怒鳴り始めた。

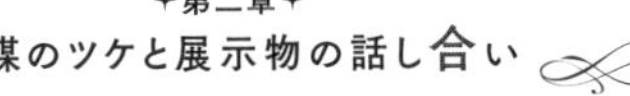

第二章
無謀のツケと展示物の話し合い

「おい、貴様！　貴族であるわたしの頭上を飛ぶとは何たる不敬か！」

そうは言うが、真上は飛んでいない。しかし、ちょうどいいタイミングでもあった。シウは地面に下り立ち、同時に飛行板を背負子の横に引っかけた。フェレスには警戒を頼んでいる。木々の上を旋回しながら飛行中だ。それに気付いた貴族がまた怒鳴る。

「あいつも下ろさないか！」

「見張りを頼んでいるので今は無理です」

「はあ？　訳の分からないことを言うな。とにかく下ろせ！」

シウが困惑していると、騎士が口を開いた。

「我が主が話をしたいと言っておられる。すまぬが、お前の騎獣を呼んでくれ」

「僕の騎獣と話をしたいのですか？」

「そういうことではない！」

貴族が地団太を踏みかねない勢いで怒った。声も徐々に大きくなっている。

シウは冷静に、事実を告げた。

「警戒飛行をさせているのには理由があります。北西にルプスが四匹、北北東に岩猪（いわいのしし）の群れがいます。少し離れた北東にはコボルトの群れです」

「な、なんだとっ」

「そのため、上空からも見張りをしております」

シウの魔法だけに頼るとフェレスの探知能力が育たない。だから彼にも警戒をさせる。

幸いなことにフェレスは騎獣の本能に従い、危険察知能力が高い。その上、楽しみながら警戒飛行ができる特異な性格だ。今も魔獣の位置を特定しつつ、にゃんにゃんと周囲を飛び回っている。シウが指示すればいつでもすっ飛んでいけるだろう。

「魔獣の群れだと。それは本当なのか？」

騎士が前のめりになって確認する。貴族の方はぽかんとしているが、さすがは騎士だ。冷静にシウから情報を得ようとしている。

「ミセリコルディアには多くの魔獣がいます。浅い場所でも、たとえばシアーナ街道といった大きな道にまで出てくることもある。だからお声がけしました。元々は冒険者ギルドの指名依頼を受けて来ています。『無謀な角牛狩りをしている人がいたら注意して回るように』というのが依頼内容ですね」

はたして、貴族は気まずげに視線を外した。角牛狩りに来たのは明らかで、無謀だという自覚もあるようだった。

騎士の方は違うところに引っかかったようだ。

「ギルドから指名依頼を受けたと？」

信じられないのも無理はない。シウは冒険者カードを見せながら名前も告げた。

「僕はミセリコルディアに単独でも入れます。そうした冒険者にはギルドの代理として、不慣れな者に注意を促す役目があります。今回もレベルに合っていない冒険者たちに森から出るよう、説得して回っているところです」

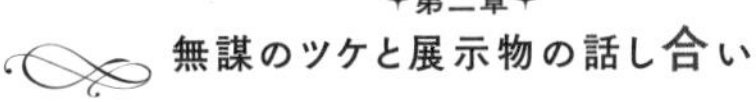

第二章
無謀のツケと展示物の話し合い

　そこで一旦区切ったシウは、騎士だけでなく貴族にも視線を向けた。

「角牛の情報はギルドが一番持っています。今は南下が進み、ほとんどがエルシア大河を渡っているそうです。もちろん群れから逸れた角牛も山中にはいるでしょう。しかし、それを目当てに魔獣も動く。更に言えば、魔獣は角牛よりも人間が好きです。こんな風に入り込んだ人間を魔獣が逃すとは思えません」

「やはり、そうか」

　騎士が深い溜息と共に漏らした。彼も危険な場所だと分かっていたのだ。主を諫めもしたのだろう。しかし、聞き入れてもらえなかった。だからこそ「自分が言った通りだろう」と責めるかのように主を強く見つめる。

　その視線に、貴族は強気な態度を保てなかった。言葉に詰まりながら、もぞもぞと返す。

「だ、だが、ここまで来て後れを取るなど……」

　偉そうな物言いが消えれば、貴族であろうとただの若い青年だ。子供みたいな戸惑いが感じられた。また、その内容から、シウは貴族の青年が誰かと競っているのだと知った。

「北東に向かった一行や、南西にある草原の一行と関係がありますか？　もしかして競争しているのでしょうか」

「あっ、いや、その」

　図星だったようだ。青年が目を逸らす。シウの《鑑定》によると彼は二十五歳で、まだまだ若い。勢いで来たのかもしれないが、どういった事情があるにしろ山中に居続けるのは危険だ。

「今ならまだ余裕があります。魔獣も狙いを定めていない。あちこちに餌となる角牛や魔獣、それに人間がいますからね。でもそのうち来るでしょう。あなたにはドラコエクウスという立派な騎獣がいるから逃げるのは簡単だ。けれど、お付きの人たちには無理です。身一つで山中を逃げ切れるほど体を鍛えているようには見えません」

従者たちが恐怖で青ざめる。彼等は徒歩だ。それぞれが荷物を抱えて疲れた顔を見せている。山の中に馬を連れて入れなかったのだろう。馬は魔獣を恐れるし、道なき道を歩むには訓練を受けた馬でないと無理だ。

彼等の乗ってきた馬車は、街道沿いの少し拓けた場所に置いてあるのだろう。シウが《感覚転移》で探すと、この場所から一番近い街道沿いに見付けた。テントも張られ、留守番役らが守っている。しかし、角牛をどうやって連れ帰るつもりだったのだろうか。特別な馬車とも思えず、シウは首を傾げた。

それよりも貴族の青年だ。彼には一行の命運がかかっている。シウは少々、あくどい言い方をした。

「もしかして、お付きの人を餌にして逃げる算段なんでしょうか？」

「な、なんてことを言うんだ！」

キッとシウを睨み付ける。その様子を見て、彼が悪い人間ではないと分かった。

「でしたら今すぐに森を出ましょう。言っておきますが草原だって安全なわけじゃない。

ましてやここはミセリコルディアの中なんです」

厳しい表情で語るシウを見て、青年はようやく自分の無謀ぶりを認めたようだ。

「わ、分かった」

その言葉を待っていたかのように、騎士が全員に退避を命じる。護衛や従者はすぐさま応じた。荷物を抱え直し、方向転換だ。皆がホッとした様子だった。そして主にはそれと分からぬよう、シウに頭を下げる。主の意見を変えさせたシウは、彼等にとって救世主のようなものかもしれなかった。


説得も済み、シウはその場を離れようとした。ところが、不安そうな目が一斉に集まる。従者だけではない。騎士にまで「え、行くのか」といった視線をもらう。散々脅したツケが回ってきたようだ。

シウは仕方なく、街道沿いまでは誘導しようと立ち止まった。

「指示に従ってもらいますよ?」

「分かった」

意地を張らなくなった貴族の青年は素直だった。最初の貴族然とした偉そうな物言いや頑(かたく)なな態度は、無理をしていたようにも思える。肩の力を抜けば、どこにでもいるただの青年だ。

「ダーヴィド＝アンドロシュ子爵(ししゃく)だ」

その上、冒険者であるシウにも名乗ってくれる。年齢を言わないのは、若いことで見下されるのを避けるためだろう。年若い貴族の場合には往々にしてあるそうだ。

騎士はランハルドと名乗った。ちなみに、ドラコエクウスはシュペヒトだそうだ。騎獣の名を聞くシウがおかしかったらしく、ランハルドは笑った。ずっと緊張した面持ちだったが、彼も肩の力が抜けたようだ。

「それにしても、君はその年で冒険者なのか。すごいな」

ランハルドが話し掛けてくる。ダーヴィドは無言だ。しかし、話の内容に興味があるのだろう。チラチラと視線が飛んでくる。

「成人前でも仮登録はできますからね」

「なるほど。フェーレースとはいえ騎獣を連れているし、お父上はさぞ高名な方なのだろう」

「いえ、僕は孤児です。育て親も亡くなりました。今はシーカー魔法学院で学びながら冒険者として働いてます」

「そうなのか、それは大変だな」

ランハルドは目を見開き、シウに労り（いたわ）の言葉を掛ける。

その時、ダーヴィドがハッとした顔になった。

「そういえば、お前、先ほどシウと名乗ったな？」

頭上から声が降ってくる。ダーヴィドはシュペヒトに乗って移動していた。体高のあるドラコエクウスだから、答えようと見上げれば首が痛いほどだ。

「そうです。シウ＝アクィラ、冒険者で魔法使いです」

その返事に、ダーヴィドがあんぐりと口を開けた。

「お、お前かっ！」

「ダーヴィド様？　どうされたのですか」

「ランハルド、こいつだ！　いや、あの、シウ殿だ」

シウより先にランハルドが視線で窘（たしな）めた。ダーヴィドは慌てて言い換えたが、その後に続く言葉にまたもガクッとくる。

「この者が、殿下に角牛狩りを勧めた張本人だ！」

「えっ、待ってください、僕は勧めてません」

口を挟むもダーヴィドは聞いていない。矢継ぎ早（やつぎばや）に続けた。

「角牛に人気が出て騒ぎになったのも、この者のせいなのだ！」

微妙に否定できない内容だった。シウに悪気はなくとも、実際に肉の卸業者たちの間で騒ぎが起こったのは確かだ。それに角牛を連れて帰って飼い慣らし、その乳を料理に菓子にと楽しんでいるのも事実である。

「そのせいで、わたしはこんなところまで来たのだぞ！」

「ダーヴィド様、あまり騒がれますと魔獣が来ます」

「うっ、そ、そうか」

注意された途端、静かになった。魔獣に恐れをなすのは人間なら当然だ。魔獣を相手に戦う冒険者でさえ、怖いと思っている。とはいえ、対策を講じて魔獣討伐に備えるのが冒険者だ。兵士や騎士らも訓練を受けているはずで、恐れながらも戦おうとする。だからこそ、ダーヴィドたちの様子がシウには「甘い」と感じられてしまう。

護衛もそうだが、ダーヴィド自身が怯えている。よくそんな状態で来ようと考えたものだ。しかも冒険者を雇っていない。

実は、北東組の貴族は冒険者を多く従えているようなのだ。騎士や護衛とは別に、魔獣討伐に慣れた冒険者を雇うのは必須である。特にミセリコルディアの森だ。何があるか分からない。

ダーヴィドは世慣れていないのだろう。

森の中を移動中、幸いにして出てきた魔獣は岩猪だけだった。シウとフェレスで一匹ずつ担当し、あっさりと倒す。危なげない対応だったと思うが、ダーヴィドは変な叫び声を上げていた。

「解体してから追いかけるので先に進んでいてください」

「え、解体？　ここで？」

「せっかくなので。それに不要なものを処分しておきたいです」

もうそろそろ森を出る。この辺りは安全だとも伝えたが、一度止まった足は動かないようだった。仕方なく、ランハルドに頼んで休憩を取ってもらう。彼の指示ならダーヴィドも聞くはずだ。

その間に解体を始める。彼等の目がなければ空間魔法を使って一気に片付けられたが、そうもいかない。空間魔法以外の魔法を駆使して、できるだけ手早く済ませる。

すると、ランハルドが「どうせなら昼食にしよう」と言い出した。腹が減ったと訴える者がいたようだ。

シウは解体したばかりの岩猪を提供することにした。魔獣避けの薬玉(くすだま)を周囲に張り巡らせ、結界魔道具も設置する。その上で竈(かまど)を作り、鉄板を出して焼き始めた。良い匂いが広がり、それに釣られて皆がそわそわする。出来上がった焼肉を皿に載せると、真っ先に受け取ったのはダーヴィドだった。彼が一番お腹を減らしていたようだ。

それはそうとして、貴族なのに毒味はしないのかと聞けば「殿下に料理や菓子を振る舞っているのだろう?」と返ってきた。信用する基準がヴィンセントになっているのがシウにはおかしかった。ともあれ、全員がシウの料理に舌鼓を打つ。

「岩猪がこれほど美味(おい)しいとは知らなかった。この味付けは一体なんだろう」

「タレも美味いよな」

「俺も、こんなに美味しい食事をいただけるなんて思わなかった。正直言うと、今日はもうダメだと思っていたからさ」

「分かる。俺なんて、ここまでの命だと覚悟を決めていたからな。それがこれだもん」

喜んでくれるのはいいが、時々物騒な会話が交ざっている。美味しい料理に触れて、つい本音が漏れたのだろう。

その流れで、シウは彼等が最低限の携帯食しか持っていないと知った。ダーヴィドの分だけは余分に持参したと言うが、それはランハルドが持っているとか。

冒険者も携帯食を持つ。ただし量は多めだ。森の中では何が起こるか分からない。備えておくのは当然だ。誰だって分かることだろうに、彼等は食材のほとんどを馬車に置いてきたという。シウは思わず説教を始めた。

「危険な森に、冒険者を雇わずに入るなんて命知らずもいいところです。従者の装備もなっていない。せめて山歩き用の靴にすべきでした。そちらの彼は武器すら持っていない。予備の食糧どころか、各自で携帯食を持つというルールも守っていないじゃないですか」

何を考えているのだと、ダーヴィドやランハルドに向かって問う。なるべく落ち着いて話したつもりだ。そのシウのお説教に、ダーヴィドは不満そうな顔で睨んできた。けれど、徐々に表情が変わった。やがて肩を落とす。自分でもその通りだと思ったからだろう。

しばらくして、ダーヴィドは事情を語り始めた。

「……賭けで、負けてしまったのだ。その時の勝者が『負けた奴等で角牛狩りを競え』と言い出した」

「断れなかったんですか？」

「無理だ。その、わたしが一番負けが込んでいてな。言い出しづらい状況だった。話もどんどん進み、場所まで指定された。とても口を挟めるような雰囲気ではなかったのだ」

「だからって冒険者も雇わないなんて無謀すぎるでしょう」

「それも指定のうちだったんだ」

しょんぼりと俯く姿が憐れだ。ダーヴィドの話しぶりから、仲間同士の遊びの延長で賭けが行われたようにも思える。嫌いな相手なら「言い出しづらい」と戸惑う間もなく断れるだろう。かといって、シウにはその仲間たちが友人だとも思えない。話を聞くに、悪意があったように感じてしまう。

「あなただけ雇ってはいけないと言われたのですか？　他の方々は冒険者を雇っていますよ？　たぶん、冒険者だと思います。動きが素人ではないので」

断定した言い方はまずいかと、慌てて言い直した。実際にシウの《感覚転移》で改めて視てみると、冒険者らしき格好の者が多く参加している。大所帯になるはずだ。

ダーヴィドはシウの言葉を受け、またも肩を落とした。

「ずるをしたのだなぁ……」

主の落ち込んだ様子に、ランハルドがおろおろと慰め始めた。従者も心配そうだ。しかし、だからといって何かを言うわけではない。彼等には言えないのだ。だから、お節介だと思いながらもシウが口にした。

「あのですね、初対面の僕が言うのもなんですが、その方々とのお付き合いは控えた方がいいんじゃないでしょうか。指定を出した方には悪意しか感じないです。他の方々もルールを守っていないところを見ると、同じ穴の狢に思えます」

「そう、か。やはり、そうなのだろうな」

自分でも気付いていたらしい。がっくりと項垂れる。それから、ここに至った理由を話し始めた。

貴族は、パーティーといった集まりで横の繋がりを作るという。ダーヴィドも若手青年貴族同士の、特に子爵や男爵といった下位貴族のグループに属している。ところが、彼は仲間内から浮いていたようだ。

理由は単純で、ダーヴィドには親から譲られた騎獣ドラコエクウスがあった。宮廷魔術師や軍の騎獣隊に就いているわけでもない。まして子爵位だ。下位貴族が騎獣を持つことは、ラトリシア国では珍しい。しかも、ダーヴィドは若いうちに親から余っていた爵位を譲られている。まだ爵位のない同年代の仲間からすれば思うところがあるのだろう。

妬まれていたというのは、ダーヴィドの話を途中でフォローするために従者が教えてくれたことだ。彼から見ても分かるほど嫌な態度だったようだ。悔しそうに語る。

「そんな理由で今回の件に繋がるなんて、ひどい話ですね。ダーヴィドさん、その方々との付き合いがなければ仕事に支障が出るといった不利益が起こりますか？」

「貴族の付き合いというのは仕事に関係ないのだ」

「ですけど、一歩間違えれば死んでいましたよ」

第二章

無謀のツケと展示物の話し合い

専門家のいない森歩きなど無謀すぎる。ここは魔獣が闊歩するミセリコルディアという深い森だ。ダーヴィドはシウの言葉に顔を青くした。

「君には本当に世話になったと思っている」

「そういう話ではなくてですね」

「うん、そうだな、分かってはいるんだ」

最初に見た威勢の良さが消えた。もしかすると虚勢だったのかもしれない。シウは目の前の落ち込む青年を見て、溜息を吐いた。

「あなたが亡くなった時に、彼等が何を言うのかを想像してみてください」

ランハルドがハッとした顔でシウを見た。

「同時に、あなたが亡くなって悲しむ人のことも想像してください」

ダーヴィドがのろのろと顔を上げる。彼はシウの顔を凝視し、それから周囲を見回した。

ランハルドだけでなく、皆が心配そうな顔で見ている。

「……サロンを、変えてみようと思う」

きっとダーヴィドにとっては大きな決断だったに違いない。ここまでのことをされて即断できないのがシウには不思議だったが、それだけ貴族の付き合いというのは複雑なのだろう。ともあれ、ダーヴィドが決断してくれて良かった。何よりも彼の周りの人が喜んだ。

シウは景気付けのつもりもあって食後のデザートを提供した。もちろん、角牛乳で作った数々だ。

街道に出ると、馬車やテントを見張っていた留守番役の使用人らが駆け付けた。涙目でダーヴィドの体調を心配している。その大袈裟な様子にダーヴィドが何事かと問えば「森から続々と冒険者が出てくるのにダーヴィド様が戻ってこられない」と不安になったようだ。

彼等の本心からの気持ちにダーヴィドは感動し、悪友たちとの付き合いを止めると宣言した。決意表明だ。やはり使用人らは喜んだ。彼等なりに主の置かれている状況に思うところがあったのだ。

昼も大きく過ぎた頃で、シウは彼等と戻ることにした。少し進めば草原に出るが、ミセリコルディアに多くの人が入ったことで森がざわめいている。そうそう魔獣が草原にまで出てくるとは思えないが、元々小さな魔獣は草原にもいる。稀にルプスやコボルトが草原の岩場に隠れている場合もあり、袖すり合うも多生の縁だ、ダーヴィドたちの護衛がてら王都まで面倒を見ようと考えた。

北東組と南西組については、シウが口を出す必要はない。彼等には多くの冒険者が付いているし、そもそもギルドに頼まれたのも「シアーナ街道付近に森に不慣れな人がいたら注意してほしい」だった。本格的な救助依頼ではない。

シウはダーヴィド一行の歩みに合わせ、ゆっくりと王都に戻った。

王都を守る外壁門に着いたのは夜も遅い時間だ。その時に早馬が通り過ぎていった。貴族の証（あかし）を見せていたのだろう、門兵は止めなかった。よくある話だ。通信魔法が使えない連絡というのが貴族にはある。だから誰も早馬の存在を気にしていなかった。

後で分かったのだが、早馬はダーヴィドにも関係があった。その日、彼の仲間だった貴族のグループが魔獣に襲われたそうだ。早馬はそれを知らせるものだった。

彼等は日も落ちてきたのに帰ろうとせず、野営の準備が進まないうちに襲われた。冒険者はギルドを通さずに雇っており、ペナルティを受けないと考えたからか、手に負えないと分かると逃げ出してしまったそうだ。

北東組の貴族の一行には死亡者まで出た。助かった者もほとんどが大怪我（おおけが）を負った。貴族自身も腕を失ったが、なんとか命からがら逃げてきたという。

南西組に死亡者は出なかったものの、ほぼ全員が何らかの被害を受けた。不幸中の幸いで、通りがかった冒険者の治癒魔法を受けて命を長らえた。

遊びの延長だったのかもしれないが、彼等は大きな代償を支払うこととなった。

シウが事情を知ったのは当日中にギルドへ報告したからだ。夜も更けた頃合いだというのにギルド内は大騒ぎだった。そこで事故があったと知った。

詳細は光の日になってから判明した。貴族の起こした事故とはいえ、魔獣や冒険者の関わる出来事だからギルドにも情報は入ってくる。貴族側から「逃げた冒険者を捕まえろ」とでも言われたのだろう。となれば、何があったのかを確認するはずだ。シウにも「再確認したい」と連絡があった。

シウがギルドに赴くと、そこにダーヴィドがいた。まさか貴族の彼が呼び出されたわけではあるまい、などと考えていたら、神妙な顔のままシウに頭を下げる。

「昨夜は父上から大目玉を食らいました。これから王城で事情説明となります。その前にどうしてもお礼を言いたかった、のです」

昨日とは打って変わった物言いだ。シウは目を丸くした。

「そんなに驚かなくてもいいだろう？　……実は正直にシウ殿の話を父上にしたところ、大層お怒りになってな」

ダーヴィドは俯き加減になって頭を掻いた。

「殿下のご友人にして、聖獣様のご親友でもあるシウ殿に『なんたる無礼を働いたのだ』と叱られた」

どうやら聞かれるままに全てを話したようだ。馬鹿丁寧に口調までなぞったのだろう。父親は「助けに来てくれた相手への口の利き方ではない」と更に怒ったらしい。

「ああ、えーと。別に気にしていません。普通に話してください。僕も貴族に対する態度ではなかったですし」

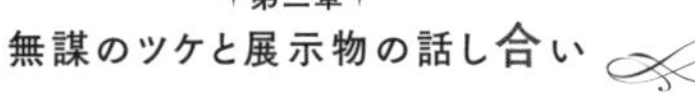

「そう言われると、わたしも困るのだが」

ダーヴィドはまたも頭を掻いた。随分疲れた顔をしている。昨日の疲れだけではない。仲間の様子を耳にし、かつ王城に呼び出された件が心に負担を掛けているのだ。

シウは思わず、小さな子供に寄り添うような気持ちで声を掛けた。

「事情聴取では正直に全部話した方がいいですよ。特に『冒険者を雇うな』や『角牛狩りに行け』と指示されたところは必ず伝えましょう」

「ああ、そうする。すでに、指示した奴が自分に都合良く言いふらしているようなのだ。気を引き締めて対応しなければな」

「頑張ってください」

ダーヴィドはしっかりと頷き、シウに深く頭を下げた。隅にある席で話していたとはいえ、ギルド内の広間だ。見ていた冒険者が「貴族が頭を下げた？」と驚く。きっとダーヴィドや従者たちにも聞こえているだろうに、気にせず続けた。

「命を助けてくれてありがとう。説教してくれたこともだ。父が言っていた。『説教するのはお前を思ってのことだ。心配している証拠なのだよ』と。『その逆の人間もいることが今回の件でよく分かっただろう』とも言われたよ」

耳が痛いと、ダーヴィドは苦笑した。

シウが出会った時の彼とは顔付きが全く違っていた。人は一日でこれほど変わるものかと驚く。でも、それもそのはずだ。ダーヴィドは友人だと思っていた人たちに裏切られ、そのうちの二人は大怪我を負った。原因を作った大元の友人も、自分は悪くないと嘘の噂をバラまいている。たった一日で、今までの「当たり前」が一変してしまった。

「今度、改めてお礼をさせてほしい」

そう言ったダーヴィドの顔はしっかりとして見えた。


その後、シウはタウロスに案内されて個室に入った。中ではスキュイが待っていた。タウロスは仕事が立て込んでいるからとすぐに出ていく。昨日の件だというのはシウにも分かった。

「お手柄だね。君は多くの冒険者を救ってくれた。声掛けしてくれて本当に助かったよ。彼等も朝になって事故を知ったそうだが、真っ青になっていた。群れの数が尋常じゃなかったからね。良い薬になっただろう。もう無謀な真似はしないさ」

開口一番、スキュイはシウを労った。しかし、困ったような顔になる。

「貴族も助けてくれてありがとう。とはいえ、いろいろと大変だったね」

「ええ、まあ。それより、他の貴族の方々が大変だったでしょうから。魔獣の群れが多いと聞きましたが、騎士や冒険者がいても太刀打ちできなかったんですか？」

スキュイは「そうなんだ」と眉根を寄せる。

「君がアンドロシュ子爵のお供をしていた時に探知したという魔獣、確か岩猪やルプスだったよね。本来なら森の浅い場所に出る魔獣たちだ。ところが、北側に出現したのはハーピーの群れだよ。この辺りでは滅多に見ない魔獣だ。草原の方はゴブリンの群れだった」

「どれぐらいの規模ですか？」

「ハーピーは十四前後らしい。ただ、生き残った貴族の証言が曖昧なんだ」

「大怪我だと聞きましたし、衝撃で前後の記憶が飛んでしまったのかもしれませんね」

魔獣討伐の経験がなければ出会っただけでもショックを受ける。貴族として生きてきたのなら魔獣を見た経験もないはずだ。上級冒険者がいれば情報を持って帰っただろうが、彼等の連れていた冒険者はギルドを通さずに依頼を受けるような無規律者だ。当てにはできないし、そもそも見つかったのかどうか。

スキュイは現在分かっている情報を口にした。

「ゴブリンの方は五十四以上だった。森から森への移動中で気が立っていたようだ。群れが移動する際は積極的に人を襲わないというが、人間の立てた予想通りになるものでもない。双方が思わぬ形で遭遇してしまった。幸いと言っていいのか、草原の方には冒険者を含め、多くの武器や魔道具が用意してあった。咄嗟に強力な魔獣避けの薬玉に火をつけたことも功を奏したらしい」

それにより、興奮していたゴブリンも逃げていった。その代わり、闇雲に薬玉を振り回したせいで草原に火が付いた。消火に時間がかかったと、スキュイが溜息を吐く。

「なんにせよ、周辺に村や畑がなくて助かった」

連絡を受けて駆け付けた冒険者の中に、強力な水属性持ちの魔法使いがいなかったのだろう。延焼を止めるために地面を掘り返すといった方法を採ったのなら、大変な作業だ。

「今日は群れの討伐がメインになりますか？」

現在、ギルドは急ぎではない依頼を止めている。今回の件の後処理を冒険者たちに割り振るからだ。冒険者も続々とギルドに集まっていた。

ゴブリンの場合なら、五十四いたとしても冒険者パーティーが複数いれば討伐は可能だ。ハーピーは違う。上級に指定してもいい凶悪な魔獣だった。空を飛ぶ魔獣はそれだけで充分に危険だ。相当数の冒険者と、飛行魔獣に対抗すべく大型弩砲（バリスタ）も必要となるだろう。

「そうだね。皆が『ちょうどいい獲物だ』と、討伐に名乗りを上げている。すでに第一陣も出た。乗り遅れた第二陣は、こっちは更に遅れそうだね」

「え、どうしてです？」

「冒険者仕様の飛行板の真価が発揮できる良い機会だ。我こそはと参加を申し出ているのさ。まあ、それは建前だね。単純に現場で玩具（おもちゃ）を使いたいんだろうよ」

「ああ、そういう」

冒険者らしい理由に呆（あき）れ、シウはソファに寄りかかった。背負っていたブランカが、

「みゃっ」

と鳴く。もちろん、背もたれに勢いよく倒れたわけではない。ブランカのそれは、シウがくっついてきたと喜ぶ声だ。挟まれた心地が「くっついた」になったらしい。

ブランカが喜ぶと、今度はクロがぴょんとシウの頭上から飛び降りた。いそいそと挟ま

れに行く。隙間でゴソゴソしているのが分かり、シウはくすぐったい思いで笑った。

スキュイも微笑ましそうに眺めていたが、大きく息を吐いてから表情を変えた。

「さて、昨日の流れを詳しく教えてもらおうかな」

昨夜は受付に報告をしただけで、スキュイのような幹部職員には話していない。情報をとりまとめる立場として直接、シウの知り得た全てを把握しておきたいのだろう。

シウは順序立てて、ダーヴィドを連れ帰ったことまでを話して聞かせた。

昼には屋敷に戻った。馬や角牛のブラッシングをしてから昼食を摂る。午後はリュカやフェレスたちと庭で遊んだ。シウにとっても楽しい時間だ。

リュカはもう飛行板に乗れる。危険なので高く飛んではいけないルールになっているが、低空飛行でなら冒険者顔負けの上達ぶりだ。歩球板に乗ってもらうと、あっという間に使いこなす。一緒に練習を始めたソロルよりも覚えが早い。

「これ、面白い。すごいね！」

「飛行板よりも安定していて怖くありません。楽しいですね」

ソロルも気に入ったようだ。

「段差でも飛び跳ねないし、どうなっているのでしょうか」

ソロルが不思議そうに歩球板を裏返し、底の球体を見て首を傾げる。シウは「クッションが中に入ってるんだ」と簡単に説明した。

「そろそろ商品として売り出せるようになると思うから、それは持っておいて」

出回っていない品を使っていると目立つが、発売直前の今なら構うまい。二人はシウの言葉に喜んだ。

「えっ、いいの！」

「よろしいのですか？」

「もちろん。あと数台を屋敷内の移動用として置いておくつもり。二人の分はそれぞれ使用者権限を付けるね」

「使用者権限というのは確か、ええと」

いろいろ学んでいる最中のソロルが思い出そうとするも、目をギュッと瞑ったままだ。シウは笑って答えを告げた。

「他の人に使われないよう、使う人を限定するんだよ。盗難防止のためだね」

受け取った歩球板にその場で付与し、二人に返す。ついでに注意事項を口にした。

「出回るようになったら外で使っていいよ。今はまだ目立っちゃうからね」

二人とも良い返事で「はい！」と答えた。それからまた歩球板に乗る。

飛行板よりも安全で安定感のある歩球板を気に入ったようだ。ずっと遊んでいた。

面白いのがフェレスだ。皆が楽しんでいるのを見て、自分も仲間に入りたいと思ったの

だろう。置いてあった歩球板に乗ろうとする。ただ、残念なことに彼の大きさでは乗り切れない。何度か位置を変えて挑戦したものの、乗れなかった。結局は諦めたけれど、何度もやらないと自分の体の大きさに気付かない。そんなフェレスがシウには可愛かった。

夜、シウはしょんぼりしていたフェレスの尻尾を思い出し、ブラッシングを念入りにしてあげた。ちょうど馬や角牛のブラッシングをした日で、フェレスがちょっぴり拗ねていたのもある。丁寧にブラッシングをしてあげると、

「にゃふぅぅ」

と、気持ち良さげに鳴く。可愛いけれど、まるで温泉に入った時の「はぁぁ」という声にも聞こえて面白い。シウは笑いながらフェレスに話し掛けた。

「気持ち良い？」

「にゃん」

ふにゃあ～と力を抜き、騎獣の強さや凜々しさはどこにも見えない。尻尾がパタンパタンと床を叩くように跳ねて活動的なのに、体の方は伸び切っている。

「フェレスの毛は綺麗だね。くるんくるんと丸まっていて可愛いし、毛艶も良い」

「にゃにゃにゃ！」

「良かったね～」

「にゃん！」

シウが褒めると嬉しそうに返事をしていたが、そのうち寝息を立てて寝てしまった。そんなフェレスを起こさないよう、静かに尻尾の先までブラッシングする。

次はブランカだ。こちらはブラッシングの気持ち良さよりも「構ってもらっている」ことが嬉しいらしく、動き回る。そのため丁寧にとはいかなかった。しかもブラッシング中に興奮しすぎてシウの腕を甘嚙みし始めた。更に腕に足にと巻きつき、蹴ってくる。元気が有り余っているようだから、最近ブランカが気に入っている「ベッドの上に放り投げる」遊びをやってあげた。

これだけ騒いでいてもフェレスはぐーすかと眠っている。お腹を見せた無防備な姿が、シウには可愛い。そのお腹に、遊び疲れて動きの鈍くなってきたブランカを置く。ふかふかの毛に埋もれると、ブランカはすぐ眠りに就いた。

その後、静かに待っていたクロと遊ぶ。頭の良い子だから、待てのできないブランカのために一歩引いてしまうのだ。小さい頃は順番が来るまでに寝てしまうこともあったけれど、最近は起きていられる時間が長い。

「ごめん、遅くなっちゃったね」

「きゅぃ」

ううんと答えたようだ。鳥型の希少獣は成長が早い。人間の言葉も理解してきており、感情を伝えられるようになっていた。

「クロの毛も綺麗だね。そろそろ大人の羽根に生え変わるのかな？　成獣になっても今と

同じような綺麗な黒い色かな。楽しみだね」

「きゅぃ」

「今日は何して遊ぶ？」

クロ専用の柔らかいブラシで撫で終わると、嘴の近くをカリカリと掻いてあげる。気持ち良さそうだったクロは少し考え、むくりと起き上がるやトトトッと玩具置き場に歩いていった。その中から石を持ってくる。

以前、森の中で見付けたキラキラ光る石英だ。フェレスの教育の賜物なのか、あるいは鳥型という種族特性なのか、クロもキラキラと光るものが好きだった。それをシウの目の前に置く。今日は持ってこいをやりたいようだ。フェレスも小さい頃、持ってこいが好きだった。やはり兄の真似をするのだろうか。シウは懐かしさで笑いながら、石をぽんと投げた。クロが満足するまで相手をするつもりだ。

といっても、クロは適度なところで止めてしまう。シウの顔色を窺うというより、遊びに夢中になりすぎて周りが見えないブランカと、それを見ていたフェレスの飽きる様子から学んだようだ。何事も適度なところで収める方が良いと思ったらしい。

ある程度遊んで満足したクロは、石英を玩具置き場に自分で仕舞った。でもそこで終わりではない。最後まで待っていたからこそできる彼なりの甘え方が「シウの手の中に体を押し込む」だ。手の中に収まると、安心しきった様子でシウを見上げて首を傾げる。眠るまで包んでいてねと、言っているかのようだ。その可愛さに、シウはやっぱり笑顔になったのだった。

誕生の月、最後の週となった。来週から二週間がまた休みになる。それが明けて程なくすると文化祭が始まる予定だ。

古代遺跡研究のクラスでは研究の発表と、発掘作業の面白さを体験してもらおうと疑似遺跡発掘体験コーナーを作ることになった。その計画や準備のため、二時限目は文化祭の準備に充てる。となると、どうしても一時限目の授業が若干詰め込み気味になるのは仕方ない。珍しく、寄り道も雑談もない真面目(まじめ)な時間となった。

二時限目になると早速、クラスリーダーのフロランが班分けを指示する。

「シウはまだ入ったばかりで過去の研究内容をまとめるのは難しいだろう。発掘体験の方を担当してくれるかい」

「ていうか、発掘体験場所を作るのが大変だからシウに押し付けるんだろ？」

「ミルトは疑り深いなぁ」

「真実を語ってるんだよ！」

ミルトの茶々にも動じず、フロランは続けた。

「まあ、どう考えても使える魔法の多様さではシウが一番なんだもの。この短い期間で仕上げられる適任者は彼だけだよね」

「確かに業者を入れても厳しいだろうな。休暇の間、誰かが監督のために出てくるってのも大変だ」

ミルトの言葉にフロランが「そうだろう」と満足そうに頷く。

「研究発表の中身についてはアラバさんとトルカさんに監修を頼むよ」

「えぇ～」

不満そうな反応に、フロランが何かを言う前にミルトが口を挟んだ。

「研究内容をまとめるなんて仕事はフロランにうってつけだろ？　過去の資料も引っ張り出すんだ。フロランにしかできない作業だ。発表も一人でやれよ」

「いいよ、分かった。その代わり、アルベリク先生をもらうから」

「構わないぜ」

アルベリクの意思を確認しないまま、話が進んでいった。

ミルトは疑似遺跡発掘体験コーナーを担当すると宣言し、結局フロラン以外の生徒全員が担当になった。理由は簡単だ。

「どの遺跡を模した方がいいかなぁ。一から作り上げるのって、考えるだけでワクワクするよね」

皆、発表するより偽物でも遺跡に触れていたいらしい。シウも皆の意見を耳にしながら、安全面に配慮した造りについて思いを馳（は）せた。

まずは、幾（いく）つかのパターンを考える。どの場所を割り振られるか分からないからだ。建物の近くなのか、地面は固いか。場所によって作れる形が変わる。

　複数の遺跡模型を用意しておくと、場所が変更になってもやりやすい。そんな話から、全く同じ箱型で作ることになった。上手くいけば、合体させて繋げられる。

「ねぇ、五メートル四方の箱型で、深さ三メートルぐらいでいいかしら。浅い？」

「深すぎると危険だって判断されるかも」

　シウが返すと、アラバは「そうよねぇ」と頬に手をやった。

「仕方ない。じゃあ、その深さで進めるしかないわね。あ、遺跡内部の細々とした制作物は任せて。シウたち男子組には、枠組みや土台造りを中心に頼みたいの」

　土壁が崩れないよう圧縮する作業も必要だ。シウは「分かった」と請け負った。

「俺は罠（わな）も作ろうかな」

「ミルトはそういうのが得意そうね。そうだ、だったら、遺跡模型を幾つか並べるでしょう？　その通路に罠を仕掛けられるようにするのはどうかしら」

「それいいな。クラフトは通路作りも手伝ってくれよ」

「ああ。シウが魔法で土台を作ってくれるんだろ？」

　だったらやりやすい、と視線で問われ、シウは「うん」と答えた。

「僕は全体の設計を描いてみるね」

リオラルも楽しそうだ。各自の得意分野で参加しようとする姿勢は素晴らしい。

もっとも、皆のやる気が高いのは文化祭のためでもあるだろうが、お金も関係あった。

実は文化祭に参加するクラスには助成金が出る。年間に割り当てられる研究費用と比べたら少額だが、今回の出し物だけで考えたら十二分にお釣りが出るはずだ。その余剰金を目当てにしている。フロランは更に、もっと別のところを考えていた。寄付金だ。

古代遺跡マニアでもあるフロランは、せっかくの発表会を盛大にしたい。そのため、まずは実家に寄付金を出させるつもりのようだ。アルベリクも一緒に盛り上がっていたから、二人で算段を付けているのだろう。そして盛大に作り上げた展示物を見に来た人たちに、寄付をお願いする。これがフロランの考えだった。

ただ、マイナーな研究の発表だ。言い方は悪いが、客寄せが必要だった。そのための疑似遺跡発掘体験コーナーである。となれば、良い場所が欲しい。

シウは文化祭実行委員なので不正対策として場所取りの抽選には参加できない。ここはクラスリーダーのフロランに頑張ってもらいたいところだ。


魔獣魔物生態研究のクラスでも、これまでに研究してきた内容をパネルにして展示すると決まった。それだけでは見学者を呼び込めないため、目玉となる催し物を開く。それを何にするか、授業そっちのけで議論が続いた。最終的に「希少獣とのふれあいコーナー」と「魔獣の試食会」で揉めている。

第二章

無謀のツケと展示物の話し合い

　しかし、早く決めてしまわないと期限がギリギリだ。すでに生徒会から一度返されている。二度目の期限は目の前だ。皆、いつになく真剣な様子で会議に臨んでいた。

「希少獣とのふれあいコーナーにすると、飼い主が傍に居続けないといけないのよ？　別のクラスの出し物もあるし、かかりきりってわけにはいかないわ」

「生徒会から返された申請書にも『防犯対策が甘い』と注意書きされていたね。小型希少獣の場合は盗難の危険もあるし、やっぱり諸々の安全対策が不十分だよ」

「希少獣とのふれあいって言うけれど『魔獣魔物生態研究』とは関係ないじゃない？」

「そこはそれ、一般の人を呼び込むのにちょうどいいって話になったんだろ」

　ああでもないこうでもないと話し合った結果、とりあえず魔獣の肉を出す飲食店にしようと決まった。希少獣たちはマスコット係だ。おさわりは基本的に禁止。あくまでも希少獣たちの気持ちが一番で「運が良ければ触れるかも？」程度の意図にしておく。

　およそのルールを決めた後、アロンソが皆に念を押した。

「ただし、クロとブランカは別だから。幼獣は絶対に不参加だ。皆、いいね？」

　シウがお願いするより前に気付き、あえて口にした。もちろん、この授業を学ぶ生徒の中に幼獣を使って接待させるような「考えなし」はいない。生き物全般について学び、希少獣持ちも多いからこそ、それに纏わる常識を知っている。アロンソの言葉は再確認のようなものだ。皆も「当たり前でしょ」といった顔で頷いた。

「本当はフェレスも外したいんだけどね。そこは様子を見て対応してくれるかい？」

「うん。フェレスだったら大丈夫だと思う」

フェレス自身の気持ちが大事だけれど、シウは大丈夫だろうと思っている。彼はチヤホヤされるのが好きだし、嫌いな人間にはそっぽを向ける性格だ。

アロンソが「フェレスを外したい」と口にしたのは、以前狙われた件を考慮したからだ。また面倒事になったら、フェレスだけでなくクラスとしても困る。

もっとも、一般人相手なら厄介なことにはならないだろう。問題は貴族が相手の場合だ。その対策としてアロンソが考えたのは、

「シウが当番の時はルフィナさんに入ってもらおう。バルトロメ先生もいるしね」

上位貴族を配置する、だった。伯爵家の二人がいれば大抵の貴族に対抗できる。二人は快く引き受けてくれた。シウはお礼を言った後に、申し訳ない気持ちで告げた。

「ただ、僕は実行委員だからあまり当番ができないんだ」

「そうだね。当日の君の割り当て時間が分かれば教えてくれるかい。それ以外にも自分で見て回る時間が必要だろう？　調整するよ」

アロンソの言葉に頷くと、ウスターシュが後を継いだ。

「皆もだよ。他科での発表や出し物もあるだろうから、こっちに顔を出せる時間を教えておいて。あ、できればこっちを優先的にお願いしたいな」

最後の台詞に笑いが起きた。

このクラスはアロンソやウスターシュがしっかりしているし、ルフィナも貴族令嬢とは

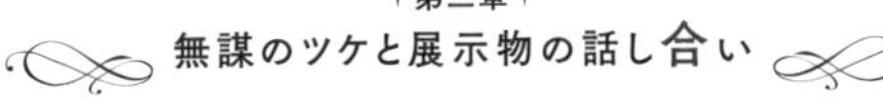

第二章 無謀のツケと展示物の話し合い

思えぬほどの気さくさで、和気藹々と気兼ねなく話し合いが進む。一度決まってしまえば後は早く、四時限目のうちに生徒会へ提出する書類も全て揃った。おかげで五時限目は通常の授業に戻れる。

とはいえ、バルトロメは生徒に優しい。文化祭に関係のある授業内容へと急遽変更してくれた。たとえば魔獣の試食会に使える素材やその食べ方についてだ。

バルトロメが話した中に、シウの愛読書が出てきた。

「『魔獣魔物をおいしく食べる』という本には、世界のありとあらゆる魔獣について書かれているんだ。皆、この本を知っているかい？」

シウがそろっと手を挙げると、バルトロメは破顔した。

「やっぱり読んでいたか！　そうだろうと思った。君が魔獣に詳しいのも変わったことをするのもそのせいだね」

「えっ。ええと、そう、かな」

元日本人としての性か、食への追及がそうさせる。とは言えないため、シウは頷いた。

「作者のウルバン＝ロドリゲスは冒険者としても有名だったようだが、著作は『食』についてばかりだ。ありとあらゆる食材に精通している。僕も珍しい食材を試した経験があるけれど、いやぁ、彼は偉大だね」

バルトロメが遠い目をする。何を食べたのかは言わない。その姿を見て、誰一人として彼に何を食べたのか聞こうとしなかった。

「前置きが長くなったね。では、冒険者ギルドに依頼を出して魔獣を持ってきてもらおうか。さて、このあたりで狩れる魔獣は何があるかな？」

授業らしくなってきた。皆が手を挙げる。王都の周囲で狩れる魔獣となると大体は決まっている。その中でも食べられる魔獣、あるいは少し珍しいものなど、次々と答えが飛び出た。少し遠出をすれば美味しい魔獣が狩れるのではないか、それならばとミセリコルディア近辺の魔獣分布図を引っ張り出す。

そのうちに虫系魔獣の名前が挙がり始め、プルウィアが嫌そうな顔になった。森で育った割には虫が苦手らしい。シウが問うと、昆虫食は滅多になかったという。

「ねぇ、文化祭の趣旨から外れている気がしない？」

「そうだよね」

白熱するクラスメイトの中、シウとプルウィアはコソコソと語り合った。

「どこの誰が文化祭で巨大黄蜂を食べたいと思うのよ」

「だよね」

「カタピロサスやボンビクス、土蚯蚓よ？　ギルドの買い取り一覧表にないのは、食べられる部分や旨味がないからでしょ？　身がないの。話がずれすぎているわ」

「あ、土蚯蚓は味は微妙だけど食べられないことはないよ」

思わず口にしてしまうと、プルウィアがこの世の終わりみたいな顔でシウを見た。

「えっと、大芋虫（おおいもむし）も焼くとトロッとしていて美味しい、と思う。たぶん」

今となっては美味しいと断言できない。最近のシウは多くの美味しい食材に恵まれているからだ。

「シウ、あなたそんなに生活が大変だったの？」

今度は同情めいた視線が向けられる。そう言われるとそうかもしれない。シウの前世では、戦後の物資不足で誰もがひもじい思いをした。だから何だって食べた。でもそれは言えないから、別の答えを口にする。

「育て親の爺様が、何も持たなくても山で生き残れる方法を教えてくれたんだ。食べられる野草や果実、木の枝もね。だけど、それだけじゃ生きられない。たんぱく質も大事だから。で、獣肉が摂取できない場合に手っ取り早く手に入れられるのが虫なんだ」

「うわぁ、すごいお爺様なのね」

「うん。おかげで、魔法が使えなくても森の中なら僕は生き残れる自信がある」

「そ、そうなの」

「こら、そこ！」

ぼそぼそ話しているつもりだったが、どうやらバルトロメには気付かれていたらしい。注意されてしまった。

「ゲテモノ食いの話で盛り上がっているんじゃあるまいし、そんなものを試食会に出すわけないだろう。文化祭では食べられるものを出すんだ。

同時に展示もしてみようか。自分たちが普段どんな魔獣を食べているのか、知ってもらう良い機会だ」

それはそれで引かれそうだと思うが、バルトロメの言い分もシウには分かる。皆も納得して頷いていたが、誰かが「解体ショーをやってみます？」と言い出した。そのせいでまた話がおかしな方へ向かってしまった。

生産科も文化祭に参加する。発表方法は、各自が小さなブースに自分の作った生産物を展示するという形であっさり決まった。大物を作る予定の生徒は今から張り切っている。秋休みの期間を利用して作るようだ。空き部屋を借りる算段を立てていた。

「お前さんはどうする」

レグロがシウに問う。シウはもう決まっているからスラスラ答えた。

「商人ギルドの担当者に勧められたので歩球板を展示します。そうだ、場所を大きく取りたいんですけどいいですか？」

「ああ、行動展示か。構わんぞ。場所の配置は俺がやっておこう」

と言ってくれたため、配置についてはお任せだ。シウは近くにいたアマリアに話を振った。レグロも耳をそばだてる。

「わたくしはこれです」

手乗りというには大きいが、二十センチぐらいある可動式の人形を取り出す。

「最終確認でも動作に問題は出ませんでした。この発表会で展示し、何もなければ売り出そうと思います」

「いよいよかあ。特許はどうなっているの？」

「書類上の不備で何度か修正はありましたけれど、シェイラ様のご指導もあり無事に取れましたわ。ただ、実際に動く様子を見てもらう場があればと仰っていましたから、それなら文化祭に合わせるのが良いのではないかと思って時期を合わせました」

発売時期をずらすと決めたため、動作チェックに時間を掛けられたようだ。アマリアはにこにこと笑顔で語った。

レグロもアマリアの作った人形を絶賛している。更に、アマリアの粘り勝ちだと喜んだ。

「泥人形」や「ゴーレムマニアの貴族令嬢」と揶揄されていた彼女を、レグロが一番心配していたのではないだろうか。横やりもあった。政争に巻き込まれ、一時は学校を辞めなければならないかもしれない事態にまで陥った。それでもアマリアは踏ん張って研究を続けた。それがようやく実を結んだのだから、教えていたレグロの喜びもひとしおだ。

シウの展示物は歩球板だからもう出来上がっている。この日の授業では別の作業を始めた。作りたいのは腕輪型の結界魔道具だ。《四隅結界》の魔道具は置き型だが、腕輪型にすれば身に着けられる。その代わりサイズを小さくする必要があった。小さい分、起動に使うのは極小の魔核だ。動力は腕輪をしている本人の魔力を流用する。

いきなり魔獣に襲われた際の防御用として考えていた。

本人の魔力を使うため、一回こっきりの使用となる。というのも、普通の人の魔力はそれほど高くないからだ。冒険者だと無意識に身体強化魔法を使っている可能性もあり、なるべく流用量は少なく抑えたかった。

かといって、使い捨てにしてしまってはもったいない。そこは一日一回という風に使用制限を設けることで解消できるだろう。何よりも、一回の魔力量を抑えるのが大事だ。

シウは何度も計算し直し、術式を書き換えた。

「相変わらず安全対策に掛ける魔術式の方が本体より長いな」

レグロが呆れた顔でシウの作業を横から覗く。彼は「間違った使い方をする人の安全まで想定して作る必要はない」という考えである。よく「使用方法を守れないなら魔道具を使うな」と言っているので、シウの「無駄な作業」が不思議なのだ。シウは前世の記憶があるため、どうしても安全設計に力が入る。

「魔力量計測の術式も組み込んだのか」

「はい」

「そうなると魔道具本体が高くなるな」

「その分、魔核の大きさを減らします」

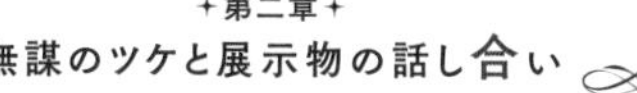

「ふうむ。それで軽いのか」

軽いのは良いとレグロが褒めてくれる。しかし、続けて指摘があった。

「もう少し腕輪の装飾をなんとかせい。武骨すぎる」

「はあ」

女性でも着けられるようなデザインにしろというわけだ。

更に魔力の少ない人に合わせた「限界ギリギリの結界」もいいが、逆に魔力がある人用として連続使用ができるものなど、用途別に作ればいいと提案される。

シウは俄然やる気になった。用途別に術式を用意し、無骨と言われたデザインにも手を入れる。まずは魔核を入れておく部分を「見える化」した。強化ガラス製にして色を付けてみる。まるで時計のようだ。中の魔核がカラコロと動いて可愛いかもしれない。そう思うと途端に作るのが楽しくなる。シウはいそいそと革を取り出しては種類を増やし、途中で覗きに来たレグロにまたも呆れられた。


午後は商人ギルドに寄った。そこでシェイラに、ベニグドが来たと教えられた。

「あなたのレシピを利用したいそうよ。『貴族専用サロンで作らせたいから』と仰っていたわね。あなたの料理レシピは特許を取っているけれど無料であること、ただし著作権は放棄していないと伝えておいたわ。商業で使うのなら寄付を受け付けていますって話したら、ポンと快く出していただけたわよ」

ベニグドは食堂に何度か通ううちにシウ考案の料理を気に入ったらしい。職員のフラハを質問攻めにし、レシピを利用したいと言ってきた。フラハは「これらのレシピは特許登録済みだから交渉は商人ギルドで」と伝えたようだ。その足でベニグドはやってきた。

「というわけだから、あなたの取り分をギルド口座に振り込んでいるわ。必要なら後で引き出しておいてね」

「使いたくないな～」

「あら、お金はお金よ。罪はないわ」

商人ギルドの職員だからか、シェイラはお金に厳しいし細かい。そして大好きだ。

「さて。ニーバリ伯爵子息の件を知らなかったのだとしたら、今日の用件は別にあるのよね？」

「あ、うん。作ったばかりだけど、これを――」

「まあ、腕輪？　わたしにプレゼントしてくれるのかしら。可愛いわね」

冗談だろうとシウは思ったのだが、シェイラは嬉しそうだ。その笑顔を見ていると、違うとは言い出しづらい。そんなシウに、秘書が気付いた。

「シェイラ様、それは商品ではないですか？」

「あら、そう。ええ、知っていたわよ？　……で、これは何かしら」

シェイラは残念そうな顔をすぐに消し、いつものキリリとした表情になる。

「結界魔道具です。攻撃された時に結界を張って体を守ります」

日常生活の中で、たとえば体がぶつかった程度で発動したら困る。そのためオンオフ機能を付けてみた。そそっかしい人でない限りは、オンにしておいてもいいだろう。

「これが一回用と、こっちは連続して使える分です」

シェイラはシウの説明にふむふむと頷いた。

「一回用も使い捨てというわけではないのね？　ここを元に戻すと、また使えるってことかしら」

「はい。だから、手動式とも言えますね」

「魔力量に自信のない人が一回用、と。なるほどね」

魔道具を使って死ぬ、という羽目にはならない。シェイラはシウの安全マニアっぷりを知っているので、レグロのように呆れはしなかった。

「じゃあ、こちらでも精査してみるわね。特許申請も同時に出しておきましょう」

「ありがとうございます」

「いいえ。そうだ、文化祭だけれど、わたしたちも見にいく予定よ。頑張ってね」

「はい」

良い人材がいれば青田買いをするようだ。シウにも優秀な生徒の情報があったら教えてほしいと頼んでくる。シウは今日の生産の授業風景を思い出しながら、特許登録に興味を持っていたクラスメイトの名前を教えた。

翌日、シウは冒険者ギルドにバルトロメと一緒に赴いた。今日のシウは付き添いだ。

「文化祭で提供する飲食店用の肉を直接狩るため、ですか」

ユリアナが復唱する。バルトロメはにこにこと笑った。

「授業の一環として、ですね。どうでしょうか」

「それは構いませんが、その、彼への指名依頼ですのね？」

ユリアナはじろじろ見つめてくるバルトロメに困惑したような、それでいて美しい貴族の青年の視線に恥じらうような表情だ。

「うん、そうなんだ。引率役も兼ねて、シウに来てもらおうと思ってね」

「彼も生徒なんですよね？　それは構わないのですか？」

「生徒の前に冒険者であるし、彼ほどの適任者はいないと思うんだけど」

「そうですわね。良いのではないかと――」

ぼんやりとした様子で答えるユリアナを見て、隣から咳払いが聞こえた。カナリアだ。彼女の注意を促す咳払いで、ユリアナはハッと我に返った。

「ですが、いくらシウ殿とはいえ、未熟な学生ばかりの護衛を一人だけに任せるのは良くありません」

「もちろん僕も参加するよ。僕には護衛がいるからね。生徒の多くも貴族出だ。護衛の数は問題ないだろう。ただ、ユリアナさんだったかな？　あなたの心配もごもっともだ」

第二章

無謀のツケと展示物の話し合い

カウンターに肘をつき、バルトロメがにこやかに話し始める。

「そうだね、他にも数人ほど護衛として雇いたいな。指名依頼ではないけれど、シウと相性の良さそうな人を選別してくれると助かるよ」

「ええ、そういうことでしたら承知しましたわ」

「良かった。ところで、ユリアナさん、ごきょうだいは何人いらっしゃるのだろうか」

「先生？」

バルトロメの横にいたシウは呆れて声を掛けた。ところが呼んでも聞こえない振りをする。その上、キラキラと輝くような笑顔でユリアナに粉をかけようと頑張るため、シウはバルトロメ自慢のローブを引っ張った。

「先生、そういうの、貴族以外でもセクハラになるんですよ。僕まで同類だと思われたくないので止めてください」

「ええ？　せっかく、いつもとは違う場所に来たのに！」

「はいはい。ユリアナさん、この人、あちこちで女性に声を掛ける危険な人だから」

「まあ、そうなの」

残念そうな声に、シウは苦笑した。これだけ軽薄そうな態度や顔をしているのに、見た目が良いとポーッとなるらしい。幸い、カナリアの方は職務に忠実というのか、冷静だった。それよりバルトロメだ。

「先生、お嫁さん探しは一人の時にやってください。あと、お相手ばかりにきょうだいの有無を聞いてますけど、先生ご自身の問題についても考えた方がいいですよ」

どちらが健康であったとしても授からない場合だってある。そもそも、相手の情報ばかり得ようとするのはフェアではない。まずは自己紹介だ。そのためにも自分の体について知っておくべきだろう。

それらを懇々と話していたら、カナリアが深い溜息を漏らした。ユリアナは「嫌だぁ」と呟(つぶや)いて離れていった。バルトロメは肩を落とし「うちの執事と同じ叱(しか)り方(かた)をする」とぼやいた。

学校の門を徒歩で通り過ぎると馬車の停留所が目に入る。この日は混んでいなかった。先週の騒ぎとは雲泥の差だ。時間帯で混む場合もあるが、それでも一週間前は特別おかしかった。シウは「やっぱり仕組まれていたのかな」と独り言ち、ミーティングルームに寄った。用心していたが何もない。
途中でエドガールたちと合流し、連れ立って闘技場に向かう。天気が良いので最近は外の闘技場で授業を受けるのが定番となっている。
「戦術戦士科では出し物をしようと思うが皆はどうだ？」
やってくるなりレイナルドが声を上げる。生徒たちは顔を見合わせ「出し物？」と首を傾げた。戦術戦士のクラスで「文化祭の出し物」が思い付かないからだ。

　レイナルドはニヤリと笑った。

「そうだ。物語性を持たせた演劇をやる。戦術戦士科で学んだ内容を盛り込んでな？」

　設定の肉付けをすれば、いつもの授業風景と同じだ。皆が「まあそれなら」と納得しかけたところで、シウはそろそろと手を挙げた。

「どうした、シウ」

「僕はほとんど来られませんよ」

「えっ、それは困る！」

　やはり当てにされていたようだ。水を差すと思いながらも先に報告しておいて良かった。

　シウは苦笑しながら事情を説明する。

「実行委員としての仕事もありますし、他にも参加するクラスが多くて当番が発生します」

「そんな！　じゃ、じゃあ、馬役としてフェレスだけでも貸し出しを――」

「レイナルド先生？」

　クラリーサが低い声で名を呼ぶ。レイナルドはしゃきんと背筋を伸ばした。

「彼はまだ狙われているかもしれないからシウ殿と一緒にいるのです。獣舎で待機するのならともかく、クラスの出し物に騎獣を借り受けるというのは如何(いかが)なものでしょうか」

「うう、そうだよな」

がっくり項垂れるレイナルドの周りをフェレスがぐるぐる回る。わーいわーいと喜んでいるようだ。クラリーサに怒られている姿が面白いらしい。最近の授業では耐える訓練ばかりだった。その仕返しかもしれない。

シウがフェレスの可愛い姿を眺めているうちに、レイナルドは気持ちを建て直した。

「仕方ない。シウ抜きでやるぞ！」

「あ、先生、僕たちも無理です。演劇というと出ずっぱりになるんですよね？」

「わたくしも無理ですわ。あちこちから声を掛けられておりますし」

「わたしも半日程度しか空いてません」

「み、みんな、ひどいじゃないか！」

というより、何かやりたいのならもっと早く言い出すべきだ。先週は何も言っていなかったのにと、シウだけでなくクラスメイトたちが困惑していると答えが出た。

「発表会で頑張らないと次期に生徒が集まらないじゃないか」

全員一斉に「ああ」と納得声が出る。そんな中、ラニエロが慰めの言葉を口にした。

「あの、とりあえず他の、受け持ち生徒全員に声を掛けたらどうでしょう」

「断られたんだ」

「それは……。あの、大変ですね」

「いいんだ。魔法学校に戦術戦士科はおかしいんだ。分かってる」

いじけ始めたレイナルドに、シウたちはまたも顔を見合わせた。代表して口を開いたの

はエドガールだ。

「もしかして、教授会で何か言われたんですか」

「いや、あのバカと話しているうちにお互い興奮しちまってな。その時に『戦術戦士科なんてそもそも魔法使いに必要あるのか』と言われたんだよ」

「もしかしてニルソン先生？」

「シウ、君、すごいね。『あのバカ』でニルソン先生を思いつくなんて」

思わず口を挟んだシウに、エドガールが笑い出す。彼の顔を見ればニヤニヤ笑いだ。

「エドだって思ったよね？」

「まあ、レイナルド先生が怒る相手と言えば彼しかいないよね」

「お二人とも、身も蓋もない話ばかりせず、先生をお慰めしましょう？」

クラリーサが仕切り直す。

「レイナルド先生、生徒が交替で組手を見せるというのはどうでしょうか。設備だけ用意しておけば誰でも参加できます。そこで各自の身体能力を示すのです」

「クラリーサ、君は素晴らしい」

「ありがとうございます。とりあえず先に申し込んでおきましょう。会場の割り当てによって設備も変わりますしね。各自の見せ場について聞いておくのも大事ですわ。できれば相性の良い者同士で組み合わせた方がよろしいですもの」

「分かった。よし、それでいこう！」

レイナルドが元気になった。扱いが上手すぎると、皆がクラリーサを褒める。すると、

「兄がああいう人なんです」

と、冷めた顔で返ってきた。レイナルドに似ているとなると暑苦しそうだ。皆の顔が途端に同情めく。クラリーサは溜息を漏らしながら「操縦を頑張ります」と締めた。


午後の新魔術式開発研究ではいつも通りだった。早口の授業が始まり、そして終わる。文化祭に関する話題は一つも出なかった。シウは拍子抜けだ。

「ヴァルネリ先生なら何かやると思っていたのに」

ファビアンに言うと、苦笑が返ってきた。

「学会の発表でさえ、ヴァルネリ先生の考えについていける教授や院生は少ないんだ。一般人が理解できるとは思えないし、そもそも見に来る人はいないんじゃないのかな。先生も『分かりやすい』説明なんてできないだろうしね」

「たぶん、誰もヴァルネリ先生に文化祭の話をしていないと思うよ」

「していても、先生なら面倒くさいとか言いそうだね」

オリヴェルとジーウェンも苦笑いだ。

「先生って、そういうところあるよね」

分からない人間に対しての興味のなさは、すごいらしい。シウは皆の横でなるほどと頷く。すると、ランベルトが話題を変えてきた。

「ところで、ヒルデガルド嬢がシーカーを退学したらしいね」

「ああ、知ってる。去る時はひっそりだったそうだよ。サロンではどうだったんだい？」

「ああ、君はサロンにはあまり来ないのか。彼女、仲の良い人がいなかったらしくて、挨拶らしいことはしていなかったね。ただ、ティベリオには頭を下げていた。あれには驚いたかな」

ファビアンがその時の様子を皆に教えてくれた。

「憑き物が落ちたかのような、清々しい顔付きだったね。先週、生徒会で大騒ぎしたのだろう？　生徒会役員があちこちで言い触らしていたよ」

「えっ、あることないこと？」

思わず口を挟むと、ファビアンはシウに向かって首を横に振った。

「いや、客観的だったよ。ティベリオは爽やかな見た目に反して、その手のことには厳しいからね。身内にも徹底しているはずだ。それに生徒会役員としての自覚があれば、迂闊な真似はしないいんじゃないかな」

シウは胸を撫で下ろした。これ以上、ヒルデガルドの悪評が立つのは可哀想だ。

「意外なのはベニグドかな。特に何も言わず見ていただけだった」

ファビアンが腕を組んだ。

「カスパルに聞いたけれど、ブラード家に侵入しようとした奴がニーバリ領の関係者だったそうじゃないか。だから目立つような動きは控えているのかもしれない」

「まだ彼に関係あるかどうかは分かっていないけどね」

「だとしても、痛くもない腹は探られたくないだろう。特に疾しいことをしている人間なら尚更ね。お父上から『おとなしくしているように』と釘を刺されている可能性もある」

「ふうん」

「君、この手の話が本当に苦手だよね」

顔に出ていると、指で頬を突かれる。オリヴェルたちが笑った。

「そんなにつまらなそうな顔をしなくてもいいのに。まあ気持ちは分かるけれどね」

「オリヴェル殿下は社交界を上手く渡っていらっしゃると思いますが」

「ファビアンには負けるよ」

「それを言うなら、僕はベニグドに負けますね。彼のようにはできませんから」

「わたしもだ」

その場にいた全員が手を挙げる。また笑いが起こった。


その後、サロンに誘われたシウは実行委員会の仕事があると言って断り、生徒会室に向かった。プルウィアやルイスたちはもう仕事を始めていた。

そこでも、ヒルデガルドの話題が飛び交っていた。彼女が学院から去ると「実はわたしもこんなことをされた」と言い出す生徒が増えているらしい。被害を訴え出るというよりは「話の種」として広まっているようだ。

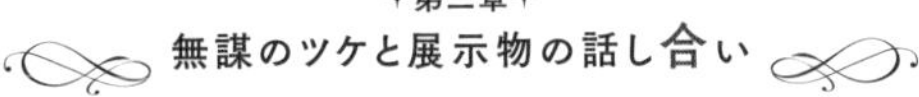

いなくなってから言い出すところが嫌らしいと、ティベリオは眉を顰める。ラトリシア貴族の多い学院で、ラトリシア人が「誰にも言えなくて我慢していた」というのは無理があると言うのだ。これが留学生であれば「誰にも言えなかった」は有り得る。人脈が少ないからだ。それでも教授や寮監、あるいは生徒会に駆け込めば相談できるだろう。特に今期の生徒会はティベリオが率いている。彼ほど学院の治安に心を砕く会長はいない、と言われていた。だからこそ腹立たしいのだ。

シウはティベリオの愚痴や生徒会役員たちの噂話を耳にしながら、仕事を続けた。

やがて、話題に飽きたプルウィアが狩りの予定についてルイスに話を振った。それを聞いたグルニカルが話に交ざる。

「じゃあ、君たちは秋休みに狩りに行くのかい？」

「ええ。魔獣狩りの実地訓練も兼ねられますし、調査研究にもなるので単位として認めてもらえます。一石三鳥ですよ」

プルウィアは手を動かしながら説明した。彼女はクラス発表の申請書類を振るい落としている。書類に不備はないか、内容が規則に反していないかの確認だ。

同じ作業を別の生徒も行う。そして何が理由で落としたのかを書き記し、一つの箱にまとめていった。厳しいチェックを通った申請書類は、今度はシウが受け取って確認する。ダブルチェックだ。その後、最終判断するのはミルシュカである。

彼女は場所の選定にも携わっていた。場所決めに四苦八苦している。

「皆、目立ちたいのね。良い場所を要求してくるわ」

「次の会議は長引きそうだね」

グルニカルが溜息交じりに返す。ミルシュカは肩を竦めた。

「抽選で選んだとしても、また次の場所の選定をしなきゃならないわ。休み明けまでには決めてしまいたいし、秋休みは短くなるわね」

「中盤は休むんだろう？」

ミルシュカは「ええ」と嫌そうな顔で答えた。

「そろそろ婚約者を決めろと言われているの。お茶会や晩餐会が目白押しよ」

「早めに選んでおかないと大変だもんな」

「つくづく男性が羨ましいわ」

その男性も、貴族の場合は忙しいようだ。そろそろ社交シーズンが終わりに近付き、最後の顔繋ぎの機会となる。人脈を広げ、かつ繋がりを強化しないとならないらしい。

「大変だねー」

「そうみたいねー」

シウとプルウィアは他人事なので適当に相槌を打っていたら、周りにいた人たちが苦笑した。

「こういう時は君たちが羨ましく思えるよ」

「隣の芝生じゃないかなあ」

すると、遠くからティベリオが口を挟んできた。
「君は貴族を羨ましいと思ったことなんて一度もないだろう！」
笑いながらだからジョークだろう。シウも言い返した。「地獄耳！」と。途端に生徒会室が静かになった。一瞬の後に笑い声が上がる。それからは和気藹々と仕事が進んだ。

He is wizard, but
social withdrawal?

第三章
秋休みでも大忙し

He is wizard, but social withdrawal?
Chapter III

シウは土の日に授業を入れていないため、皆よりも一足早く秋休みに入る。しかし、生徒会も文化祭実行委員会も仕事が多すぎて大変そうだと、手伝うことにした。

ちょうど、今回の休みに特別な予定は入っていない。時間はある。学校行事に時間を割いても問題はなかった。

午前中はほとんどの生徒が授業を受けているため、静かな生徒会室は仕事が捗る。シウは一心不乱に作業を進めた。

時々、生徒が空き時間や自習時間にやってくる。彼等は黙々と作業するシウを見て驚いた。最初の頃にシウを無視していた生徒も、仕事ぶりを見てだろう「お疲れ様」と声を掛けてくれる。中には「噂が間違っていた、鵜呑みにして申し訳ない」と謝ってくる者もいた。相手が歩み寄っているのだ、シウもお菓子の差し入れという形で関係改善を図った。

もしかすると、食べ物に釣られて懐柔されたと言えなくもない。が、同じ仕事をする仲間として、ぎこちない状況は避けられたようだ。


風の日も朝から生徒会室で作業していると、申請書類を突っ返されたクラスのリーダーが乗り込んできた。授業が終わってからだから、同じく休み時間に作業を進めようと来ていた生徒会役員が応じる。そうしたやり取りは何度もあった。

話が通じない相手もいた。シウはとうとう我慢できずに横から口を挟んだ。

「あの、いいですか？　もし、この部分が陥没したらどうされるつもりですか。安全性が担保されていませんよね」

「この高さじゃ大した怪我にはならない。それに治癒魔法があるだろ」

「打ち所が悪ければどうします？　人は簡単に死ぬんですよ。即死の場合、治療なんてできない。間に合わないんです。骨折で済んでも、上手く治療できなければ後遺症が残る。そもそも治癒魔法持ちを常駐させるなんて、どこにも書いてありませんよね」

食ってかかっていた生徒が「ぐっ」と言葉に詰まる。

「アトラクション自体を禁止しているわけではありません。もっと安全について考えてほしいんです。それと、ここの構造計算が間違っています。学んだことを発表する場で、そのための申請書類でしょう？　これでは書類を返されても仕方ありませんよ」

「えっ？」

彼は気付いていなかったらしく、慌ててシウが指し示した箇所を見た。その場で低質紙に計算式を書き込んでいく。やがて、シウの言葉が真実だったと知り頭を抱える。

「誰だ、これを計算したのは！　くそっ」

「落ち着いてください。申請は休み明けまで受け付けると決まりました。考える時間はまだあります。次は安全対策をしっかりと盛り込んだ内容で、練り直してください」

「わ、分かった」

魔法建造物開発研究科のクラスリーダーは落ち込んだ様子で帰っていった。

残されたシウたちはホッと溜息だ。

「シウ君。その、ありがとう」

「いえ、あれを没にしたのは僕だったので、つい割り込んでしまいました」

「おかげで助かったよ。さっきの彼、僕の寄親の関係者でね。悪感情を持たれずに断る自信がなくて困ってたんだ」

当初はシウに邪険だった生徒だ。今ではこうしてお礼を言ってくれる。根は良い人なのだろう。彼は休憩時間になると必ず生徒会室に来てくれた。

「お互い様です。だって、文化祭の担当ではないのに作業の手伝いやクレーム対応をしてくれていますよね。生徒会の仕事もあるのに」

シウやプルウィアたちはあくまでも手伝いだ。生徒会のメンバーではない。だから裏方仕事をしている。そのため、表向きの仕事になるクレーム対応ができない。その皺寄せが生徒会役員に行く。文化祭の実行委員を割り振られた生徒会役員が担当していた仕事は、必然的に残りの生徒会役員がやるしかない。仕事量が増えたと苛立っていたのに、彼は皆のいない時間にやってきて手伝っていたのだ。

「それでもだよ。あー、その、助かった」

気まずい笑顔の彼とはその後、雑談を交わしながら残りの仕事に手を付けた。

昼になると多くの生徒がやってくる。忙しくてサロンどころか食堂にも行けないと、軽食しか持ってきていない。軽食といってもチーズだけ、クッキーだけといった有り様だ。

✦第三章✦

秋休みでも大忙し

シウは食事を提供することにした。振る舞ったのは食べやすいサンドイッチや具材たっぷりのおにぎりだ。野菜はジュースにしたものを用意し、肉はフォークで刺せる小さい形のものだけにする。これには皆が喜んだ。

「もしかして噂の食堂新メニューかな。気になっていたんだ」

と言う生徒もいたから、シウは慌てて「これは置いてません」と説明した。

「でも食堂のメニューも美味しいですよ。今度ぜひ試してみてください」

庶民の味だが多くの貴族も食べている。そう勧めたら、興味を持ったようだ。

生徒会役員は家格が低くても貴族専用サロンに入る資格がある。会長のティベリオと打ち合わせも兼ねて使用するらしく、本校舎にある食堂へ行く生徒は少ないという。

「食堂に行ったのは初年度生の時ぐらいかな」

「あの頃は右も左も分からなくて初々しかったよね」

「今は擦れているみたいじゃないか」

和やかにも聞こえるが、誰も彼も食べながら書類作業を続けている。行儀は悪いが、なるべく早く秋休みを取りたいと皆が必死だ。

「あー、だめだ。疲れた。明朝には出発だっていうのに」

「飛竜便か？　落ちるなよ」

「それがさぁ、父上が《落下用安全球材》を送ってきたんだ」

「え、なにそれ。落ちてもいいから戻ってこいってことか？」

別のグループは「領に戻っても忙しい」と嘆いていた。領内での社交も大事だし、親の仕事の手伝いや婚約者探しなど、それぞれに事情があるようだった。

結局、ある程度まとまったのは夜になってからだ。持ち帰りできる分の仕事は残ってしまったが、それは生徒会役員に割り振られた。皆で「休み明けが怖いね」と話をしながら校舎を出て行く。

「シウ、乗っていくかい？」

ティベリオが馬車に誘ってくれるが、なにしろブラード家は徒歩数分の場所にある。シウはお礼を言って断り、待ちくたびれたフェレスを連れてのんびり帰った。

光の日になってようやくシウにも秋休みが始まった。といっても、ダラダラするわけではない。いつも通りの早起きだ。ただ、一段落ついたので気分が良かった。その気持ちのまま冒険者ギルドに向かう。
午前は飛行板研修の様子を眺め、時々質問を受けて答えるだけの時間を過ごした。午後は森に行く。常時依頼の薬草採取もするが、メインはあくまでも「休暇」だ。
着いた森はすっかり景色が変わっていた。
「秋だな～」

✦第三章✦

秋休みでも大忙し

「にゃ」

「秋と言えば実りの秋だよね」

「にゃ！」

というわけで、シウは「どちらが先に果実を見付けられるか競争しよう」とフェレスに持ちかけた。これも遊びという名の訓練だ。

クロとブランカは置いていく。いつものようにサークル内で遊ばせておくのもいいが、この日は二頭にも「目標」を作った。茸を狩ってもらうのだ。二頭に現物を見せて「探そうね」と言えば、意外にもやる気だ。シウは周辺に《結界》を張ると飛行板に飛び乗った。

とはいえ、フェレスとの競争中も幼獣二頭が気になる。《感覚転移》で視ると、早速クロが茸を見付けていた。ブランカの方は何故か虫に夢中だった。足下が疎かになり、何度も転ぶ。顔どころか体中が土で汚れている。

シウが余所見をしている間に、フェレスが先に果実を見付けた。

「にゃ！」

こっち、と呼ばれて向かうと、葡萄の群生地があった。

「まだ残ってたんだ。すごいね、フェレス」

「にゃん！」

自慢げに尻尾を振る。シウはフェレスをたくさん撫でて褒めた。

収穫はシウが魔法でやってしまう。その間にフェレスはまた弾丸のように飛んでいってしまった。そうして彼が見付けてシウが収穫する、というサイクルが出来上がった。

フェレスが満足するまで繰り返し、大量に収穫できたところで戻る。最初にシウの下へ駆け寄ったのはクロだった。そして、自身が狩った茸を見てもらおうと嘴(くちばし)でブーツを突いて引っ張る。

「わ、すごい。こんなに見付けたんだ」

「きゅ！」

ブランカは当初の目的をすっかり忘れたようだ。落ち葉を大量に集めていた。中には虫も交じっており、彼女なりの狩りだったのだろう。

「えーと、頑張ったんだね？」

「みゃ」

どうだと自慢げなブランカに苦笑し、シウは二頭を撫でた。その後で、ブランカに「これは茸じゃないよ」とも教える。また忘れてしまうのだろうが、伝えるのは大事だ。彼女は元気いっぱいに「みゃ！」と答えた。

薬草も採取し終わったので日が落ちる前に戻る。ギルドに入ると、冒険者たちが「よう、たくさん採取してきたか」と声を掛けてきた。

「光の日まで働くなんざ、偉いもんだ」

「だがよぅ、働きすぎじゃねぇか。お前さん、金は持ってんだろ？」

「報奨金だか何だか知らねえが、結構な額をもらってるよな」

「だったら無理すんなよぉ」

冒険者たちがシウに働き過ぎだと注意する。そんな彼等は昼間から飲んでいたようだ。もう完全に出来上がっている。

「あればあるだけ飲み代に使う先輩方に言われても」

「おっ、言うじゃないか」

「ていうか、子供に言われたぜ」

「落ち込むなよ、ドリュー」

「そうだぜ。どうせ、俺たちなんて財産を残す相手もいねぇんだ」

「そうだそうだ」

なんだか悲しい会話になってきた。シウからすれば気の良い男たちなのだが、女性には好かれないようだ。もう結婚を諦めている節がある。だから財産を残すだなんて考えがない。

「みんな、ペットでも飼ったらいいのに」

シウがぼそりと呟けば、周りから力ない答えが返ってきた。

「いつ死ぬか分かんねぇし、俺たちは宿暮らしだぞ」

「パーティーを組む冒険者の多くが共同生活をすると聞いたよ。別にパーティーを組まなくたって共同で家を借りればいいのに。もし万が一があっても、残された遺産でペットの世話を見てもらえるし」

「そうだなぁ。そういうのもいいかもしれん」

遠くを見る姿に哀愁が漂っていて切ない。

「でもよぅ、そうしたら益々女が寄ってこないぜ」

「るせぇ！　俺はもう信じないって決めたんだ」

そう言うと、泣き崩れてしまった。隣に座っていた男が肩を叩く。

「お前、身請けしようとした女に裏切られたんだもんな。お前の気持ち、俺には分かるよ。辛いよなぁ」

言いながら、こちらも泣き出す。ついでに酒も呷る。別の男は叫んだ。

「俺たちは！　愛が欲しいんだ！　愛が欲しいんだよぉー」

そこでガスパロが出てきた。

「てめぇら、うるせぇんだよ！　馬鹿野郎。そんなだから女が寄りつかねぇんだ。それとシウ、お前はとっとと帰れ！　ガキが聞いていい話じゃねぇ」

「あ、はい」

素直に返事をしたが、まだ受付に薬草を出していない。シウは急いで窓口に向かった。

ギルド職員は少なく、タウロスが当番のようだ。彼に提出し、依頼の処理を済ませる。待っている間にガスパロが戻ってきた。作業中のタウロスに話し掛ける内容が、シウの耳にも入る。

「でな、そこの店の女が魔石を買ってくれって言うんだよ」

「止めとけって。それより、ここで飲んでいけ。ほらよ」

「おう。お前さんも飲めや」

勧められた酒をタウロスが受け取る。これが一杯目、という感じではない。当番なのに良いのだろうか。そもそも「光の日に働くなんて」と皆は言ったが、その休みの日にギルドへ来てまで飲んでいる彼等は――。

シウの考えていたことが伝わったのだろうか。ガスパロが口を開いた。

「おい、いいか。お前はこんな大人になるんじゃねぇぞ。いいな……」

こちらの方がどんよりしている。シウは呆(あき)れていいのか笑っていいのか分からず、曖昧(あいまい)に頷(うなず)いてギルドを後にした。

第三章
秋休みでも大忙し

翌日は山粧(やまよそお)うの月(つき)の最初の火の日になる。シウは朝からウンエントリヒとヴァルムの港にある市場をハシゴした。この港市場は行けば担当者が付いてくれるから買い物も早く済む。この季節ならではの食材も手に入り、シウはほくほくだ。

買い物三昧だ。

終われば、爺様の家に《転移》して、食材の処理や調理を行う。爺様の家には普段からマメに寄っているため、畑や周辺の手入れは時間がかからない。見回りだけして、あとはフェレスたちと遊んで過ごした。

その翌日はコルディス湖に行って山の恵みを採取する。もちろん魔獣も狩った。相変わらず湖から流れ出る川の下流にはスライムが溜まっている。色々な素材に使えるので有り難いが、冒険者がここまで分け入ってきたら危険だ。一気に片付ける。

「ここは秋というより、もう冬の気配がするなあ」

ロワイエ山は高いところではもう雪が積もっている。中腹にあるコルディス湖の周辺も冬の様相だ。

火竜の住むクラーテールも覗いた。子供たちは順調に育っている。特に問題はなさそうだ。ガルエラドによると竜の大繁殖期は最低でも数年続くという。他の地域の火竜が飛んできたらまた騒ぎになるだろう。ここに雌たちの巣がある以上、警戒は必要だ。

シウたちはコルディス湖の周辺を遊びながら見て回り、小屋に泊まった。

木の日はハルプクライスブフトとフラッハの港市場へ顔を出した。それぞれで大量に購入し、コルディス湖に戻って処理を行う。

その間、フェレスたちは湖で遊んでいた。寒いのに、潜ったり泳いだりと元気いっぱいだ。フェレスはブランカが溺れかけると器用に水の中から掬いあげ、ぽいっと背中に乗せてスイスイ泳ぐ。ブランカは最初は喜ぶものの、飽きるのか水に飛び込んでしまう。そしてまた溺れるというのを繰り返していた。

クロは無茶はしないけれど、興味を持ったものに近付くところがある。ただの虫ならいい。でも森には危険な生き物も多いため、シウはフェレスに頼んで何度か連れ戻した。

第三章

秋休みでも大忙し

「お昼ご飯だよ〜」

「にゃ！」

ご飯と聞くや、フェレスは急いでクロもぽいっと背中に乗せて戻ってきた。二頭を下ろすとブルブルッと体を震わせる。本能なのは分かるが、水があちこちに飛び散った。それを見ていたからだろうか、幼獣二頭も同じようにブルブルッと体を動かした。こちらはフェレスほど上手ではない。

「ちゃんと乾いた？　よし、じゃあ《乾燥》」

声に出すことで何をしているのかを教えている。全員ふかふかになったので、そのうち幼獣たちもシウの魔法について理解するのだろう。


昼食を済ませると、スタン爺さんの家に《転移》した。シウが飛竜に乗って帰省したら着くであろう日を予測して、この日を選んだ。

「ただいま」

「おうおう、よう帰ったの。さあ、早う上がりなさい」

スタン爺さんの声に促され、居間に向かうと玩具が散乱していた。

「にゃ！」

フェレスが一目散に駆け寄るのを見て、シウは苦笑した。クロやブランカの世話を積極的にしていた「お兄ちゃんっぷり」が消えてしまった。

「よしよし。お前さんのがこれじゃな。ほれ、クロとブランカもおいで」

「きゅぃ」

「みゃ」

大きくなったのう、と二頭を抱き上げる。クロは相手がお爺さんだと気付いたからか、空気を読んで静かにしている。ブランカは違う。スタン爺さんの腕の中で動き回り、飛び出すと玩具に突撃した。その中から、前に遊んでもらった「お気に入りの玩具」を咥えてスタン爺さんのところに持っていく。

「おう、よしよし。これで遊びたいんじゃな」

すると、フェレスも涎塗れのぬいぐるみを持ってスタン爺さんの前に持っていった。目の前で座り込む姿は完全に猫、いや犬だ。

「お前さんもか。よーしよし」

いっぱい遊んでくれるスタン爺さんが皆大好きだ。これはしばらく離れないだろう。シウはスタン爺さんに後を任せ、店に顔を出した。

母屋から店までの間にはドミトルの作業場がある。通りすがりに挨拶してから店に入ると、エミナが接客中だった。冒険者たちが道具を吟味しており、それを横から説明している。後ろで見ているとエミナも立派に店主をやっているのだと分かった。

それも客が帰ると終わりだ。いつものエミナに戻り、笑顔でシウに飛びつく。

「おかえり！」

◆第三章◆

秋休みでも大忙し

「ただいま。だけど、それより赤ちゃんが――」

「大丈夫よ～。もう安定期だもの」

「そうなの？」

「うん。ほら、お腹も大きくなったでしょう？」

ぽんとお腹を叩く。豪快すぎてシウは驚いた。ハラハラしてしまうが、エミナはなんでもないことのように笑う。

「クロエさんのところはもうすぐよ。あと一月ぐらいかしら」

「早いね」

「ねぇ。あたしは来年ね。あ、生まれたら顔を見に来てよ？」

「もちろん、絶対」

近況報告をお互いがしていると、また客が数人やってきた。夕方にはアキエラが来て、手伝いに入る。店の勉強ができるし、小遣いにもなるというので両親の店の手伝いよりも真面目に頑張っているらしい。

「偉いね」

とシウが褒めたら、照れてしまったアキエラに追い出されてしまった。

夜は皆でヴルスト食堂に行った。フェレスはもう大きいので店の前に待たせるつもりが、店主のガルシアが「みんな、いいか？」と常連客に声を掛けてくれた。

「おとなしいフェーレースじゃないか。かまやしねえよ」

「そうそう。それにチビたちだけ入れて、そいつを入れてやらなかったら可哀想だぜ」

皆の言葉に甘えて、シウはフェレスを促した。

「フェレス、良かったね」

「にゃ、にゃにゃにゃ」

「みんなありがとう、だって」

通訳すると男たちが揃って相好を崩す。それからも、クロやブランカの食事風景を見てはメロメロになっている。

幼獣二頭の食事が終われば世話はフェレスに任せた。シウが二頭をフェレスの背に乗せると尻尾であやしてくれる。後から来た客は扉を開けてすぐに「騎獣がいる!」と驚いていたが、三頭の可愛らしい様子に笑顔を見せる。

「騎獣の上に幼獣なんて、可愛い〜」

「ほんとね、とっても可愛いわ。大きい子も毛並みが綺麗ねぇ」

「なぁ、俺もそろそろ騎獣を持とうと思うんだが、どうだ? 一緒に育ててみないか」

何故か女性を口説き始めた客もいて、楽しそうだ。

エミナも突然始まった恋模様に笑いながら、ふと思い出したように振り返った。

「ところで、シウ。学校はどうなの?」

「楽しいよ。あー、ちょっと貴族の人と揉めたこともあったけど、とりあえず解決したかな？　それより今度、文化祭があるんだ。準備もあって休み明けは忙しくなるかも」

「文化祭か〜。行ってみたいけど、ラトリシアは遠いのよね」

「その前に君は身重だろう？」

「やだ、ドミトル。冗談よ、冗談」

　絶対に嘘だ、という顔でドミトルが半眼になる。もちろん、シウもスタン爺さんもエミナの「冗談」を信じていない。そんな皆の視線を集めながら、彼女は全く動じず食事を進める。つわりが治まり、今は止められない食欲に悩まされているそうだ。そう言いながらも「あー、美味しい」と幸せそうだった。

「食べ過ぎて太ってもダメなんだよ、エミナ」

「分かってるわよぅ。はぁ、産婆さんにも言われちゃったのよね……」

　エミナは名残惜しそうにガルシア特製のウィンナーを見つめ、そっとフォークを置いた。


　家に帰ると、エミナは早々に部屋に連れていかれた。ドミトルも就寝の挨拶をして下がる。シウたちは、まだ起きているというスタン爺さんに付き合って居間に残った。

　そこでヴルスト食堂ではできなかった「貴族との揉め事」を話した。

「大変じゃったのう。そのお嬢さんの話はよう覚えておるが、難儀なことじゃ」

　ヒルデガルドの話は何度もしている。スタン爺さんは悲しそうな顔で頷いた。

「貴族って大変だよね。騙し騙され、どこで誰が繋がっているか分からないし、対立した者同士じゃなくて第三者を巻き込むんだから」

「そうじゃそうじゃ。わしも貴族は苦手じゃな」

「スタン爺さんも貴族と関わりがあるの？　仕事上は関係ないように思うけど」

「仕入れの時にな。店に突然やってくる場合もあるのじゃ。エミナにも教え込まんとならんが、頭の痛い話じゃ」

素直すぎる性格のエミナに、貴族の相手は難しいと苦笑する。

「幸いなのは、ドミトル君が結婚してくれたことじゃの。あれは普段はおとなしいが、いざという時の胆力がある。貴族を相手にしてもしっかり対応できるじゃろう」

「うん。頼りになるよね、ドミトル」

「エミナのやったことで一番の奇跡じゃな」

「ひどいよ、それ」

思わず笑ってしまう。スタン爺さんは冗談が受けたことで「ほっほ」と楽しく笑った。

「じゃがまぁ、エミナの人生で最高の良い選択であったことは間違いないのう。わしは最近つくづく思うのよ。不要な出会いなどないのかもしれないとなぁ」

「スタン爺さん」

シウを見て、穏やかな笑みを見せる。その顔は慈愛に満ちていた。

「わしがシウと出会ったことも、シウがフェレスと出会ったこともじゃな」

「うん」

「シウの爺様が拾ってくれたのも奇跡じゃのう」

それは確かに。シウが何度も頷くと、スタン爺さんは笑って頭を撫でてくれる。まるで爺様の手のようだ。爺様もシウの頭をそっと撫でてくれた。

「ゆっくり大人になるといい。急がんでもええんじゃよ。わしはまだまだ、シウの爺さんでおるからの」

「……うん」

シウは照れながら小さく頷いた。

◇◆◇◆◇

翌朝、シウは先日購入した新蕎麦でエミナのために料理を作った。

ちょうど念願だった鴨が手に入ったところだ。蕎麦を作っていた村の近くに生息しており、村長に許可を取って狩ってきた。肉質に問題はなく、シウはウキウキで鴨南蛮を作った。甘辛いタレに脂の乗った鴨肉は美味しく、つけ汁も含めて大量に保存する。

他にもたくさん手に入れた鮭を調理していく。ソテーにしたり味噌焼きや竜田揚げにしたりと種類を増やす。お米が食べられるようになったエミナのために、混ぜ寿司も作った。焼いた鮭とマグロの油漬け、錦糸卵にキュウリの細切りだけという簡単な混ぜ寿司だ。上に胡麻と刻み海苔を掛けると香ばしい。簡単に作れて美味しいため、前世のシウが好きだったレシピだ。

野菜は茹でたり蒸したりと、温野菜にする。生野菜は体を冷やすと聞いたことがあり、エミナの分には入れない。たっぷり野菜のスープやシチューも作り置きする。

途中で覗きに来たエミナは「わ、美味しそう！」と喜んだ。摘み食いは止めた。もしシウが甘い顔をしていたら、彼女の背後にそっと立っていたドミトルに怒られただろう。


午後は冒険者ギルドに寄った。情報収集がてら、クロエに挨拶しようと考えた。ところが彼女は休みだった。それでも、シウの顔を覚えている職員はいて、ここ最近の王都の情報を教えてくれる。ソフィアについても話ができた。

残念ながら新情報はなかった。ただ、確実ではないけれど「シュタイバーンの西側に位置する小国群に逃げ落ちた」という話があるらしい。

「ラスト領とレトリア領の間に裏街道があるの。そこを通ったんじゃないかしら。直前の足取りや、それ以降の情報がないところをみると、たぶんそうじゃないかって話よ」

受付のエレオーラが小声で教えてくれる。ソフィアは指名手配されているから別に隠す必要はない。隠すのは裏街道の情報だ。そこに抜け道があると知られたくない。

「小国群とは協定がないから犯罪者の引き渡しも依頼できないんだよね」

「ええ。ただ、近隣の領同士で商取引があるの。少しなら情報を集められるわね。ギルド同士でも情報共有を強固にしているわ。また新情報が出たら連絡するわね」

　エレオーラは他にも小国群や裏街道の危険性についてシウに教えてくれた。

　最後に情報料を支払おうとしたら、断られる。

「言ってなかったかしら？　犯罪者を逃した失態が国にはあるでしょう？　その場合、当事者には補助が出るのよ。こうした情報もそうね。だって、彼女はあなたに恨みを持っているかもしれないわ。当事者の皆さんにも伝えていることよ」

　ソフィアに関係ない話題も出たが、エレオーラに言わせれば関係はあるのだと言う。ソフィアが向かったであろう場所の話題だからだ。

「彼女は魔族に心を売った人間よ。何度も言うけれど、くれぐれも気を付けてね」

「はい」

　シウはソフィアがシュタイバーンに戻るとは思っていない。そんな危険を押してまで戻るような大事な何かがあるのなら、そもそも逃亡しなかっただろう。しかし、それはそれとして心配してくれる気持ちは嬉しい。だから有り難い思いで頷いた。


　土の日になると、シウは一旦爺様の家に戻った。普段より遠くの山々まで見回る。定期的に狩っているから魔獣は少ないが、増えるのはあっという間だ。チェックを怠らず、フェレスと狩って回った。

　飛行板を使って、混戦になった際の訓練もやってみた。シウが騎獣役だ。いや、そうでなくとも飛行板に乗った冒険者が増えている。人間は騎獣とは違った飛び方をするから、お互いにとって良い訓練になった。

この訓練にはクロとブランカも参加している。クロはしっかりシウの肩の上に止まっていられるが、理由もなく「そこにいてね」と言っても不安だろう。だから必ず、どういう理由で動くのかを教えた。学ぶうちに、先を読めるようになる。そう思っていたら、すでに理解しているような様子だ。たとえばシウが右旋回をした時、遠心力で左に飛ばされないよう踏ん張っている。シウがやっていることを見て覚え、次はこちらから風が来ると先を読んだ。

ブランカにはクロのような先読みする力はない。なのに「なんとなく」で自然にできている。彼女のすごいところは意味が分からなくても気にしないところだろうか。また、頭ではなく体で理解しているようだった。たまに感情のまま動く時もある。とにかく楽しい、面白いを見付けると止まらない。はしゃぎすぎて飛行板から落ちたこともあった。もちろんハーネスを着けていたからすぐに引っ張り上げた。一瞬でも喉が詰まった経験が、彼女を少しだけ賢くしたようだ。最近は飛行板の上で静かにしている。

とはいえ、クロもブランカも飛行ができる希少獣だ。シウと一緒に飛行板に乗るのを楽しんでいる。

二頭はフェレスに乗って移動するのも楽しいようだ。けれど一番は飛行板の上らしい。そこからフェレスをよく眺めている。彼のように飛びたいと憧れるのか、あるいは一緒に飛んでいる感覚なのだろうか。どちらにせよ、シウはそんな皆の様子を見るのが好きだった。

もっとも、フェレスを見ているせいか、幼獣二頭もスピードマニアの気がある。特にブランカは飛行板の速度を上げると喜んだ。フェレスに乗っての移動時も怯えたことがない。そう、ルシエラ王都からミセリコルディアまでのコースレコードを毎回叩きだしているフェレスに乗っても、だ。

二頭の将来が安心なような、そうでもないような気がしつつ、シウはフェレスの後を追った。彼は相変わらず猛スピードで森の中を飛び続けていた。


翌日、シウはリグドールとレオンに会った。魔法の練習をするというので付き合う。

ただ練習のためだけに王都を出るのも勿体ないと、二人は冒険者ギルドで薬草採取の依頼を受けていた。なかなか逞しい。

「そうだ、俺、杖を持つことにしたんだ」

「え、そうなんだ。杖は便利？」

「便利便利。ていうか、俺の場合は武器になるんだよな。ほら」

トンと地面に杖を突くと、周囲に円状の小さな堀が出来上がった。

「おおー」

「おい、リグ、急にやるなよ」

「あ、ごめん」

レオンが呆れ顔で注意するも、リグドールは気にしていない様子だ。適当に謝った。仲の良くなった二人ならではのやり取りだ。

リグドールはシウに杖を見せた。

「ここに魔術式を埋め込んで、少ない魔力でも発動できるように作ってもらったんだ。他にも土属性と木属性の魔術式を幾(いく)つか入れてる。切り替えに最初は苦労したけどな」

「そのおかげで無詠唱でも安定しているじゃないか。それより、思ったのと違う魔法が発動された時があっただろ。あれは本当に大変だった」

レオンが複雑な表情で笑う。練習に付き合って苦労したようだ。リグドールも思い出したらしく、苦笑いだ。

「二人で練習したよなぁ。やっぱりさ、シウの無詠唱を見ていたら楽そうじゃん」

「いざって時に使えるなら無詠唱でもいいと思うよ。その一秒が大事な時ってあるもん。杖に魔術式を埋め込むのは高位の魔法使いなら結構やっているらしいね」

無詠唱派の魔法使いのほとんどが、杖や魔道具を装備しているという。魔術式をあらかじめ「読み込んだ状態」にしておくことで魔法を発動させるのだ。

詠唱派は安定性を求めている。もしも杖や魔道具といった補助具がなくなれば、魔法が不安定になるのではないか。そう考える。だから補助具を持っていても詠唱するようだ。

考えは人それぞれで、自分に合った方法であれば何でもいい。

「俺は基本的に剣を使うからな。ああ、だけど感電砲は無詠唱で使えるようになった」

第三章

秋休みでも大忙し

「良かったね。あの長ったらしい詠唱句がなくなっただけでも使いやすそう」

「おう。俺は分かってるけど、他の奴が言ったら嫌味だと思うところだ」

「嫌味じゃないよ？」

「分かってるって。あと、さっきの話、魔術理論の先生に聞かせてやりたいな」

そう言えばシウがロワル魔法学院に通っていた頃、魔術理論の先生が変なこだわりを生徒に押しつけていた。思い出して眉が寄る。

「相変わらず詠唱の抑揚にこだわっているの？　理論が泣くよね。もっとデータを集めて考察とかすればいいのに」

「データとグラフ化だっけ？　確かにあの方法を教えてもらってから自分の弱点を知れたな」

「それは分かってるんだけど、あれ面倒なんだよな～」

リグドールがうんざり顔で言う。レオンも「データを集めるのがまず大変だよな」と同意した。リグドールはぼやきながらも、データ集めはやっていると語った。

「だって後で見たら役に立つんだよ。俺さ、木から水を抜いてまた戻すって例の論文を書いたじゃん？　その時に条件を変えた実験結果の情報、死ぬほど取ったんだ。そのおかげで先生からめちゃくちゃ褒められてさ」

リグドールは卒業課題の一つとして木属性の論文をもう仕上げたそうだ。かなりの高評価で、飛び級に繋がったという。魔法省からも「続きの研究をするように」と連絡が来たらしい。もしかしたら、卒業後は魔法省に勤められるかもしれない。

「まだまだ先の話だけどな。それに、冒険者になるっていう夢もちょっとはあるし」

「そんなこと言って、お前、アリスさんはどうするんだよ」

レオンがズバリと切り込む。リグドールは慌てた。

「ど、どうって。だって、俺たちはまだそんな——」

もごもごと恥ずかしそうにしながら、次の魔法を発動させる。本人は堀を埋める魔法にする予定だったらしいが、動揺したせいか木の根がうようよ出てきた。木の根の罠だ。

シウは思った。やはり、魔法使いは精神統一していなければならないのだと。


その後、レオンの感電砲も見せてもらった。精度が高く、森の中で狩りをするには充分な威力だった。冒険者としてもやっていけるぐらい、剣の扱いも上手くなっている。冒険者パーティーに臨時で参加させてもらい森に入る、そんな経験も積んでいるようだ。

レオンは将来、魔法剣士として冒険者になる予定らしい。学校の勉強も役に立つと知り、今は両立して頑張っている。魔法学校に入学した当初は本当に役立つのか不安だったようだ。実際、トンチンカンな授業もあった。しかし、学校で得た友人たちとの繋がりが彼を成長させた。

「今となっては恥ずかしいが、俺、突っ張ってたよなぁ」

「あ、そうだよな！」

「おい、普通はそこで違うと否定するもんじゃないのか？　ま、いいけどさ。俺はリグのそういうところにも救われてる、ような気がする」

「なんだよ、それ」

二人のじゃれ合いに笑いが漏れそうになる。そんな風に第三者の目線で見ていると、今度はシウに話が振られた。

「シウと出会えたのも良かったな。俺、自分が一番優れていると思ってたから。鼻っ柱を折られてスッキリした」

「え、そうだったの？」

「そうだとも。あとさ、お前が勉強会をやり始めただろ？　あれも良かった。適度に競争心が生まれるし、だけど仲間同士で助け合える。勉強会で学んだことがギルドの仕事でも役に立っているんだ。パーティーで仕事をすると、やっぱり揉め事ってあるんだよ。そんな時に思い出すわけ。競うのも大事だけど助け合いも大事だってさ」

「分かるな～。俺も子供だったと思う。まあ、あんまり成長してないけどさ。成人しても、そんなすぐに大人にはなれないよな。卒業するまでにはなんとかなってたいけど」

少年の成長途中の姿に、シウはニコニコと笑顔になった。前世を思い出したのだ。子供たちがどんどん大人になっていく様を、通学路の見守り隊の一人として眺めていた。

そんなほのぼのとした気持ちでいたシウに、二人が「空気を読め」と怒る。この場合、シウも続けて何かを言う流れだったようだ。

もしかすると、シウが一番子供だったのかもしれない。

光の日はベルヘルトの家にお邪魔した。久しぶりに会う偉大な宮廷魔術師は、温和なお爺ちゃんになっていた。いつもの大きな杖は持っていたが、ドンッと音を立てることがない。エドラに「床が傷付きますわ」と窘められたらしい。それより、おぬしよ。まさか騎獣を二頭も持つとはのう」

「その話はもういい。それより、おぬしよ。まさか騎獣を二頭も持つとはのう」

「偶然が重なって僕のところに来てくれたんです」

「シウ殿、先ほど彼女の種族をニクスレオパルドスと仰いましたけれど、珍しいのではありませんか？」

「この辺りでは見かけないようですね」

「こちらのグラークルスという希少獣も珍しいのですよね？ ねぇ、あなた」

あなた、と呼びかける際に、エドラはさりげなくベルヘルトの腕に手を置いた。その自然な動きは長年連れ添った夫婦のようだ。ただ、お相手のベルヘルトはそれだけのことなのに顔が赤い。

「う、うむ。珍しい個体なのだ」

二人は結婚して一年ほどになる。なのにまだまだ初々しい。

微笑ましい姿に思わずシウが笑うと、ベルヘルトは恥ずかしさを誤魔化すようにゴホンゴホンと咳払いだ。するとエドラが慌てて夫に身を寄せた。

「まあ、あなた。風邪かしら。大丈夫ですか、どうしましょう。お医者様を――」

「あ、いや、大丈夫。少し、喉がいがらっぽい気がしただけでな。うむ」

今度はシウも笑うのを我慢した。

「ところで、だ。嘴まで黒いとは珍しい。稀にだが、獣の中にも真っ白や真っ黒という個体がいる。同じような変異種なのであろうな」

「はい。魔獣扱いされるかもしれないので気を付けています」

「そうか。足環は、おお、ちゃんと着けておるな。うむ。成獣となった折には、羽に標識を着けても良かろう。目立つものがいい。嫌がる個体もいるから慎重にな」

「はい、ありがとうございます」

クロもブランカも優しい二人にすぐ慣れた。スタン爺さんと同じ匂いを感じたのかもしれない。ここでも遊んでもらえると気付くや、甘え方にも遠慮がない。もっとも、クロには遠慮が混じっているようだ。ブランカが突撃するので合わせている節もあった。

「おー、よしよし。なんとまあ、可愛い子たちじゃ」

「ええ本当に。フェレスも立派にお兄様として面倒を見ているわ。希少獣とはこんなに賢いものなのですね、あなた」

「そうじゃとも」

「わたくしたちには子供がおりませんけれど、その代わりに育てられるかもしれませんわね」

「うむ。それは良い考えじゃな」

よし、早速騎獣屋だ、いや希少獣専門店かとベルヘルトが言い出す。

希少獣の寿命は長い。そんなことはシウが言うまでもなく二人は分かっている。これはたぶん、二人だけに通じる話題なのだ。いろいろな思いが込められているのだろう。

シウは笑顔で寄り添う二人を見て、そっと席を外した。


午後はアリスと約束をしていたから、その足で向かう。少し早い時間だったが、アリスはシウの来訪を喜んでくれた。コルとエルも召喚済みで、近況報告をし合う。

途中でマルティナもやってきた。彼女の話題はもっぱら夏休みの間の社交についてだ。ちんぷんかんぷんのシウは「うんうん」と相槌を打ち、目はコルやエルに向かっていた。アリスが途中で助けてくれなければ、頷くだけのロボットになっていたところだ。

「えーと、結局ティナは婚約まで漕ぎ着けなかったってこと?」

こっそりアリスに聞くと、彼女も小声で「そうです」と教えてくれた。

「それであんなに気炎を吐いているんだ。社交って大変だね」

「ええ。ですから、わたくしはオスカリウス辺境伯様に感謝しています。フェデラル国での夜会を経験したおかげで、少し心構えができましたもの」

「来年が成人の年だから社交界デビューなんだよね？」

「はい。今から気が重いです」

アリスは珍しく大きな溜息を吐いた。そしてコルを呼び寄せ抱き締める。コルは据わりの悪い様子で、シウに助けを求めるような視線を寄越した。けれど、癒やしを求めるアリスに「やめてあげて」とは言えない。小さく首を横に振った。

コルが離れたため、残された芋虫幻獣のエルはただひたすらテーブルの上を進む。時折ブランカが椅子から前脚を伸ばして触ろうと試みているから、逃げているのかもしれない。そう言えば、いつもは賢くておとなしいクロが、エルを見つめている。そしてエルの行く先、行く先にトトトッと走っていっては待ち構えていた。

まだ体は小さいが、クロは鳥型希少獣である。対するエルは芋虫の形だ。シウはハラハラして、念のためクロに注意した。

「その子は食べ物じゃないからね？　アリスの大事な子だよ。分かってる？」

「きゅぃ……」

「ブランカは爪を出さない。あ、テーブルを叩いちゃダメだって」

「みゃ！」

「カァ、カァカァカァー」

コルが「早く助けんか、馬鹿もん！」と怒る。彼もハラハラしていたらしい。シウはブランカの首の後ろを掴んで持ち上げ、寝転んでいたフェレスの上に乗せた。クロも呼び寄せ、自分の肩に移動させる。

エルはようやくテーブルの中央に戻れた。そこには彼の大好きな葉っぱの載った皿が置いてある。

コルがホッとしたところで、シウは彼の最近の様子を聞いた。今はアリスの屋敷にほぼ住んでいる状態だという。とはいえ、以前シウが用意した洞穴の住処も気に入っているから、アリスに頼んで時折は戻っているようだ。

住処への行き方は逆召喚になる。逆召喚は少し難しく、互いの相性が良くなければ不発になる割合が高い。召喚もそうだが、普段からの練習が大事だ。アリスのレベルを上げるためにも、コルは訓練に付き合っているという。

コルは他に、鳩便ならぬコルニクス便として、王宮で働くアリスの父ダニエルの下へ手紙を届けているそうだ。最初は「年寄りを働かせて」と愚痴を零していたらしい。しかし「お役目だからしっかり働かねば」とも話していたようだ。仕事がない日が続くと、そわそわする様子も見せたとか。彼は働くことの喜びを知ったのだろう。

コルがアリスとすっかり仲良くなって幸せに暮らしているという事実は、シウを感慨深くさせた。逸れ希少獣の悲哀についてコル自身に教わっていたからだ。

アリスも聞いたのだろう。彼女は召喚術を磨き、逸れ希少獣のために何かできることはないか考えているという。そのためにも学校の勉強は大事だ。今以上に頑張るのだと宣言する。その横ではマルティナが「わたくしも今以上に頑張りますわ!」と、こちらは婚活成功への決意表明だ。シウとアリスは顔を見合わせて笑った。

夕方にはヴィヴィも合流し、コーラやクリストフと一緒に食事をした。懐かしい面々と話せて、シウは楽しい一時を過ごしたのだった。


帰りはヴルスト食堂に寄る。スタン爺さんたちが行くと話していたからだ。シウが中を覗くと、皆もう食事が終わる頃合いだった。

「あ、シウ！　遅かったわね～。何か頼む？」

「飲み物だけね」

「あ、そっか、友達のところに行ったんだったわね。でも、あたしが頼んだのを一緒に摘むぐらいはできるでしょ？　シウは若いんだもの」

「若いって……。いただくけどさ。それよりエミナ、本当に食べ過ぎじゃない？」

テーブルの上に並べられた多くの皿を見て、シウは眉を顰(ひそ)めた。

「ほら、シウも来ると思ってたから。ね？　あはは」

「笑って誤魔化すでない。まったくエミナときたらのう」

「まあまあ、スタン爺さん。妊娠したら食欲が出ちゃうのよ。食べられないで窶(やつ)れるよりはマシよ」

アリエラが新たな注文品を持ってきた。どんどんエミナの前に置いていく。それを見ていた娘のアキエラが呆れ顔で口を挟んだ。

「お母さん、それは古い考えだよ。学校の先生が『食べ過ぎたら出産の時に本人が大変な思いをする』って話してたもん」

「えぇ、そうなの、アキ？」

「うん。なんかね、偉いお医者さんが調べたんだって」

「へぇ～」

「今は適度に食事、適度な運動が大事らしいよ」

「ああ！　運動は分かるわよ。あたしもお義母さんにみっちり扱かれたもの。最初は嫌がらせかと思って泣いたもんよ。まあだけど、産婆さんが『踏ん張るための運動だね』って教えてくれてねぇ」

　エミナが「わたしも教えてもらった～」と頷く。常連客も自分たちの妻や娘がどうだったのかを話し出した。

　そんな中、店に背の低い男性が入ってきた。アグリコラだ。

「あっ、ここだよ！」

　シウは手を振って呼んだ。通信魔法で帰省すると話していたら、ちょうどこの日なら空いているというので誘ったのだ。アグリコラは光の日も別の鍛冶屋に顔を出して技術を学んでいる。今日は忙しい合間を縫って時間を作ってくれた。

「ベリウス道具屋に時々来ているんだってね」

「そうだす。スタン爺さんは物知りだで、わしが打ったものを見てもらってるだ」

そこからはスタン爺さんも交えて道具の話になった。最近ロワルで流行っているものは何か、どういったものが作りたいのかなど、話が尽きることはない。

シウも歩球板や腕輪型結界の最新作、以前作っていた印字機を見せた。印字機はアグリコラの創作意欲を掻き立てたようだ。熱心に観察している。

「良かったら一台どうぞ」

「いいだすか？」

「うん。分解してもいいよ。アグリコラなら組み立てられると思う。あ、せっかくだからインクと紙も渡しておくね。他に版画用の分もあるんだ」

取り出していると、スタン爺さんがそわそわし始めた。欲しいのだろうと思って差し出すと、とても喜んでくれる。そして対価を払うと言い出した。でもそれを言うなら、シウは離れ家に住まわせてもらっている。一年のほとんどを留守にしているにも拘らずだ。つまりこれは家賃代わりである。

アグリコラには相談料という名目にした。実際、彼に教わることは多い。

「これは便利なものじゃよ。シュタイバーンも早くこの技術を取り入れんと、ラトリシアに負けてしまうのう」

「そうだなす」

うんうん頷いているアグリコラの横から、エミナが顔を出した。

「そうよ、商人ギルドに教えてあげなきゃね。シウの発明を取り寄せろーって」

相変わらず元気だ。そして食欲が旺盛でもある。

「ところで、シウ。次は何を食べる～？」

メニュー表を指差す妊婦に、その場の全員が反対した。

明けて第二週目の火の日はルシエラ王都に戻る日だった。予定通りに戻ったものの、シウはまたも港市場に買い物へ行ってしまった。午後はミセリコルディアの森でフェレスたちと遊ぶ。転移ができると時間や場所の制約がなくなるため、ついつい自由に動き回ってしまう。そのせいで時間調整がややこしくなる。シウは時々我に返っては「間違えないように」と自分を戒めた。

夕方になってようやくブラード家に戻ると、リュカが笑顔で出迎えてくれた。最近はシウが家にいなくても寂しいとは思わないようだ。それでも「シウ、おかえりなさい」の言葉は弾んでいるし、部屋まで共に向かう足取りは軽い。

リュカは今、屋敷の中でできる仕事をしている。働きたい、お手伝いしたいという気持ちが強いからだ。といっても一日中、働かせるわけではない。あくまでも「お手伝い」の範疇でだ。

リュカが学校に通うのは今のところ無理だろうと皆で話し合っている。ロランドが地元の学校を見て回った末の結論だ。違う種族との間にできた子供への差別意識が、この国にはまだ色濃く残っている。国が改善しようとしても、長年に渡る意識はそう簡単に変えられない。

　学校でなくとも構わなかった。ただ、リュカに同年代の友人ができたらいいと考えている。シウ自身が友人を得たことで成長できた。心の問題だけでなく、勉学においてもだ。切磋琢磨することで学ぶ速度が飛躍的に上がる。何よりも友人と過ごす時間は楽しい。

　もちろん無理は禁物だ。シウや皆の考えを押し付けてはならない。

　リュカ自身は「お世話になったブラード家で働いて恩返しをしたい」と話している。ただ、以前ソロルに「僕でも薬師になれるかなぁ」と漏らしたことがあるという。報告を受けたシウやロランドは彼の望む道を応援したかった。

　リュカは幼いながらも恩返しとしての道と、やってみたい憧れの道のどちらに進むべきかで悩んでいる。

　カスパルは「こちらから促すのではなく、本人が言い出すまで待っていよう」との意見だ。シウたちも気にはなるが、焦らずに待っている。

　翌日はまた市場に寄った。といっても今回は港市場ではない。王都にある市場だ。実は港市場で買い物をしていて「小麦が余っている」という情報を得た。

　この数年、大陸中央にある国は豊作が続いている。特に小麦の生産調整が間に合わず、余り気味だ。古すぎる小麦は北国への輸出にも使われるが、新小麦は市場で一般に向けて売られる。本来なら新小麦はパン作りに適さないと言われるが、魔法や魔道具を使えば安定はする。「新しい方がいい」と考える人が多いことから改良方法が発展した。昔ながらの保存方法を採る地域は、その魔法や魔道具を持たない地方だけだ。

豊作も嬉しいばかりではない。余剰品があるということは値下がりを招くということ。そのため、廃棄処分も検討していると耳にした。生産者からすれば生活がかかっている。出せば出すだけ足が出るのなら廃棄せざるを得ない。悔しいだろうと思う。せっかく作った小麦だ。誰も捨てるために育てたわけではない。それなら空間庫にいくらでも保管できるシウが買い取ればいいと考えた。

市場の人も廃棄するより買ってもらえるならその方が有り難い。渡りに船とばかりに次々と倉庫から出してきた。

倉庫に余裕があるなら保管しておいた方がいい。今は豊作が続いているけれど、天候不良になる可能性だってある。雨期のシーズンが少しでもずれたら影響を受けるし、魔獣の被害といった突発的な事態も起こりうる。そうは言ってもなかなか難しい。倉庫に余裕のある仲買人ばかりではないからだ。

長期保存の義務もない。それをやるのは国だ。彼等も直轄地で採れる小麦を大量に保管しているだろう。いつか来るかもしれない天災に向けて。

シウは空間魔法に時間経過を掛けられるから、新小麦の熟成も自分でできる。どのタイミングでも停められるし、そのままの状態で保管もできた。パンや肉の保存でかなり実験を繰り返したので熟成は得意だ。だから遠慮も自重もせずに余剰品を買い込んだ。

あまりに大量に購入するものだから、市場関係者には「小国群からの買い出しか」と疑われもした。小国群では小麦があまり採れないようだ。あるいは「戦争の準備か」とも心配された。どちらも違う。シウは架空の主人がいる体で「数年先の不作を予想し、安いうちに手に入れたら商売になると言っていました」と適当に答えた。

「そりゃ、大型倉庫があるならいいけどよ。長期保存は案外難しいぜ。金もかかるし、何より鼠がまずい。対策は万全にしとくよう、お前さんから主に言ってやるんだぞ？」

商人はそんな風に気遣ってくれた。


買い物を終えると、次は小麦粒を小麦粉にする。空間庫に入れっぱなしだった野菜の下処理も済ませた。シウは買ってきたものを処理する時間が好きだ。ウキウキしながら、お菓子作りも始める。使うのはシャイターンで仕入れた小麦である。

シャイターン産の小麦はお菓子に合う。シャイターンと言えば、新米も手に入れた。親しくしている商人のアナに頼んでいたものだ。水分を含んだ甘みのある米に改良してもらった。シウの好みに近付いているが、できれば前世で好きだった銘柄の米が食べてみたい。改良はまだ続けてもらうつもりだ。掛かる費用も支払い済みである。

シウは自分でも凝り性だと分かっていた。たとえば、お菓子作りの後にパンを作り始めたのだが、使う小麦はラトリシア産だった。硬質小麦や準硬質小麦が多いため、パンに向いている。シュタイバーン産の小麦も好きで、その時々で使い分けていた。混ぜることもある。温度や湿度で配合を変えるのも実験感覚で楽しい。

この日は惣菜パンを作ろうと決めた。魔法のおかげで発酵時間を置かなくていいから早い。あっという間に二次発酵まで済んだ。捏ねるのさえ、球体の空間内で完結する。

生地ができれば次は成形だ。角牛乳で作った熟成済みのチーズや岩猪のベーコンを入れる。黒胡椒を振りかけてアクセントにした。マッシュポテトや潰したゆで卵をマヨネーズで和えたフィリングも作った。

他にもフランスパンや食パンを焼く。変わり種として、フェデラル国で仕入れたトウモロコシを粉にして、コーンブレッドも焼いてみた。甘みのあるもちっとしたパンになる。ライ麦粒もフェデラルで手に入れていた。香りが良くて肉に合う。塩気のあるクリームチーズもいい。栄養価も高く、これもシウの好きなパンだった。

興が乗り、今度はピザ作りを始めた。トマトソースは大量にある。旬の頃にトマトを手に入れてストックしていた。チーズもあるしベーコンもある。次々と焼いては空間庫に仕舞った。

同じような材料を使うハンバーガーも作ろうと思い立ち、シウは足りない材料を取り出した。レタスにトマト、マヨネーズや照り焼きソースもだ。具材はベーコンだけだと物足りない。ハンバーガーというからにはハンバーグを挟むべきだろう。

早速、パテを作り始めた。満足いく形になると、今度は魚介類が足りないと気付く。

「フィッシュバーガーってメニューがあったよね」

前世の記憶では白身魚を使っていた気がするが、シウは鮭を使った。骨を取ってフライにする。

「よし、できた！」

お裾分けもするだろうと大量に作った。その成果にシウは大満足だ。


美味しそうな匂いに釣られたリュカが途中で覗きに来た。ちょうど出来上がったばかりのコーンブレッドを渡す。口に入れた瞬間、耳と尻尾がピーンと立つ。

トウモロコシのパンが好きなら、お菓子にしても気に入るだろう。カリカリに焼いたり、あるいは揚げたりと、これまた実験感覚だ。水分を抜いて軽く仕上げた菓子もあれば、逆にクリームチーズと合わせる重めのケーキも作った。

リュカの後にやってきたメイドたちのアイディアも取り入れた。もちろん試食タイムも設ける。皆の意見を聞くと、シウの熱は高まった。食べ終わるや即、作業に戻る。揚げる、焼くに、チョコやクリームとなんでもござれだ。

シウは「これで明日にでも王城に行ける」と思った。なにしろシュヴィークザームから何度も「来ないのか」と連絡が入っていた。「まだ作れていない」と答えていたが、そろそろ限界だ。今回は新作もあるので納得してくれるだろう。しつこい通信連絡からも逃れられるはずだ。

翌朝、ブラード家の皆が惣菜パンを楽しんだ。特に、目新しいベーコンエピやコーンブレッド、ライ麦パンが人気だった。チーズ入りパンも朝に合うと、これは料理長の意見だ。カスパルは「ライ麦パンにクリームチーズを塗る」食べ方が気に入ったらしい。夜の料理にも合いそうだからと、料理長が仕入れ先を聞いてきた。それなら、ついでにトウモロコシ粉も注文してほしいと頼んだ。リュカやメイドたちが好んでいたからだ。トウモロコシ粉はガレットにも使える。それを聞いた料理長は「レシピが閃(ひらめ)いた！」と楽しそうだった。

◇◆◇◆◇

そんな平和な時間にも終わりが来る。引き延ばしても仕方ない。シウは重い腰を上げて王城に出向いた。連絡を入れていたため、門には迎えの近衛(このえ)騎士が待っていた。

「いつもすみません」

「これが仕事だから構わないさ。君も大変だね、毎回呼び出されて」

近衛騎士は最近こうして話し掛けてくれるようになった。雑談しながら王城内を進む。

「でも、ポエニクス様がこれほど人に興味を示すのは珍しいんだよ」

「そうなんですか？　あ、でも、シュヴィは引きこもりですもんね」

「そ、そうかな」

近衛騎士の顔が引き攣る。シウは言い換えた。

「ええと、大事にされすぎて人と会う機会が少ないせいかもしれませんね」

「それはあるね。実は、君との面会にも反対意見が出ていたんだ」

「反対意見？」

「そう、貴族院からね。冒険者の子供が気軽に会えるのはおかしい、って」

シウは「あ〜」と納得した。

「嫉妬しているのさ。僕もポエニクス様の担当になった時に陰口を叩かれたんだ」

「近衛騎士の立場でも言われるんですね。だったら、僕なんて仕方ないなあ」

「はは。まあ、だけど、殿下がお許しになっていた。それにポエニクス様が『我は好きな時に好きな者と会えないのか、それでは奴隷と同じだな』などと仰ってね」

反対意見を口にした貴族たちはきっと顔を青くしただろう。シウが「わぁ」と声を上げると、近衛騎士は苦笑した。

「慌てて前言撤回されたよ。そうそう、廊下ですれ違った時に君を憎々しげに睨んでくる貴族がいるだろう？　彼等がそうだ」

他にも、貴族ではないのに堂々と王城内を歩くシウが気に入らない貴族もいるようだ。

案内してくれた近衛騎士はシウに、

「僕らは君がどんな子か、もう知っている。ポエニクス様の大事な友人だということもね。だけど貴族には分からない。特に仕事をしないタイプの貴族にはね。だからくれぐれも気を付けて」

と、注意してくれた。

シュヴィークザームは待ちかねた様子で、自室の前を行ったり来たりしていた。シウを見付けて、顔には出ないがなんとなく嬉しそうな感じだ。その様子が健気（けなげ）に見えて、飼い主を待つ忠犬を思い出した。もちろん口には出さない。それに彼は鳥だ。言えば怒られそうな気がする。シウは心の内を隠して、笑顔で挨拶した。

「こんにちは。来たよ」

「久しぶりではないか。里帰りしていたのか？　あまりに遅いので寂しかったぞ」

「え、もうお菓子がなくなったの？」

「……寂しかったのは本当だ。お菓子は、まだある」

「あれ、そうなんだ。ごめんなさい」

「いや。お菓子も欲しい」

素直な聖獣に笑ってしまう。シウは早速、お菓子の受け渡しを始めた。シュヴィークザーム専用の魔法袋に入れていく。彼はシウの手元を見ながら興味津々だ。

「それは何だ？」

「ドーナツといって、小麦で作ったお菓子だよ。油で揚げたのと焼いたのがあるよ。油で揚げた方は腹持ちがいいね。食べ過ぎると胃が重く感じるかも。焼いた方はあっさりしているよ。その分、味付けを濃くしている。種類も多めかな。チョコ掛けとか、クリーム入り、リンゴ煮やジャム&クリームという感じだね」

「今、食べるのはダメか？」

「いいよ。どれがいい？」

「うーむ」

「基本というか、シンプルなのは砂糖を塗したドーナツだね。中はしっとり、外はサクッとしてる」

「それがいい」

顔は無表情でも目が喜んでいる。シュヴィークザームは早速ドーナツを口にし、目尻を下げた。

「美味しいな」

ぱくぱくと食べ進めていく。その横で、シウは次々とお菓子の移動を続けた。

昼食は、今回はシウの作った料理を出す。以前、シュヴィークザームが食べてみたいと話していたからだ。カレンにはカトラリーのセットだけ頼んだ。もちろん、彼女も一緒にテーブルに着く。フェレスたちは先に済ませた。今は部屋の隅に用意してあったラグの上で休んでいる。

シュヴィークザームは昨日シウが作ったばかりのパンを手に、はしゃいだ。

「このパンは美味しい！　おぬしはこんなものまで作るのか。すごいものだ」

「とても柔らかいですし、生地に甘味があって美味しいです」

「うむ、そうだな！」

「しっとりしていますよね。あ、これなんて引っ張ったら生地が伸びるんですよ！」

今までのカレンは控え目で、自分から話をするような人ではなかった。食事を共にするようになり、徐々に本来の姿が見えてきた。無邪気で可愛らしい。たぶん、普通の貴族令嬢はパンを千切って見せたりしない。でもそんなところがシウには好ましく感じる。シュヴィークザームも同じだろう。親しい様子で感想を言い合っている。

「我は、このベーコンエピとやらが好きだ」

「シュヴィは塩気のある食べ物もいける口だったんだね」

「うむ。大丈夫だ」

クルミ入りのライ麦パンも喜んで食べた。シウが見ていると、シュヴィークザームは料理には塩気のあるものを好むようだ。ハンバーガーも、甘辛タレよりタルタルソースを使ったフィッシュバーガーや、サルサソースのチキン揚げバーガーが好きらしい。

今回はパン食を提供したが、魔法袋にはカレーライスやハンバーグ、カキフライに鮭の味噌焼きなどを入れている。それぞれの味の特徴をメモしているが、カレンにも説明した。

シュヴィークザームが食べるのに必死でシウの話を聞いていないからだ。

「まあ、では、このカレーというのは少し辛いのですね？　ハンバーグにはソースが幾つかあって選べる、と。分かりました」

真剣に頷くカレンを気にせず、シュヴィークザームはモリモリと食べ続けた。

昼食を終えたのでシウの役目も終わった。さあ帰ろうと立ち上がったら、食休みと称してソファに寝転んでいたシュヴィークザームが引き留めに掛かる。

普段のシウなら振り切って帰ろうとしただろうが、ふと、案内してくれた近衛騎士との会話を思い出した。もしかするとシュヴィークザームは寂しいのかもしれない。

「じゃあ、何かして遊ぶ？」

「遊ぶとな。我がか？　うーむ、遊びか。全く想像がつかん」

「だろうね。シュヴィはぼーっとしてるのが好きそう」

「うむ」

シウの物言いに怒らない時点でもう、ぼーっとしている。

「あ、自分で料理が作れるように頑張ってみるとか？」

「聖獣が料理をするのか？」

第三章
秋休みでも大忙し

「やっぱり、それはないよねえ」

　シウも本気ではなかった。ところが、シュヴィークザームは考え込んだ。

「……ふむ。まずは挑戦してみるか。おぬしが来てくれない間の暇潰しにも良い」

「まあ、趣味があるのは良いことだよね」

　適当に答えたシウに、シュヴィークザームはパッと目を輝かせた。

「趣味！」

「シュヴィ？」

「趣味か、趣味、なんと素敵な響きだろうか。よし、行くぞ！」

　シウは「あ、しまった」と思ったが、もう遅い。やる気になったシュヴィークザームが部屋を出ていってしまった。すぐに追えなかったのは幼獣二頭をフェレスに乗せる時間が必要だったからだ。そのため、小走りになって追いかける羽目になった。

　シウがなんとか追いついた時にはもう、厨房(ちゅうぼう)の近くだった。護衛の近衛騎士らは訳も分からず付いてきて「え？」という顔だ。騒ぎに気付いた料理人たちが厨房から出てきて目を丸くしている。

　ここで冷静に動いたのはカレンだった。彼女はまず管理責任者を呼んだ。

「小さくて結構ですので、独立した使用可能な台所はございませんか？　シュヴィークザーム様がお料理を作られたいと仰っています」

「え、はい。ええっ？」

「皆さまのご迷惑にならないように致します。どこか空いていませんか？」

料理長だけでなく、その上役らしい厨房長も駆け付け、シュヴィークザームを見るや目を白黒させる。しかし、すぐに頭を切り替えたようだ。なんといっても相手は聖獣の王だ。彼を待たせるわけにはいかない。

最終的に、予備の厨房を貸してもらえることになった。

予備の厨房は幾つもある。王城で大きな晩餐会(ばんさんかい)が行われる際には全部の厨房が使われるそうだ。それでも足りないぐらいだという。きっと戦場と化すのだろう。この日は余っている厨房があったので使わせてもらった。

シウはシュヴィークザームに料理を教えることになっていたから、監督役として場所の選定の時に口を挟んだ。その流れで料理長らに「手伝いましょうか」と声を掛けられた。心配する気持ちは分かるが、シュヴィークザームの登場はイレギュラーだ。彼等のスケジュールを乱している。だから「素人(しろうと)に料理を教えるだけなので」と、断った。

材料は借りた。王城では食材を多めに仕入れている。融通するぐらい訳はない。念のため、シウはカレンに「聖獣様の経費として記録しておいて」と頼んだ。


こうなったらシュヴィークザームが満足するまで付き合おう。気持ちを切り替えたシウは、まず最初に何が食べたいのかを聞いてみた。それを目標に料理の練習を始める。

「ううむ。そうだのう。ベーコンエピが美味しかった。卵を挟んだサンドイッチも柔らかくて美味い」

パンから入るなら、そのうち菓子作りにも進める気がする。シウは頷いた。

「料理長にお願いしてパン種をもらってこようか。あ、でも、シュヴィは僕の作ったパンと同じ味がいいのか」

「うむ」

「じゃあ、僕の酵母菌を分けてあげるよ。その代わり大事に扱わないと死んじゃうから、気を付けてね」

「し、死ぬ？　それにコウボキンとは何だ」

シュヴィークザームの背後ではカレンが熱心にメモを取っている。その横に王宮のパン作りを担当する料理人もいた。気になって仕方ないのか、厨房の中を覗き込んでいる。

シウは彼に補助を頼んだ。本職がいるならシウも安心だ。酵母菌の管理もお願いする。王宮の料理人ゆえか、探究心があって積極的に質問もしてきた。

「では、この酵母菌を育てて維持し、種として使うと。この菌を使えば先ほど見せていただいたパンのように膨らむのですね」

「こちらで扱われている菌はあまり膨らみませんよね。ラトリシアの方は固めのパンが好みだからでしょう。今回はシュヴィが柔らかいパンを食べたいと言うので、僕の酵母菌を使用します」

「ふむふむ。そう言えば説明にあった『菓子に使う膨らまし粉』も面白そうです」

料理人は「勉強になります」と何度も頷いた。

そのやり取りを見ていたシュヴィークザームが、

「我は分からん」

と拗ねてしまう。シウは笑うのを堪えて作業を開始した。

まずは「計量が大事だ」と教える。それから発酵についての説明だ。シュヴィークザームは時間が掛かると聞いて「早く作りたい」と言い出した。

「じゃあ、一次発酵と二次発酵の時間についてはパン職人さんに任せるね。慣れたら自分で全部やってみるのも楽しいと思うよ。今は時間短縮で作ってみる」

「ふむ。それは何をしている?」

「魔法で発酵時間を早めてるんだ」

「む。我にも教えろ」

「後でね。今は先に成形までしちゃおう」

「うむ」

シュヴィークザームには子供っぽいところがある。それなら、パン作りで一番楽しい成形から始めた方がいいだろう。その後に基本を教える。案の定、シュヴィークザームは捏ねたり捻ったりという成形作業を喜んだ。

「おお、柔らかい。そうか、中にベーコンを入れてから捻るのだな。切り込みは最後に、むむ、深く入りすぎてしまったではないか」

ぶつぶつ言いながらもベーコンエピを作っていく。一種類の成形に慣れてくると、今度は別のパンも作りたくなる。シウ自身がそうだからよく分かった。シュヴィークザームは用意してあったチーズやハム、ソーセージを使って独創的な惣菜パンを作り上げた。

ついでに食パンも下準備し、各種惣菜パンと共に竈で焼いてもらう。火加減は専門家の料理人に任せた。

出来上がりを待っている間、シウはシュヴィークザームに魔法を取り入れた調理方法を教えた。たとえば攪拌だ。風属性魔法を使えばできる。制御に慣れるまでは時間がかかるかもしれないが、一度覚えたら応用が利く。洗濯にも、はたまた攻撃魔法としても。

しかし、発酵を早める魔法は難しい。空間魔法を使うからではない。シウはブラード家で堂々と魔法を使いたいために、わざわざ術式の研究をした。だから基礎属性だけでも使用は可能だ。問題は、複数属性の扱いが思った以上に難しいことだった。何より最初の「術式を覚える」で躓く。

「だからね、攪拌は容れ物を使うといいんだ。そっちは簡単なんだよ。で、菌の活動を早めてあげる方法が――」

「時間を進めるのではないのか」

「それじゃあ時間魔法ってことにならない？　そんな夢みたいな魔法があるの？」

「そういえば聞いたことがない。そうか。ないのか」

「もしあったとしても魔力をすごく使いそう。パン作りに使う人はいないと思うなあ」

「おぬしは料理を作るのに魔法をばんばん使っておるではないか」

シュヴィークザームの言葉を受けて皆が笑う。近衛騎士も料理人も、カレンもだ。皆が打ち解けた感がある。

その後、和気藹々と料理教室は進んだが、結局シュヴィークザームは促進魔法を覚えられなかった。


気持ちを切り替えるため、シウは圧力鍋といった道具や魔道具家電を紹介した。パン職人が窯を見ている間に、いつの間にか他の料理人が増えている。彼等とシュヴィークザームは便利な道具に興味津々だ。「すごいですね」「なるほど」と相槌を打っている。

休憩を挟んで次の作業に行く。シウが提案したのはサンドイッチの具材作りだ。

「まずは、ゆで卵だね。簡単にできるから覚えておくといいよ。卵を水につけて光属性魔法を使って浄化するんだ」

「浄化？　卵にか？」

「結構な割合で殻がサルモネラ菌に汚染されているからね」

「菌は、さっきも使ったではないか」

「あれはパン種になるの。菌には食べて良いものと悪いものがあるんだ」

「そうなのか」

第三章

秋休みでも大忙し

「卵の生食はしないでしょ。菌のせいなんだよ。お腹を壊すんだ。僕は浄化して使うから生でも食べちゃうけどね」

「卵をそのまま……？」

シュヴィークザームに出される卵料理は全て火が通されているだろうから、想像が付かないのだろう。生で食べられるとも思っていなかったようだ。

「そもそも、多くの人は生食を嫌う。それは菌だったり、肉や魚の場合は寄生虫だったりがいるからなんだ。浄化すれば食べられると知っていても躊躇(ためら)うよね。まあ、卵の場合は火を通すからさ。通すけど、浄化しておくと安心でしょう。稀に作業中の手に付いちゃって、他の食材を汚染する場合もあるからね」

手洗いも大事だ。そんな話をしながら作業を続けていると、シュヴィークザームだけでなく料理人らも真剣な顔で頷いた。

「水から茹でて、沸騰してきたら中火にして大体八分から十分で上げるといいよ。茹で時間によって黄身の固さが違うんだ。とろとろにしたいなら六分ぐらいでいいかな」

出来上がったら冷たい水に浸けて殻を剝(む)いていく。

「おおっ、つるんと取れた！」

「ああ、それは綺麗に剝けましたね。わたしらは少し古い卵を使うんですわ」

「それもいいですよね」

今回はシュヴィークザームが使うと聞いて生み立て卵を持ってきてくれたらしい。

全部の殻が剝けたら次は味付けだ。

「マヨネーズという調味料がありまして、これを混ぜます。辛いのが好きな場合はマスタードを、コクを出すならコンソメの素も入れるといいです」

「それは何ですか？」

「我も見たことがないぞ」

シュヴィークザームはそもそも料理を作らないのだから、調味料を見る機会なんてないはずだ。小さな容れ物だったのでテーブル調味料と間違えたのかもしれない。彼の食事時にも胡椒やオイル、シロップの入った陶器が置かれている。

「これは僕が作った調味料なんだ。レシピを登録したロワルでは出回っているけど、この国にはまだ広まっていないかも。シーカーの食堂では利用されているよ。これ、誰でも作れるぐらい簡単なんだ。だけどやっぱり調理ごとに毎回作るのは手間が掛かっちゃうでしょう？　だから商家が瓶入りで売ってくれてる」

瓶自体に保存の効く素材が混ぜられているため、中身を使い切るであろう期間ぐらいは保つそうだ。もっと長期保存したいなら、時間停止の魔法袋に入れるしかない。

さて、マヨネーズを味見をした料理人が「これはいい」と喜んだ。

「レシピは商人ギルドへ行けば手に入りますか？」

「はい。個人が使う分には無料ですよ。第三者に販売したとしても、特許料は低めに設定してあるので高くないと思います。商家さんも価格を抑えて販売しています」

料理人が「なるほど」と何度も頷く。すると、シュヴィークザームがまた拗ね始めた。

「我の料理教室なのに」

見るからにつまらなそうな様子だ。表情には出ずとも態度で感情が伝わるのだから面白い。シウは笑ったけれど、料理人らは注意を受けたと感じたのだろう。慌てて各々の持ち場に戻っていった。


それからは無邪気な料理教室の再開だ。野菜はレタスとキュウリ、トマトを使う。

シュヴィークザームの手付きが怪しいけれど、なんだかんだで物覚えがいい。徐々に切り方が上手くなっていく。

「見ろ、キュウリが薄く切れたぞ！」

「すごいね」

「シュヴィークザーム様、さすがでございますね！」

シウとカレンの二人がかりで褒めると、胸を張る。よくよく見れば鼻の穴が「むふっ」と広がって、嬉しそうだ。その微笑ましい様子を、厨房の外で待機していた近衛騎士らも見ていた。笑いを堪えている。

サンドイッチ用のパンが焼き上がると、シュヴィークザームはシウが止める間もなく切り始めた。残念ながら、出来たてのパンは上手く切れない。ふにゅりとへこんだ。

「む、何故だ」

「焼きたての食パンを薄く切るのは難しいんだ。その場合は時間を置くといいよ。切れ味の良い包丁や魔法を使うのもアリだけどね」

　魔法の場合は細かな操作が必要になる。シュヴィークザームには難しいだろうか。それなら、もっと簡単に切れる魔道具があればどうか。術式はどんな風に組み立てよう。そんなことを考えながら、シウは切り損なったパンを味見した。シュヴィークザームも手を伸ばす。

　そこに料理人たちがそろりそろりとやってきた。窯を見ていた料理人も含め、全員で試食する。焼き立てのふわふわした食感と美味しさに、皆が幸せそうに笑った。

「とりあえず時間が経ったという体で切っていくね。魔法を使えば薄切りも簡単なんだ」

　説明しつつ、スパスパと切っていく。食パンに限らず、どれも失敗を前提にして多めに焼いてある。この場の全員に配っても余るぐらいの量だ。シウはサンドイッチ用に薄切りしたパンをどんどん積み上げた。終われば、シュヴィークザームが待ちに待った「具材を挟む」という楽しい時間の始まりだ。

「我の切った野菜はどれも素晴らしいな！」

「あ、シュヴィ、全部入れたら食べ辛いよ。たとえば卵とキュウリだけ、ベーコンとレタスとトマト、と数を絞った方がいい。必要最小限の組み合わせで最大限の美味しさを出すんだ。味比べもできる。まとめて食べたければサンドイッチ同士を重ねればいいしね」

「ほほう、なるほど。料理とは奥が深いのだな」

シュヴィークザームはあれこれ悩みながら、自分だけのサンドイッチを完成させた。

「一口サイズに切る時は、力を入れずに押さえながら、スパッとね。そうそう」

「できた！」

その頃には熱々だったベーコンエピが手に持てるぐらいになっていた。粗熱が取れた今が一番美味しいのではないだろうか。早速、皆で試食会を始める。もちろん近衛騎士も呼んだ。全員とはいかないから、交代で食べてもらう。

「うむ、美味しい。我は天才なのではないだろうか？」

頬張りながらシュヴィークザームが自画自賛する。

「出来たては特に美味しいよね。冷めても温め直したら美味しくなるよ。シュヴィなら魔法が使えるでしょ。やってみたらいいんじゃないかな」

「魔法を調理に利用するという発想はなかったが、言われてみると面白い。我でも使えるのがまたいい」

シュヴィークザームはサンドイッチ片手に、もう片方の手で失敗したパンに魔法を掛けて様子を確認している。

「む、これだとパンが飛んでしまうではないか。風は少しだな。火は出さずに、ううむ、これは難しい」

行儀が悪いが誰も注意しない。食べることに夢中だからだ。カレンは微笑ましそうにシュヴィークザームを眺めている。

近衛騎士らも「これは美味しい！」と朗らかに笑う。騒ぎは当然、廊下で護衛を続けている者らにも届くだろう。それでなくとも美味しそうな匂いが広がっているはずだ。彼等は何度も「まだかな」と厨房の中を覗いていた。

昼食の後で多くは食べられなかったシュヴィークザームが、しみじみと語る。

「ベーコンは美味いが、まずは狩らねばならぬ。解体し、燻して、切る。野菜を作る者、チーズを作る者。パンもすぐには焼けぬな。二次発酵まであると知って驚いたわ。大変な作業だ。料理人という職があるのも当然よ」

料理一つ作るのにも多くの人の手が掛かる。シュヴィークザームは身を以て知った。

「さっきの調味料もそうだね。調理の度に作っていたら時間がいくらあっても足りない。だから大量に作って保存するか、商品を買ってくる。王城で働く料理人も、それぞれの専門家だ。パン職人しかり、菓子職人しかり」

「そう言えば、おぬし、菓子作りが大変だと話しておったな」

「そうだね。僕が知っている菓子職人さんだと、餅菓子の専門家やケーキの専門家、チョコレートのみを扱う店もあるよ。つまり、それだけ奥が深いんだ。一人で賄えるものじゃない。使う食材だって山のようにあるからね」

シウが菓子に使える食材の名を並べ上げると、シュヴィークザームは唖然とした。

「そんなにあるのか」

「びっくりするよね。それだけじゃないよ。計量は正確にしなきゃいけないし、生地を寝かせる時間も大事だ。成形をしっかりしておかないと割れたりへこんだりする。温度の管理も大事だね」

「……シウは一人で作ると言っておったな。膨大な時間を要したのであろう。それを、我は何度も何度も早くしろと要求していたのか」

ちょっと反省したらしい。しょんぼりするシュヴィークザームが可愛いやら面白いやらで、シウは言葉を返すのに時間がかかった。また残念なことに、カレン以外は誰も聞いていない。食べるのに必死だ。シウは「僕は魔法を使えるから」と答え、カレンは「学ばれたのですね」と慰めた。

ちなみに、試食会には料理長も交ざっていた。皆の楽しそうな様子に我慢できなかったようだ。これは美味しいと声を上げたところで皆が気付いた。彼は、ふわふわパンを殊の外気に入ったシュヴィークザームのために、シウの酵母菌を分けてほしいと言った。もちろん構わない。むしろ、シュヴィークザームの分を管理してもらえるのだから助かる。シウは快く譲った。ついでに酵母菌の作り方でも盛り上がった。

料理教室を終えてシウたちが廊下に出ると、フェレスが寝ぼけ眼で起きてきた。彼が座り込んでいた場所には小さなラグが敷いてあった。誰も近付いていないのはシウの魔法で分かっている。近衛騎士が厨房に借りてくれたのだろう。シウは待たされすぎてお昼寝していた二頭を抱き上げ、シュヴィークザームの部屋に戻った。

道中、近衛騎士と話をした。ラグの件にお礼を言うと、廊下は冷たいだろうからと返ってくる。それに幼獣二頭を間近に見られて良かったと、逆にお礼を言われた。

パンの話題にもなった。シュヴィークザームがまさか料理をするとは思わなかったらしい。いきなり動き出したのでビックリしたと笑う。そこからシュヴィークザームの話で盛り上がった。最近はデザートを分けてもらえるようだ。ただ、子供が渋々お菓子を分けてくるような態度で、近衛騎士らは笑いを堪えるのが大変だという。そして、そんなシュヴィークザームに親近感が湧いたとも話す。「聖獣様」として崇めている存在にも案外人間らしいところがある。子供のように可愛く、また優しい。彼等とシュヴィークザームの距離は一気に縮まった。

きっかけとなったシウにも良い感情が生まれたそうだ。

そうこうするうちに部屋に到着した。楽しくとも料理作りは大変だったろう。もうしないと言うのではないか。そう思って、シウが「今日はどうだった？」と聞けば、シュヴィークザームは胸を張った。

「うむ。我も自分で作れるように頑張ってみようと思う。我には才能があるようだ。早々に追いつくであろうな」

「ああ、うん、そうだね」

「ふふふ。シウの手を煩わせることもなくなるだろう。見ておれよ。我の趣味は、趣味ではなくなるのだ」

腰に手を当てて高笑いだ。表情にも少し出ている。ちょっぴりホラーで、面白い。

シウは笑いながらカレンに目を向けた。彼女は最後まで残った聖獣様付きメイドだ。どこまでもシュヴィークザームに優しい。

「シュヴィークザーム様、頑張ってください！　絶対にできますよ！」

「うむ」

子供を応援する親バカみたいで、シウも近衛騎士らも大いに笑ったのだった。

第四章
文化祭の準備あれこれ

He is wizard, but social withdrawal?
Chapter Ⅳ

金の日は冒険者ギルドの依頼を受け、森へ薬草採取に行く薬師たちの護衛を務めた。シウとは顔馴染みの薬師たちだから道行きも慣れたもの、馬車移動の間は会話を楽しんだ。

森に着くとフェレスは自由にさせた。シウは薬師たちの近くで護衛を続ける。

時折、ごく小さな魔獣が出てくるものの何の問題もない。音も立てずに倒した。

ミセリコルディアのような深い森ならいざしらず、王都の周辺にある森に大型魔獣はほぼ現れない。それに王都にはまだ冒険者が多く、彼等が定期的に依頼を受けるから付近は安全だ。シウが護衛を頼まれたのは、薬師たちが採取に夢中になりすぎて警戒が疎かになるからだ。この時期であれば冒険者見習いの子供だけでも来られるだろう。

とはいえ、冬の気配が見え始めているから、そろそろ厳しい。冬になると餌を求めてルプスが草原を渡ってくる。薬師たちも自分たちでの採取を止める時期だ。

寒くなると冒険者も王都から減っていく。王都の社交シーズンが終わる頃だ。避寒も兼ねて領地に戻る貴族や、それに合わせて休暇を取る商家が増える。当然、護衛依頼も増えるから冬の王都は冒険者が少ない。彼等はそのまま王都より暖かい地域で冬を越すのだ。必然的に、冬の王都近辺は魔獣が多くなる。

「また、冬がやってくるねぇ」

どんよりした空を見上げながら、薬師の一人が呟いた。

「今のうちに薬草を採っておかないとな。今年の冬は厳しくなるかもしれん」

「そうだな。腰は痛いが、もう少し頑張るか」

薬師によると、夏が暑かった年は冬の寒さが厳しくなるそうだ。寒いと体調を悪くする人も増える。風邪でも命に関わることがあるから対策が必要だ。怖いのは流行性感冒である。王都は寒く、どの家も暖房をガンガンにつけるから暑いほどだ。そうなると乾燥が進み、病気も悪化する。毎年、医者や薬師が「湿度を上げて」と注意喚起するも、喉を痛める人は後を絶たない。特に厳しい冬は病気が蔓延しやすい。薬師たちは例年よりも多く薬を用意したいと採取に励む。

「そうだ、シウ。あの喉飴はいいぞ。今、必死に量産しているんだ」

冬の備えとして用意しているらしい。

「子供が嫌がらずに舐めてくれるから俺たちも助かってる。薬を混ぜても案外バレないもんだ」

「そうそう。それに果実飴が手に入れやすい値段だろ？　食べ慣れている子も多くて『もっと甘くて美味しい蜂蜜飴がある』と言えば、薬だと分かっても嫌がらないんだ」

親が一番助かっているという。ぐずる子供を医者や薬師のところへ連れていくのは大変だ。薬を飲ませるのも一苦労。だから、進んで薬を口にする子供に安堵する。

シウは苦笑しながら何気なく漏らした。

「子供の薬代は国が補助してくれたらいいのにね」

「補助？」

「あ、うん。だって子供は国の宝だもの。国は人がいないと成り立たない。だから財産を守るようなものだと思う。もちろん、そんなこと関係なく子供の命を守るのは当たり前なんだけどね」

「そりゃまあ、そうだよな」

「たかが薬だ、子供とどっちが大事かは分かるってなもんだな」

「そうだなぁ。……それ、ギルドを通して提案してみるか」

「うーん、薬代を全部ってのは難しくないか？　飴程度なら配れそうだけどよ」

「まあまあ。最初から何もかもってのは上手くいかないさ。何事も一歩ずつだろ。それより今は目の前の冬支度が大事だ」

「よし、もういっちょ頑張るか！」

薬師たちは張り切って薬草の採取に勤しんだ。


シウも警戒しながら薬草を採取した。その最中に、クロがシウを呼んだ。なんと薬草を見付けたと教えてくれたのだ。シウの手元を見て覚えたらしい。

ブランカは虫を追うのに夢中だった。リードの限界いっぱいまで離れて転げ回っている。

フェレスは木々を敵と見立てて擦り抜ける遊びに夢中だ。途中で何度か魔獣を見付けて倒し、シウの下へと運んでくる。褒めると喜び、また森に分け入った。

採取は夕方になる前に終わった。大量の収穫物に薬師たちはほくほく顔だ。

帰りの道中、薬師たちは薬の補助について話し合った。シウも参加する。

「国からの補助もお願いできればいいですけど、寄付の仕組みを取り入れるのはどうですか。そしてそれを広告にするんです」

「広告？」

「たとえば『この貴族が補助してくれました』って、飴の袋に書いておくとか」

「ほう、それはいい」

「一々、手書きするのは面倒じゃないか？　それに袋だってタダじゃない。まだまだ紙は高いんだ」

シウが葦科の雑草でアルンド紙を作ったのはもう随分前のことだ。特許も取り、それに目を付けた商家が販売に乗り出した。本当ならもっと安くなってもいいが、大型工場はそう簡単に作れない。そのため、大量生産による低価格化はもう少し先になる。それでも普通紙よりは十二分に安いのだが、さすがに配るとなると難しい。

「紙はとりあえず試作品の低質紙を提供します。それと、さっきの手書きの話ですけど、ゴム印を使えば楽になりませんか？」

「ゴム？」

「白乳の木の樹液から作ったものです。適度に固まり、かつ柔らかいという性質があるので彫るのが簡単だと思います。そのゴム印にインクを塗って押すだけだから、作業時間は大幅に減ると思います。そうだ、インク台を作ればもっと簡単に押せるかも。商人ギルドに持ち込んでみます」

「それはいい。頼む」

シウの身振り手振りで分かってもらえた上、面白そうだと乗り気だ。

「紙は再利用できます。後日返してもらいましょう」

また袋として使ってもいいし、破れや汚れがあれば業者に戻せばいい。再生紙として生まれ変わる。

「さっきの広告の話に戻るけど、寄付額も書くのかい？」

「そうなると貴族同士で競い合いに発展しそうだぞ」

「いや、中には目立つのを嫌う人もいる。施しをするのは当然だと考える清廉な方もいらっしゃるしな」

「だとしたら、広告は寄付を推し進めるための動機にならないな。元々寄付してくださっていた方が止められたら元も子もない」

「それに、誰がどれだけ寄付したか毎回ゴム印に彫るのか？　いくら簡単に彫れても、その手間が増えるぞ。ゴム印やインクだってタダじゃない」

皆が意見を出し合う。すると、薬師の中で一番年嵩（としかさ）の男が口を開いた。

「ふむふむ。それでは、金額に応じて作る袋の数を決めるというのはどうだろう？　寄付してくださった方の数だけゴム印は必要になるが、その代金も込みの寄付額だ。そして、寄付額が多い人ほど袋の数を増やす。つまり人の目に触れやすくなるというわけだ。広告としての意味はあるだろう。袋を配る時は無作為に、公平にすればいい」

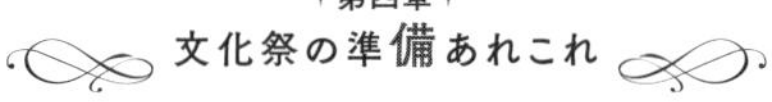

「それはいいですね！」
彼の意見に皆が賛同する。その後も皆で細かなところを決めていき、戻ったら企画書を作ろうと盛り上がった。

◇◆◇◆◇

翌日、シウは冒険者ギルドの前で人を待っていた。この日は指名依頼の仕事がある日だった。しばらくして皆が集まる。馬車に乗って、だ。

早朝とはいえ、御者付き馬車がギルド前に並ぶのは目立った。朝早い仕事に就く人たちが「なんだあれ」「何かあるのか」と口々に言いながら通り過ぎていく。冒険者の方は気にしていない。良くも悪くも彼等は突発的な事態に慣れていた。

最後に到着したのはバルトロメだった。いかにも眠そうな、億劫な様子である。シウは彼を連れてギルドに入り、さっさと受付を済ませた。そしてククールスとガスパロをバルトロメに引き合わせる。

「あんた眠そうな顔してるが、大丈夫かい？」

「ええまあ。昨日、遅くまで夜会に出ていたので」

「大丈夫かよ。引率の先生だろ？　酔ってんのか。先生ならしゃっきりしろ」

ガスパロもククールスも貴族相手に言いたい放題だ。とはいえ、二人は経験豊富だ。相手を見ているのだろう。実際、バルトロメはこんなことで怒ったりしない。今も笑顔で聞いている。ただ、二日酔いなのも本当らしく気持ち悪そうだった。シウは二日酔いによく効くポーションを渡した。

「おおー、スッキリした。シウ、好きだ～」

「これを渡すと皆が同じことを言うんだよね。あ、それ、売価は銀貨六枚だから」

「ええ、安いね！　金貨二枚はすると思ったよ」

と言って、ガラス瓶を眺める。高いと言われなかったことに内心で驚きつつ、瓶は返してもらった。

シウたちが外に出ると、アロンソやウスターシュが生徒を整列させていた。護衛の確認も済ませている。さすが頼りになる先輩だ。バルトロメがこうだからだろうか。

「先生が用意した馬車と借りた分で足りそうですね。護衛数人は馬での警護に当たらせます。どうでしょうか」

最後はガスパロに向かって確認したものだ。ガスパロはアロンソの言葉に頷き、ざっと見回した。

「いいだろう。注意点は道中に説明する。時間がないからな。各自さっさと馬車に分乗してくれ。点呼はリーダーに任せる。生徒のリーダーはあんただな？」

「あ、はい。アロンソです」

「よし。副リーダーも作っておいてくれ。シウは遊撃だから当てにするな。冒険者側の護

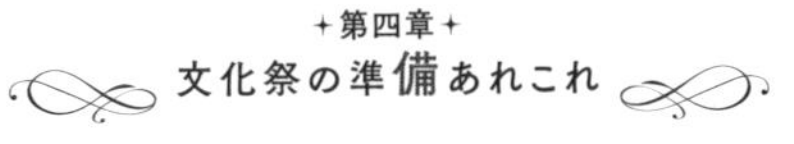

衛代表は俺がやる。ガスパロだ。こっちはククールス。よろしくな」
　あっさりした挨拶を済ませると、彼は全員に乗車を急(せ)かした。

　一行が向かうのは王都から三つ目の森だ。ミセリコルディアまでは連れていかない。遠すぎる上に、今は危険だからだ。つい先日も貴族が魔獣に襲われた。バルトロメが残念がったけれど、シウはもちろんガスパロも、頑として譲らなかった。

　とはいえ、この三つ目の森でも下級冒険者にとっては荷が重い。特に冬が近付くにつれ、ルプスの発生頻度が高まる。岩猪(いわいのしし)もよく見られるため、中級以上の冒険者の狩り場だ。

　ガスパロはごねたバルトロメに説教を続け、森の危険について生徒に語った。生徒たちは神妙な顔だ。護衛仕事での彼の役どころがよく分かる。シウやククールスにはできないし、やったとしても侮られそうだ。

　そのククールスはいつもの調子でふわふわとして見える。細身で美形だからだろうか。女子の視線が熱い。

　プルウィアは彼と視線を合わせようとしなかった。気まずげにも恥じらっているようにも見えて、シウは笑った。それに気付いたらしいプルウィアがシウを押す。勢いがあったためにシウはそのまま横にいたフェレスの上に倒れた。

「にゃ！」

　フェレスは喜び、クロとブランカは「遊んでるの？」といった様子で交ざりにくる。皆はプルウィアの不思議な行動に驚き、そしてシウの転んだ姿に大笑いだ。

　馬車の中はしっちゃかめっちゃかになってしまった。


　森に到着すると、馬車を中心に魔獣避けの薬玉を取り付けていく。結界の魔道具も設置した。バルトロメが持参したものだ。シウの持ち出しがないよう配慮してくれた。

　生徒の一部――たとえばプルウィアやセレーネ、ルイスたち――は、夏休みに冒険者ギルドの依頼を幾つも受けている。先輩冒険者に森にも連れ出してもらったようだ。慣れた様子で、しかし慢心することなく動けていた。素人が失敗しやすい薬玉の設置も手早く、正確だった。

　ルフィナやステファノも仕事を受けたというが、一度や二度では身に付かなかったようだ。段取りが悪い。ルフィナに至っては「いい景色～」と呑気に森を眺めている。

　アロンソとウスターシュは魔法の訓練を兼ねて森に来たことがあり、冒険者のような動きはできないまでも、物見遊山といった様子はない。良い意味での緊張感があった。

　一番問題があったのはバルトロメだ。ウキウキと「どんな魔獣が出てくるかな」と従者に話しかけている。

　ガスパロが頭に手をやり天を仰ぐ。見ていたアロンソが慌てて謝罪し、話し合った。

　結果、バルトロメにはガスパロを付けることにした。嫌そうな顔をしながらも渋々引き受けてくれる。

ルフィナを始め、森に慣れていない生徒は護衛に任せ、浅い場所での待機だ。その方が結界もあって安心安全だろう。

引率者になってしまったガスパロがうんざり顔で皆に合図する。

「じゃあ、森に入るぞ。勝手に動き回るなよ？　特に先生さん、あとそのへんの貴族の娘っこさんたちも」

「はーい」

可愛い返事に笑ったのはシウだけだった。ガスパロは眉尻を下げ、ククールスも「まあ素直に返事が来るだけマシか」とぼやいた。

シウは最後尾に陣取った。余所見したり脇道に逸れたりする生徒を見張る役目だ。フェレスにも皆が迷子にならないよう「気を付けておいて」と頼んだ。

ちなみに今回の狩りに生徒たちの希少獣は連れてきていない。実家に預けるか、連れてきていても馬車までだ。争い事に向かない小型希少獣が多いからだった。唯一、山羊型希少獣のゲリンゼルだけは荷物持ちとしてステファノに付いてきている。

シウは最後尾を進みながら、フェレスと横並びで歩くククールスに話を振った。

「最近はどんな仕事をしてたの？」

「護衛が多かったな。先週は貴族の坊ちゃんの付き添いで迷宮に潜ってきた。シーカーが休みだったんだってな。この二週間、冒険者ギルドに依頼が増えた理由が分かったよ」

迷宮以外にも、魔獣討伐の現場を見たいという依頼もあったそうだ。

「へぇ。社交漬けの人が多いと思ってたのに」

「そういうのが苦手な奴や、軍に入隊希望の奴なんかが経験を積むんだろうな。そういや、この間の奴は『試験に体術がある』ってぼやいていたぜ」

ククールスは護衛がどんな感じだったかを軽い調子で語った。

シウも休みの間の出来事を話した。さすがに転移であちこち巡ったとは言えないから「シュヴィークザームに料理を教えた」で誤魔化す。

「ご飯作りねぇ。相変わらずだな。まぁ、俺もシウの料理があったおかげで迷宮でも楽ができたけどよ。街で食べるより充実した食生活だったぜ」

「そう言ってもらえると作った甲斐があるね。また追加しておくよ」

「お、助かる。んじゃあ、その代わりってわけじゃないが、迷宮で手に入れた素材をやるよ。欲しいのがあれば持っていってくれ」

「いいの？」

「普段は荷物になるってんで置いていくもんだ。必死こいて運ぶほど生活も苦しくなかったし。でもまあ、置いていくには惜しい素材もあるだろ。魔法袋がありゃあ、とりあえず入れておけってなる。シウにも土産ができると思って加減しなかったしさ。だから、欲しいのは全部持ってってくれ。残りは捨てるからな」

「そう？　じゃあもらうね。後で確認するよ」

第四章

文化祭の準備あれこれ

先頭にいる集団を《感覚転移》で視ていると、徐々に緊張感が増している。特にガスパロがピリピリしていた。バルトロメの担当はシウが想像する以上に大変のようだ。中ほどを歩く生徒たちにも緊張感が伝染してきている。のんびりした様子なのはフェレス以降、シウまでだろうか。森に慣れたメンバーばかりだ。

ククールスも力を抜いて、時々伸びをしている。公園を散歩するかのごとく、ふわふわとしていた。しかし、彼は気配察知を働かせているし、視線でのチェックも怠らない。生徒が妙なものに触れないかをちゃんと確認していた。

やがて、飛兎の群れがいる穴場スポットに到着した。よく湧いてくる場所だ。ガスパロのような古参の冒険者が新人を鍛えるのに連れてくる。飛兎は大きさが五十センチメートル程度だから、それほど恐怖感を抱かずに済む。新人が最初に討伐する魔獣に向いているとも言われていた。

「荷物は後方支援がまとめておけ。待て待て、最低限の荷物は背負っていろ！　何かあって一人になった時、どうする。二日ぐらい飲まず食わずでも大丈夫だと思うか？　それは素人考えだぞ」

飲まず食わずでも生き延びる場合はある。あくまでも「じっとしていれば」だ。他にも好条件が重ならないと難しい。なにしろここは森の中だ。

ガスパロが言う「何か」は魔獣を指している。魔獣は見付けた人間をどこまでも追いかけるだろう。走り回っているうちに、体力はあっという間に失われる。汗を掻いた分の水分はどこで補給するのか。運良くどこかに隠れられたとして、助けが来るまでの間の食事はどうすればいいのか。

運とは、自分でも準備しておけるものだ。

ガスパロは馬車の中で何度も生徒の持ち物を確認させた。彼は新人に「隣り合う者同士で荷物を交換しろ」と指導するらしい。その方法で今回も、足りないものや多すぎるものを発見した。そうしてせっかく調整した荷物を、生徒の何人かが後方支援に渡そうとしたのだ。指導の意味が全く伝わっていない。ガスパロが叱るのも当然だった。

生徒だけでなく、バルトロメも慌てて「最低限の持ち物」を身に着ける。

「よし、持ったな。これから斥候が飛兎を追い出す。前衛はそれを捕まえろ。後方支援は魔法で網を張れ。前衛の補助だ。いいな？」

馬車の中では他に、各自の得意分野を聞き出していた。護衛の立ち位置にも言及し、どう動くかまでをガスパロは指示している。皆、それを思い出したようだ。急いで配置に就いた。

シウとククールスは中心にいる生徒たちではなく、その外側に意識を集中させる。狩りの最中に別の魔獣が割り込んでくるのを警戒してだ。何かあれば、どちらか片方が対処する。生徒にはガスパロが付いているのだから何の問題もない。

フェレスは勝手に斥候役をしている。誰の邪魔もしていないし、むしろフォローに入れる位置に陣取った。そこでガスパロの号令が掛かった。

「皆、位置に着いたな。かかれ！」

風下からフェレスたちが素早く動いた。

護衛の男が最初に岩場を駆け下り、飛兎の巣穴に燻し玉を投げ込んだ。別の出口は前衛担当の生徒や斥候役の護衛が押さえている。フェレスは一番出入りの激しいと思われる場所で飛び跳ねた。騎獣の大きさで足音を響かせれば、中の飛兎はパニックに陥る。

案の定、地面の下では飛兎が右往左往だ。シウの《全方位探索》が教えてくれる。やがて飛兎は「人間の気配」に気付いた。飛兎はフェレス側を避け、人間が待ち構えている穴に殺到した。

そこには詠唱を溜めていたアロンソが待っている。

「よし、出て来るぞ、撃て！」

「《水撃》」

ガスパロの指示に合わせて高威力の水が発射された。残念ながら狙いが甘く、一発では倒せなかった。しかし、飛兎にとってバランスを取るのに必要な耳を掠ったことで体勢が崩れる。そこをメルクリオが剣で狙った。ステファノの従者でもある彼は普段から帯剣しており、動きもキビキビしていた。はたして、メルクリオは狙い通りに飛兎を倒した。

ステファノはゲリンゼルに命じて、擦り抜けていった飛兎を追わせる。てんでばらばらに広がる飛兎が徐々に追い込まれていった。フェレスも大外から中心に向かって追い込む。素早い動きで飛び回るフェレスの目からは逃れられない。

集まった飛兎たちは前衛が剣を使って倒していった。後方支援担当も魔法で補助する。土を動かすことで躓（つまず）かせたり、木の根の罠（わな）を張ったりと活躍した。

プルウィアも得意の光属性魔法で飛兎の目を潰す。動きが鈍くなったところをルイスとキヌアが倒した。この組は連携が上手で、討伐数も一番多かった。

「おー、大猟大猟。よくやったじゃないか」

三十分で二十五匹だ。ガスパロは厳しかった表情を緩めた。

乱戦で見逃してしまった三匹はフェレスが追いかけて捕まえた。彼の役目は生徒の見守りだったが、その生徒が逃がした魔獣なら倒してもいいと考えたようだ。シウが褒めると、その場の誰よりも嬉（うれ）しそうに「にゃーん！」と鳴く。それを見て、皆はようやく力を抜いた。

飛兎は解体せず、バルトロメの持つ魔法袋に保管した。ルフィナも父親に借りた魔法袋を持ってきているが、それを使うほどの成果は出そうにない。

「さあて。そろそろ次の狩場へ行くか」

「ガスパロ、あっちに良い獲物がいるぞ」

ククールスが探索した結果を身振り手振りで報告する。冒険者同士が使うジェスチャーだ。それを見たガスパロが相好を崩す。

「お前ら、ツイてるぞ」

「良い獲物ですか？」

アロンソが聞き返した。ガスパロは厳つい顔でにんまり笑った。

「おう。火鶏と岩猪がいる。飲食店をやるんだろ？　だったら、これは外せない」

「あ、はい！」

アロンソは笑顔で頷いた。その横にウスターシュが来て、心配顔だ。

「だけど、岩猪は大物過ぎないかな。僕たちで倒せるだろうか」

確かに初心者に岩猪の討伐は厳しい。人数は多いが、ここにいるのは実戦経験の少ない生徒ばかりだ。特に後方支援役の生徒には岩猪を追い詰められるだけの体力がないだろう。

アロンソは悩んだ末、二手に分かれると決めた。

「ルフィナさんの組は馬車まで撤退。テント張りをお願いするよ。昼食は済ませておいてくれるかい。僕たちの分は要らない。通信魔道具は持っているよね？」

「持っているわ。そうね、これ以上進むのは難しいでしょうし、先に戻るわ」

ルフィナはアロンソの決定に従った。彼女も自分の足手まといぶりには気付いている。岩猪の大きさも解剖の授業で目にしていたし、バルトロメが「岩猪の突進は速いよ、人間はあっという間に追いつかれる」とも話していた。ルフィナは肩を竦めて「そんなの絶対に無理よね」と笑った。セレーネとウェンディも苦笑で頷いた。

男子では、ステファノやレナートが護衛と一緒に戻る。彼等も自身の能力を客観的に見られるからだ。そして、自分たちにできることをしようと考えた。

「飛兎を解体しておくよ」

「ありがとう。でも無理しないでいいから。異変を少しでも感じたら、僕たちのことは気にせず逃げるんだ。いいね？」

「分かった。そちらも無理はしないように、って、本職がいるんだったね。でも気を付けて」

そう言って、来た道を引き返した。女子の中ではプルウィアだけが残った。

◇◆◇◆◇

バルトロメも居残り組だ。どうしても帰りたくないと食い下がったため、勝手に動かれるよりはマシだと、連れていくことになった。そしてバルトロメの面倒はガスパロが見ている。だから彼も岩猪狩りに向かう。

そうなると馬車に戻る生徒の護衛が心許(こころもと)ない。ガスパロはバルトロメの護衛から半分をそちらに回した。最初は断った護衛たちだが、ガスパロに「じゃあ、お前らが主(あるじ)を馬車へ連れていけ。逃げ出さないようにしろよ」と言われると素直に従った。長い付き合いの護衛でさえ、バルトロメの面倒を見るのは大変らしい。

第四章

文化祭の準備あれこれ

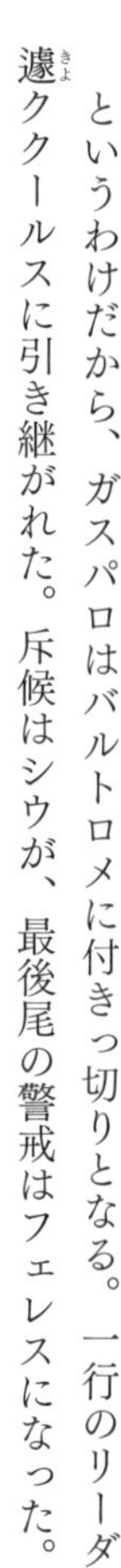

というわけだから、ガスパロはバルトロメに付きっ切りとなる。一行のリーダーは急遽ククールスに引き継がれた。斥候はシウが、最後尾の警戒はフェレスになった。

しばらく移動を続けると、ククールスの探知に引っかかった場所に到着した。火鶏の群れを襲う岩猪といった図が眼下に見える。この立ち位置がいい。ククールスも高い位置が風上側だと知って案内したのだろう。シウの全方位探索とはまた違った探知能力だ。

道中、ククールスが皆に指示を与えていたため、すぐさま攻撃態勢に入る。

普段は杖を持たない生徒も今回は精度を上げるために持参していた。詠唱が必要な生徒は事前に溜めておき、慎重に最後の詠唱句を告げる。

プルウィアは杖なしだ。詠唱句も比較的短い。精度も高くて、彼女がどれだけ訓練を積んだのかが分かる。

シウはククールスに遊撃を頼まれた。

「火鶏は僕がやるよ。皆は岩猪に専念して」

邪魔な火鶏はシウが一網打尽にする。火鶏はその名の通り、火に纏わる魔獣だ。口から火を吹き、多少の火なら耐えられる。生きた火鶏を火属性魔法だけで倒す場合、かなり高温にしないと難しい。体長は一メートル前後で家畜化した鶏よりも大きかった。冒険者の間では「火鶏が狩れたら一人前だ」と言う人もいる。

ちなみに火鶏は家禽より味が良い。そうした意味で人気の魔獣だ。

シウは火鶏をアクアアラネアの糸で編んだ網で捕えた。

「おま、それ、超簡単にやってるじゃねーか。卑怯だろ」

岩猪を倒すための指示を出していたククールスが笑いながら指摘する。飛行板の上から見ていたようだ。シウは糸を操って引き寄せ、止めを刺した。

「なんだよ、その網。なんで普通に狩らねぇんだよ～」

「ちょっと実験でさ。これ、アクアアラネアの糸だから火を弾くんだ。すごいよね」

「お高い糸を使って何やってんだ。現場で実験とか、お前みたいな奴、初めてだわ！」

ゲラゲラ笑っているが、ククールスはしっかり生徒を見ている。すぐに的確な指示を飛ばした。

「おい、そこの！　水属性魔法で行く手を阻め。蝙蝠持ちは調教魔法で誘導しろ」

名前を覚える気がないククールスはそれぞれの特徴で指示出しだ。アロンソとウスターシュは急いで動きを変えた。

護衛らも必死だった。剣や槍で岩猪に傷を付け、プルウィアが待つ場所へと追い込む。

「皆、ゴム板の上に乗っておけよ。よし、今だ。プルウィア、やっちまえ！」

「行くわ、《雷撃》！」

空中に発生した火花のような電気が岩猪の脳天を直撃する。プルウィアは固有スキルとなる雷撃魔法は持っていない。これは複合技だ。必殺の攻撃魔法が欲しいと相談されたシウが教えた。その代わり覚えたばかりで難しく、まだ一発しか打てない。渾身の技だ。

第四章

文化祭の準備あれこれ

岩猪は地面に縫いとめられたかのように動きを止め、やがてズシンと音を立てて倒れた。振動で揺れるが、その頃には皆がワーッと声を張り上げていたので相殺されたようだった。

　その場でさっさと解体を済ませたのはククールスだ。指示ばかりで仕事らしい仕事をしてなかったからと、気軽に作業を始めた。見ていた生徒は彼の手捌きに見入った。夏に解剖の授業を受けたが、とても比較にならない。さすがは冒険者だと感心している。

　ククールスはそんな彼等にちょっと呆れたようだった。ぼんやり立っているからだろう。彼はシウをチラリと見てから生徒たちに告げた。

「火鶏はたくさんあるようだ。後でもいいから皆で解体しろよ。最初は火鶏ぐらいから始めるもんだ」

「はい！」

　礼儀正しい返事にククールスは照れ臭そうだった。誤魔化すためか咳払いする。

「あー、ところで、プルウィア」

「……なにかしら？」

「すげぇ大技が使えるんだな。よくやった」

　プルウィアは突然褒められて慌てたらしい。ほんの少し仰け反った。頬が段々と赤くなる。そんな彼女を見ないまま、ククールスは続けた。

「事前に雷撃が使えるとは聞いちゃいたが、倒し切れないと思っていた。補助に入ろうと上空から見ていたが、すげぇ威力だったよ。信用してやれなくて悪かった」

「別にいいわよ。その、わたしもこんなに上達しているとは思っていなかったもの」

「なんだ、ぶっつけ本番かよ。まあ、その度胸の良さは冒険者向きだけどな」

「えっ、そう？」

「ああ。仲間との連携も上手かった。お前なら慢心しないだろうな」

手放しで褒められ、プルウィアはもじもじと恥ずかしそうだ。いつもの彼女らしくない。見ていたルイスが密かに笑うが、目敏いプルウィアは気付いていた。シウが「あーあ」と溜息交じりに漏らしたら、プルウィアの視線が飛んでくる。シウは慌てて逃げた。


馬車に戻るまでの間にも魔獣は現れた。帰りはもう皆が戦う必要もないだろうと、シウが倒していく。土蚯蚓もそのうちの一匹だ。何の旨味もない魔獣だが、バルトロメなら喜ぶかもしれない。シウは後方から来る彼のため、魔法袋に放り込んだ。


その時、大熊蜂を見付けた。大熊蜂は討伐に悩む魔獣だ。調教さえできれば蜂蜜を大量に採れるからだった。益獣と呼ぶ人もいる。シウは通信魔法でガスパロに相談した。

「（大熊蜂がいるけど、どうしよう？）」

「（滅多に出てこんからな。捕まえられるならそれに越したことはないけどよ）」

「（試しに挑戦してみてもいい？）」

「（まあ、そうだな。やってみるか。確か、調教魔法持ちがいたな？）」

ウスターシュがそうだ。シウが振り返ると、話を聞いていたウスターシュが驚き顔になる。彼は一瞬だけ考え、小さく頷いた。

「(うん、ウスターシュが使える。僕と彼で大熊蜂を追うよ。残りの生徒は馬車に向かわせる。ククールスは――)」

「俺は馬車まで坊ちゃんたちを護衛だ。その後で応援に行く」

「(聞こえた？　こっちは二手に分かれて行動する)」

「(おう、分かった。お前のことだ、大丈夫だろうが深追いはするなよ)」

「(了解です)」

通信を切ると、背後にいたククールスが生徒たちを振り返った。

「そんなわけだ、さっさと移動するぞ」

皆が頷く。シウはフェレスを呼び寄せ、先に向かわせた。大熊蜂がどんどん離れていく。フェレスを見送りながら、シウはウスターシュに改めて確認を取った。

「大熊蜂は警戒心が強くて、人が多いと調教できる確率も下がるって習ったよね。だから僕らだけで行こう」

護衛が心配そうにウスターシュを見た。反対したかったのだろうが、ウスターシュが覚悟を決めた顔で頷いたので諦めたらしい。ウスターシュは気合いを入れるために自分の頬を叩き、シウと共にフェレスの向かった先に走り出した。

大熊蜂は一匹や二匹なら人は襲わない。花の蜜や樹液を好み、森の中を探し回る。魔獣らしくないことから、研究者の中には魔獣指定を外そうという意見もあるそうだ。

ただ、餌が全くない場合は集団で人を襲うし、何よりも魔核(まかく)がある。魔核を持ち、人に害をなす生き物を魔獣と定義している以上、今はまだ魔獣という扱いだ。

とはいえ何事にも例外はある。竜にも魔核はあるし、彼等が人を襲う場合もあるからだ。それでも竜と人は心を通わせられる。調教魔法も効きやすい。言葉を使った意思伝達も可能だった。

こうした曖昧(あいまい)な立ち位置の生き物は意外と多い。パーウォーという孔雀(くじゃく)に似た魔獣も、魔核のない個体が結構な割合でいる。彼等は攻撃的だ。人を積極的に襲う。だから見付けたら討伐する。

結局、人に害をなす生き物は倒すしかない。線引きはそこにあるのだと、シウは思う。

考えているうちに巣に近付いていた。シウとウスターシュはフェレスが待機する茂みにそっと滑り込んだ。フェレスは大熊蜂の警戒域ギリギリを見極め、気配を消してシウを待っていた。

「よくやったね。偉いよ」

「にゃ」

大熊蜂に気付かれないよう、小さな声で返事する。こういう時のフェレスは空気をよく読む。魔獣に対応する能力が高かった。クロもフェレスに倣ってか、ずっと静かにしていた。全く動こうともしない。

　ブランカはシウの背中でうごうごしている。鳴いてもいるのだろうが、音が漏れないよう少し前から結界を張っていた。当たり前だが空気は入れ換えている。ただ、相手をしてもらえないブランカが拗ねているだけだ。フォローについては後で考えるとして、シウはウスターシュに提案した。

「一匹だけ捕まえて引き寄せるよ。その個体に女王蜂を誘導してもらおう」

「分かった。本でやり方は学んだし、ちゃんと覚えている。大丈夫だ」

　自分に言い聞かせるような声だった。

「ウスターシュのことは必ず守るよ。何も気にせず、ただ調教に専念すればいい」

「うん、任せた。シウなら安心だ」

　互いに笑い合い、適度に力を抜いたところでシウは魔法を使った。ふらふら飛んでいた巣の見張り役を《空間壁》で囲んで引き寄せる。「引寄」の魔法ではなく、空間ごと移動させた。そうすると、何らかの方法で捕まえて引っ張ってきたように見えるだろう。火鶏を捕まえるのにアクアアラネアの糸を使ったばかりだ。きっと勘違いしてくれる。はたして、ウスターシュは疑うことなく目の前の大熊蜂に集中した。

　大熊蜂は結界の中に閉じ込めた。分かりやすく魔道具を使った。音も遮断できるため、大熊蜂のカチカチという警戒音も聞こえてこない。ウスターシュは目を閉じ、真剣な様子で詠唱を続けた。長い詠唱を終えると目を開けて大熊蜂を見つめる。大熊蜂は体を震わせ、飛ぶのを止めた。ウスターシュの魔力に抵抗できなかったようだ。

「成功、した」

「そうだね。ウスターシュ、命令してくれる？」

「分かった。《其の者、右回りに飛べ》」

大熊蜂は言われた通り、右回りに飛んだ。複雑な命令は、言葉を持たない生き物には通じない。調教魔法は発動の際にイメージを伝える。つまり、ウスターシュのイメージが大熊蜂に通じたということだ。シウは結界の魔道具を解除した。

「では、次の命令だ。《其の者、巣の主を、一番偉い奴を連れてこい》」

大熊蜂は少しだけ逡巡したようだったが、やがて巣に向かって飛んでいった。

「兵隊蜂が大量に出てきたら全滅させるしかないなあ。フェレス、警戒しておいて」

「にゃ」

「女王蜂が来てくれるといいんだけど」

ウスターシュは自信がない様子で眉尻を下げた。


結果的には大成功だった。

まず、女王蜂が怪訝そうに出てきたところを捕まえる。引き寄せている最中に兵隊蜂の一匹が飛んできたけれど、シウはこれも《空間壁》で遮断した。ウスターシュは女王蜂に集中していたから全く気付いていない。彼はとにかく、兵隊蜂が出てくる前に女王蜂を調教しようと一心不乱に魔法を掛け続けた。

ようやく従わせたところで大熊蜂の動きが止まった。女王蜂を従えると、その仲間も自動的にウスターシュの下に付いた。

そこからは早い。女王蜂と幼虫や卵は箱に入れ、即席の橇に乗せて運んだ。調教したとはいえ、王都内に連れ込むのだから結界も張る。こちらは魔道具を使った。

馬車まで戻ると、皆がその成果に驚き喜んだ。特に巣の大きさに驚いたようだった。蜂蜜も大量に採れるだろう。

「すげぇじゃねぇか。お前さん、よくやったな」

ガスパロに褒められたウスターシュは嬉しそうだ。

「こんな大きな巣じゃ、討伐依頼が出てもおかしくなかったぜ。二人だけで、よくやったもんだ」

「あ、僕は調教だけで、残りは全部シウがしてくれたんです」

「それでもだ。女王蜂の調教は難しいと聞くぜ。よく頑張った。神経使っただろ？　おい、お前さん方よ、こいつが横になれるよう場所を空けてやれ」

「はーい。ウスターシュ、こっちへどうぞ。広いわよ」

「あ、うん。じゃあお願いしようかな」

思考力の低い生き物への調教は精神力を必要とする。へばっていたウスターシュは素直に横になった。

「で、残りの兵隊蜂はどうした。ちゃんと始末してきたのか？」

「うん。女王蜂がいなくなれば生きられないと思うけど、逆に混乱して冒険者を襲い出すと困るもんね。可哀想(かわいそう)だけど今いる兵隊蜂は残せない」

今後育つ大熊蜂は問題ない。人間を仲間と勘違いしてくれるからだ。すでに育ってしまった大熊蜂では難しい。それに巣に近付いた人間を襲った可能性もある。討伐するしかなかった。

「よしよし。さすがだ。兵隊蜂は素材は採れないが、ギルドに言えば討伐依頼扱いにしてもらえるだろ。ちょっとは金が出るさ」

「え、要らないよ」

「なんだ、シウ。お前、持ってこなかったのか」

「一応、何かに使えるかもしれないから魔法袋には入れたけど」

「それが冒険者ってもんだ。魔法袋を持ってりゃ、回収するのが当然さ」

ガスパロの言葉に、ククールスが隣で笑う。

「俺も使い途が全く分からない迷宮の素材を持って帰ってきたからな。後でシウにやる予定だ」

「分かるぞ、シウなら何かに使ってくれそうな気がするもんな！」

がははと笑い、ガスパロは御者台に乗り込んだ。先頭馬車で警戒を担当する。

「お前らは最後尾を頼むぞ」

とはシウやククールスにだ。シウはフェレスに、ククールスは飛行板に乗った。

さて、ククールスからのお土産は本当に「使い途の分からない」素材が多かった。とはいえ、シウはそんな素材の研究が好きだ。ワクワクした。たとえば、スケレトゥスという骸骨の魔物がいる。討伐後の骨ではあるが、それをもらった。シウがアンデッド系の魔物を見たことがないと零したのを覚えていたようだ。

他にも岩蜥蜴やコカトリスがあった。これらは売れる素材だ。ただ高値にはならない。ククールスに貯金はないけれど、彼は上級冒険者だから生活に困ることがない。仕事のたびにしばらく遊んで暮らせるだけの収入が得られるのだ。一応、魔獣の魔核だけは取っておくそうだ。小さいので保管が楽だし、良い仕事がなければ魔核を売って生活する。

魔核がなかろうと、彼の場合は森に行けばいくらでも生きられる。山生まれの山育ちはパワフルだった。

そうは言っても、身嗜みを常に整えられるのは街暮らしの方だ。浄化魔法が使えなければ汚れは溜まるし、服だって洗いすぎれば痛む。髭を剃るナイフも必要だ。よって、ククールスも全額を使い切ってから働く、なんて真似はしないだろう。

分かってはいるが、なにしろシウは自他共に認める心配性だ。人間は水と食べ物さえあれば生きられると、お礼代わりにククールスの魔法袋に料理を入れたのだった。

第四章

文化祭の準備あれこれ

翌日の風の日はたまたまオークションのある日だった。大体、土の日から風の日にやっているそうだ。大きな場だと光の日、あるいは闇市という名の、夜に行われる大型の催事もある。

シウはウスターシュがオークションに大熊蜂の女王を出すというので付き添った。アロンソも来ている。

今回オークションという方法を採ったのは、冒険者ギルドに勧められたからだ。ギルドが買い取るよりも直接商人に見てもらった方が高値になるという。しかも手に入れたばかりの巣も一緒だ。ギルドは参加に必要な手続きも代行してくれた。

本当はウスターシュの実家で飼えれば、定期的な収入となるため有り難い。残念なことに彼の家族には調教魔法持ちがいなかった。雇うにも、まず設備投資ができるだけの余裕がないという。

もちろん、学生のウスターシュだって飼えない。真面目(まじめ)に学ぶ彼は忙しい毎日を送っている。親友のアロンソは事情を分かっているだけに「仕方ないさ」と慰めた。その代わり今回のオークションで得られる売上は彼の個人資産になる。勉学に忙しいウスターシュはなかなかアルバイトができない。だから嬉しい臨時収入だ。

オークション会場に着くと、冒険者ギルドの交渉担当をしているコールが待っていた。シウのクラスメイトが参加すると聞いて来てくれたのだ。彼が代わりに交渉してくれる。

「シウ君にはお世話になっているからね。それに新人冒険者に便宜を図っておくと『後々ギルドに還ってくる』といった皮算用もある」

微笑みながらウインクする。コールは「だから気にするな」と言っているのだ。ウスターシュはコールの思いに気付き、頭を下げた。

自信満々に代理を引き受けたコールの商品説明は立て板に水だった。会場は彼の独擅場となった。次々と値の札が上がり、最終的に驚くほどの高値で落札された。

コールがまたウインクし、シウたちに高値になった理由を教えてくれる。

「もうすぐ全国菓子博覧会が行われるのは知っているかい？　そのために甘味類が大量に取り引きされているんだ。もちろん、この蜂蜜の採取は間に合わないよ。でも、博覧会で盛り上がった客はきっと甘味を求めるだろう。商人はそこまで読んでいる」

それをコールも読み取った。シウやアロンソが「なるほど」と頷いていたら、ウスターシュが「いえ」と頭を振った。

「コールさんの説明がすごかったんです。会場中の人が呑まれていました。さすが交渉担当をされるだけのことはあります。本当にありがとうございました」

「いやいや、困ったな。こちらには下心があるんですよ。本音を言えば、また大熊蜂が発

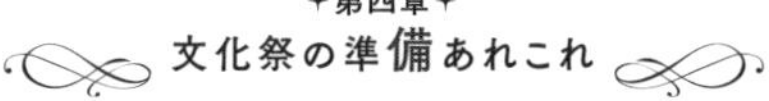

生した際にあなたの調教魔法で生け捕りにしてもらいたいんです」

「そんなこと、僕で良ければもちろん引き受けます」

「おっ、言質は取ったよ？　実は、冒険者に調教魔法持ちは少ないんだ。そんなスキルを持っていれば、貴族に仕える方を選ぶからね。上手くいけば騎獣担当だ。芽が出なくても馬の世話はできる。安定した生活を送れるというわけだ。それに引き換え、冒険者ギルドが依頼するのは『魔獣の調教』だ。そりゃ、なかなか引き受けてもらえないよねぇ」

　魔獣に調教魔法を掛けるのは「従わせる」が近いだろうか。希少獣だと「心を通わせる」になる。その違いが分からない人は多い。だから「魔獣を操る」のだと勘違いされる。それを嫌がる。魔獣を操れるのは魔人だと言われているからだ。

　実際には大熊蜂を完全に従わせられるわけではない。彼等が人間を必ず襲う性質ではないのと、巣や花の多い場所を用意してあげることで利害が一致し、共存できるだけだ。

「たまにでいいから、うちの依頼を受けてもらえると助かるよ」

「はい。僕も勉強の合間の、空いた時間に依頼が受けられるので助かっています」

　コールは笑顔でウスターシュと握手した。

　その後、落札した商人がコールを見付けて挨拶にきた。そこでウスターシュが出品者だと知った彼は「お願いがある」と切り出した。大熊蜂の巣作りを手伝ってほしいと言うのだ。ウスターシュが戸惑(とまど)っていると、コールが二人の間に割って入った。そう、商人と交渉を始めてしまったのだ。まだ引き受けるとも何とも答えていないのに。

とはいえ結局、ウスターシュにとってはかなり条件の良い、商人も損をしない形で契約が交わされた。互いに満足できたのはコールの手腕だ。

光の日は久しぶりに引き籠もろうと思っていたシウだが、薬師ギルドから連絡が入った。何かと思えば薬の件だった。

「やあ、シウ殿。呼び立ててすまないね」

ギルド長がソファを勧め、シウが遠慮なく座った途端に話が始まる。

「子供の薬代を全額補助するというのは、やはり難しいようだ。それとなく上に話してみたけれど、夢物語かと笑われてしまった。もっと時間を掛けて進めるしかないね。しかし、予防や風邪に効く薬飴玉の配布なら可能だ」

何度も試算を繰り返して出た答えだという。その財源の見通しが立ちそうだから、今回シウを呼んだらしい。

「知り合いの貴族に寄付や広告の話をしてみたら好感触でね。ただ、関係部署に上げるにしても根回しが必要だ。その方やお知り合いの方々が広めてくれるそうだよ。その時に発案者の話題が出て、感心していらした。君の名前もご存じだったよ。そうそう、君が直接ヴィンセント殿下に申し上げたら良いのにとも仰っていらしたがね」

「それは公私混同というか、悪い前例を作りそうなので止めておきます」

「そうだろうね。君なら断ると思っていたよ。皆さんにも僕から断っておいたからね」

ははは、と笑われた。笑いながらも、少々残念そうな表情だ。もしかしたら期待もあったのだろうか。確かに次期国王のヴィンセントに直で説明ができれば話は早い。でもそれは上手く事が運べば、だ。

「僕も、せっかくの人脈を生かせばいいと思わないではないです。だけど、それが上手くいけば、きっと次もと考えるようになる。真似をする人も出てくるでしょう。そうなった時に困るのはヴィンセント殿下です。ご迷惑をおかけすることになる。何より、僕自身がお願い事をしたくないんです。それでなくとも一部の貴族に疎まれていますから」

シウは膝の上にいたクロとブランカに視線を向けた。ギルド長がハッとした顔でシウを見る。

「そうだね。下手な真似はしないに限る。申し訳ない。気持ちが先走ってしまった」

それもこれも、薬飴玉を早く配りたいからだ。

「こちらこそ力になれなくてすみません」

ギルド長はいやいやと首を横に振った。

そのまま席を立つのも気まずく、シウは話題を変えた。

「この国では薬師になるのに試験があると伺いました。誰でも受けられますか？」

「おや、興味がおありかな？　しかし、君は薬師を生業にしないと聞いていたが。もちろん、薬師の教師になれるほどの知識があるのだから簡単に受かるだろう。しかし、それは店舗を持つ上で必要な資格だ。今のままでも薬は買わせてもらうよ？」

資格がなくても買取は可能だ。他国の薬師や、字は書けないけれど代々薬を作ってきたという人もいる。店舗を持たない彼等は、作った薬を薬師ギルドで買い取ってもらう。当然、品質は毎回チェックされるし、初めての持ち込み時には厳しい鑑定検査を受ける。

シウもそうだった。最近は信用されすぎてチェックが少し甘い。たぶん、シウの貢献度が高いせいだ。薬も薬草も状態の良いものばかり納品している。その上、薬師の護衛も積極的に引き受けていた。そうした冒険者は有り難がられる。

シウは苦笑して、首を横に振った。

「試験は、僕のことではないんです。お世話になっているブラード家に、親を亡くした子供がいます。その子が薬草に興味を持っているんです」

「ふむ」

「本当は学校に通えたらいいんですけど、獣人族と人族の間に生まれた子供なので、差別の残るラトリシアの学校に通わせるのが難しそうなんです。今は僕の友人に家庭教師を頼んでいますが、彼も同年代の友人がいればと話していました」

ギルド長は静かに頷いた。

「耳の痛い話です。この国の差別は根深いものでしてな。わたしは他国へ修行に参りましたので、外から見ることができた。情けない思いでいっぱいです。ですが、少数派の意見だけではなかなか変えられません」

忸怩(じくじ)たる思いがあるのだろう。悔しそうな顔だ。しかし、ギルド長は顔を上げた。

「そういうことでしたら、もちろん試験を受けてもらって構いません。種族など関係ありませんからな。資格があれば働くことだって、ああ、そうだ！」

ギルド長が声を上げた。

「弟子に入るのはどうでしょうか。子供たちを弟子として受け入れ、しっかり学ばせる薬師は多い。学校に通いながら弟子を続ける子もいます。一日中、働かせることもない。労働環境は悪くないでしょう。ただ、下働きからになりますが」

「それは、通いでも可能でしょうか？」

「もちろんです。ちゃんとした者を厳選しましょう」

「ありがとうございます。僕も本人に確認してみます」

「ええ、ええ。無理はいけません。ですが、その子供が勇気を持てたのなら、ぜひ紹介させてください。むろん、互いの相性をよく見極めてから決めましょう。子供の未来に関わる大事ですからな」

ギルド長の優しい言葉に、シウは深く頭を下げた。

◇◆◇◆◇

秋休みが明け、火の日となった。気の早い冬がやってきたかのように空がどんよりと曇っている。ラトリシアらしい空模様だ。湿気のないカラリとした季節は、あっという間に終わりを告げるだろう。

フェレスは天候なんて気にせず、尻尾をふりふり今日もご機嫌だ。シウが空を見上げていても「何もないのにどうしたのだろう」ぐらいにしか思っていない気がする。彼は上空に何もないと分かると、また足取り軽く石畳を進んだ。

フェレスの足元にはリードを付けたブランカがちょこまかしていた。数分のことだからと、歩きたがる彼女のために下ろしている。クロはフェレスの背中に乗ったままだ。揺れを楽しんでいるようだった。


シウが古代遺跡研究の教室に入ると、案の定ミルトとクラフトがもう来ていた。寮組だとしても早い。しかし、込み入った話をしたい時にはちょうど良かった。シウは早速、昨夜のリュカとの話を口にした。

「昨日、リュカに薬師のところへ弟子入りして学んでみるか聞いてみたんだ」

「えっ」

ミルトは驚き、クラフトが前のめりになる。

「いきなりどうしてだ？　時間がかかっても、リュカに合う学校を探すと言っていたじゃないか」

「うん、そうなんだけどね。ロランドさんが調べてくれたけど、やっぱり学校に通わせるのは無理みたい。もちろん良い学校もあったんだよ。だけど、たった一人でも差別主義者の教師がいたら、どうだろう。あの年頃の子たちは先生の言葉を信じるし、たとえ一人だけに言われたとしてもリュカが傷付くと思うんだ」

　大人になれば、やり返せるかもしれない。けれど子供には無理だ。子供の柔らかい心は簡単に傷付けられる。一度傷付いた心は、治ったとしても痕が残るだろう。

「ああ、そうだな」

　獣人族のミルトも、ただ獣人族だからという理由で嫌がらせを受けた過去があるという。思い出して、苦々しい表情になった。

「かといって、このまま大人ばかりの中で過ごすのもどうかなって思ったんだ。一歩外に出たら同年代の子は大勢いる。勿体ないよね。僕のように山奥暮らしで周りに誰もいなかったのなら仕方ないけど」

「お前、爺さんと暮らしてたんだっけ。二人っきりだったんだよな？」

「うん。だから、僕は『ちょっと変わってる』らしいよ」

　それはシウに前世の記憶があるからかもしれない。ともあれ、成人前の友人たちには、シウが「年寄りっぽい」や「変わってる」に見えたのだろう。

「まあ、普通の子とは言い難いな。だけど悪い意味じゃないぞ。山歩きが得意で、魔獣を一人で狩れる子供は普通じゃない、そういう意味だ」

「自分で変だと言ってしまうあたりがシウらしいな」

　二人はそれぞれ、シウを傷付けない言葉と態度で答えた。これが友人だ。

リグドールもそうだった。笑いながら「シウって変わってるよな～」と言ったとしても、シウはそこに友愛があるのを分かっている。だから傷付かない。彼はシウの個性を少ない語彙で示しただけだ。

「友人と過ごす時間は値千金だと思う。なんとかできないか、ロランドさんと話し合ったこともあるよ。カスパルは、リュカが何か言い出すまで待った方がいいって意見だったけどね。たぶん、僕らが気にしすぎていたから落ち着かせてくれたんだと思う。だから、僕らもそのつもりでいたんだけど、昨日の昼にちょっといい話が聞けたからさ」

「そういや、リュカはシウの薬作りを手伝うのが楽しいって言ってたなぁ」

「最初は『手伝ったら褒められる』で始めたんだと思うけど、そのうち本当に楽しくなったみたいだね」

拙(つたな)い字でメモを取り、忘れないよう薬草のイラストを添える。薬草の下処理は面倒な作業も多い。しかし、リュカは地道に頑張った。魔法が使えるシウよりずっと時間がかかるというのに、愚痴(ぐち)一つ零さなかった。

リュカの作った咳止めがメイドの役に立ったと知った時はとても喜んだ。同時にメイドの体調が悪くなっていないかを心配するような子だった。

「リュカがね、ソロルに自分でも薬師になれるかと聞いたようなんだ」

こっそり尋ねた内容は、密かにシウやロランドに伝わった。

「昨日、薬師ギルドに呼ばれていたから、その時に相談してみたんだ。そうしたら弟子入

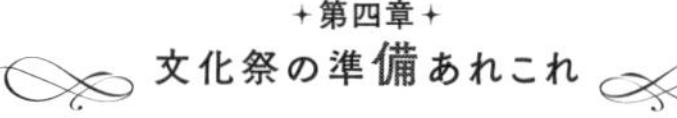

り制度があると教わった。面接もできるらしいよ。ギルド長も良い人を探してくれるというから、まずはリュカの気持ちを確認したんだ」

それが昨夜のことだった。リュカは会ってみたいと答えた。

まだ一人で外に出られないリュカにとって大きな決断だったと思う。勇気を振り絞る姿に、スサたちメイドは涙を堪えていた。ロランドは「気が早い」と笑っていたけれど。

「そうか。あいつ、そこまで……。リュカは偉いな」

「もちろん、失敗したって構わない。そこで何もかもが終わるわけじゃない。いくらでもやり直せるって皆で教えたよ。薬師だけが一つの道じゃないしね。ブラード家が後ろ盾なのは変わらないし、独り立ちできるまでは面倒を見ると約束している。それだって、ロランドさんは『独り立ちというのは結婚のことですよ』なんて言い出すぐらいでね」

メイドに苦笑したロランドの方が「親バカ」ではないだろうか。皆して笑い合った。

「というわけで、初めの一歩を踏み出そうとしているところ。そう、だからね、上手くいけば弟子入りすることになる。家庭教師の時間がずれるかもしれないんだ」

「あ、そうだよな。分かった。そうか、だとしたら教える内容も変えないとな」

「その分、ミルトも勉強しないといけないな」

「うるさいぞ、クラフト。そんなことは言われなくても分かってるさ」

悪態をつくが、これは照れだ。ミルトはリュカのために勉強の下準備に奔走してくれるはずだ。シウは内心で笑った。

「あー、でもさ、リュカは本当ならシウに教えてもらいたかっただろうな」

「そうかもしれないね。昨日、弟子入りの話をした時にちゃんと説明はしたんだけどね。あの子は聡い子だから分かっていたかもしれないなあ」

シウが教えても良かった。実際、何度も薬作りを手伝ってもらっている。

ただ、師匠になるのは難しい。子供に甘いシウでは彼を正しく導けないだろう。爺様のような厳しさがシウにはない。フェレスのことも自由にさせているぐらいだ。教師の素質がシウにはなかった。

何より、シウはリュカに「同年代の子と学ぶ喜び」を知ってほしかった。切磋琢磨する環境は大事だ。彼は多くの考えがあると気付くだろう。複数の人から学べば、その違いがより分かる。シウの薬作りが全て正しいわけではない。師匠の教えが全てでもない。人によって考え方は違うから、その中から一番だと思うものを自分で作り上げていく。

まずは違いを知り、何故なのかを疑い、調べ直す。それが学べるだけでも儲け物だ。

リュカは真剣な表情でシウの話を聞いてくれた。きっと、彼には彼だけの考えが生まれるはずだ。


ミルトに報告を済ませたあたりで残りの生徒もやってきた。

授業が始まるも、ほとんどが文化祭の話ばかりだ。出し物として申請していた「疑似遺跡発掘体験コーナー」の設置場所が決まった、という話から始まる。

場所は本校舎から研究棟へ抜ける渡り廊下の外側だ。校舎裏と言えばいいのだろうか。その庭を使っていいと許可が下りた。

よくそんな良い場所が取れたものだと皆が驚くも、よくよく聞けばフロランが再三に渡って生徒会に直談判(じかだんぱん)したというではないか。シウだけでなくクラスメイト全員が生徒会役員に同情した。

しかもフロランが「研究内容の発表場所も近くがいい、庭に建てていいか」と言い出したため、生徒会は一番近い教室の使用許可をくれたそうだ。ただでさえ庭を掘り起こして場所を取るのだ。これ以上、余計なものを作られたくないと即断したらしい。フロランはそれを狙って権限のある役員に訴えたと思われる。

おかげで、使用する教室から庭までは廊下を歩けばすぐだ。庭は植え替え待ちだったため好きにしていいという。その代わり元に戻すのが条件だ。フロランは「シウなら魔法で簡単にできる」と請け負ったらしい。シウは後で生徒会役員に謝ろうと心に決めた。

時間もないため、気の早いフロランが用意していた材料を該当の庭に運ぶ。

設計図もできており、シウはただ図の通りに土を掘るだけだ。

「あ、シウ、待って。先に骨を埋めて。領主門を示す梁(はり)は斜めにね。そうそう」

アラバが地上から指示する。イメージしていたものと現実は違うらしい。設計図通りに動くシウを何度も止める。そのせいで頻繁にやり直しが生じた。

「シウは心が広いな。俺なら絶対に怒ってる」

「ミルトは心が狭いのよ！」

「俺は普通だ。それより、そこ、固めておくんじゃないのか？」

「待って、先に横を補強しないとダメなの。次の階で地下水を流すから」

「そこまで本格的にしなくてもいいだろ。誰がやると思ってるんだよ」

「そうだそうだ、怪我だけじゃ済まないぞ」

「トルカさん、俺たちの代わりにアラバさんを止めてくれ」

「無理よ。この設計図だって、秋休みの間もずっとニヤニヤしながら書いていたのよ」

一同が黙り込んだ。しばらくして、地上にいたミルトが穴の中のシウに声を掛けた。

「お前の自己判断でいいから安全対策を施してくれ、頼む」

「うん、分かった」

言われずとも勝手に作業していたシウは、動揺がバレないよう淡々とした返事になってしまった。

幸い、穴の中にはシウとフェレスたちしかいない。地上の音は微かに聞こえる程度だ。作業に集中していると無心になれるぐらい静かだった。

フェレスも一心不乱に土を掘っている。ブランカはその掘り出された土の上で転がっていた。柔らかくて気持ちいいのだろう。クロは土に埋もれたくないのか、端の方で一人遊び中だ。虫を見付けてはじっと眺めている。

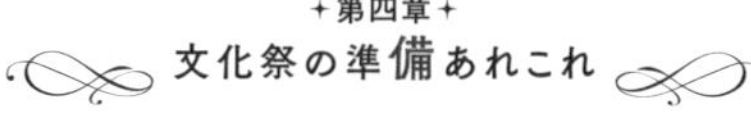

第四章
文化祭の準備あれこれ

彼等に気を付けながら、シウは土壁を矢板で補強し、更に《固定化》を掛けた。一通り掘り進めると、今度は設計図通りの形にするため土を戻していく。地下に下りる際の足場も必要だ。建物の外壁を模した石材を填め込んで代わりとする。更に「遺跡」であることから、昔の街をイメージした物品を埋める必要があった。それらも設置していく。

途中、クロが設置された銀細工を気に入って持って帰ろうとした。ブランカは横穴を開けようと前脚で掘ろうとする。硬化した横壁は崩れないが「遺跡発掘」用の下側には掘れてしまう。シウは二頭をなんとか宥めて止めさせた。

「今日はもう終わりにしましょう。シウ、上がってきて」

「はーい。フェレス、クロとブランカを連れてきて」

「にゃう」

「次回は上部分をやりましょうか。それまでに雨が降ったら困るわね」

地上に戻ったところでアラバの声が耳に入り、シウは「シートを掛けておくよ」と応じた。油を引いたシートで覆い、端は杭を打つ。これだけでは心許ないから《結界》を掛けた。この結界自体に固定化魔法を重ね掛けすれば、解除するまで誰も開けられない。解除用の術式はピンチに付与し、アラバに渡した。

「君たち、真っ黒じゃないか。着替えに戻るかい？」

シウというより、フェレスたち三頭にだ。クラスメイトたちは三頭の土に塗れた姿を見て笑った。

「浄化が使えるから大丈夫。クロ、ブランカもおいで」

フェレスは定期的に自動で浄化するよう、シウが首輪に魔法を付与してある。もうすぐ綺麗になるはずだ。

クロとブランカには付けていない。自動で綺麗になることを当然と思うようになったら困るからだ。「汚してもいい」ような動き方になるかもしれず、マナー的にも良くない。

ただ、すでに片鱗はあった。特にブランカは、汚れることを恐れない。むしろ自分から向かうタイプのようだ。先ほども土にダイブしていた。フェレスよりも大胆である。彼女の調教がどうなるのか考えるだけで、シウは今から不安な気持ちになった。

魔獣魔物生態研究の教室には生徒たちのほとんどが集まっていた。その中に入っていくと、プルウィアが手招きする。シウはフェレスたちを連れて席に着いた。

「遅かったわね、シウ」

「午前の授業が押したんだ。文化祭の出し物で疑似遺跡発掘体験コーナーをやるから、その準備」

「ああ、確か、五棟の外側にある庭を使うのよね？」

「うん、よく知ってるね」

「その申請書類を担当したのがわたしよ。最初は却下したの」

「プルウィアだったんだ」

「その後に何度もティベリオ会長のところへ来たのよ。大変そうだったわ」

「知らなかった……。ええと、ごめんね」

「あなたのせいじゃないでしょ。でも、シウが受けている科って変な人が多いわよね」

彼女の発言で皆の視線が集まる。プルウィアが「何？」と皆を見回す。代表して答えたのは笑顔のルフィナだった。

「このクラスも変ってことかしら？」

プルウィアは「あ」と声を上げ、苦笑した。

「そうよね。そうだわ。このクラスも変な人が多いわね」

「あなたもその一員なのよ～」

「あら、わたしは普通よ」

二人が笑いながら言い合う。他の生徒も会話に参戦してきた。「あなたは変人よね」「僕は違う」と楽しそうだ。皆もう昼食はほぼ終えていたようだ。のんびりしている。

皆の明るい声を背景に、シウたちは急いで食事を始めた。


魔獣魔物生態研究の授業は、先日獲ってきた魔獣の解体で始まった。文化祭に出すための下準備だ。メニューを考えるのは後で、とにかく解体を先に済ませてしまう。

シウは回収した大熊蜂の巣から蜂蜜を取る作業だ。ウスターシュにとっても必要となる情報だろうから、彼も解体作業から外れている。皆には了承済みだ。

「それが遠心分離機か」

「養蜂家ならどこでも使っていると思うよ。資料を元に改良してみたんだ。軽い力で回せるようにしてる。特許も出す予定だから、これは後でウスターシュにあげるよ」

「いいの？」

「うん。あると便利だろうしね。もし業者に貸す場合は試作機だって言っておいて」

「分かった」

話しているうちに蜂蜜を絞りきった。次は漉し器を使う。

「蜂蜜の作業はこれで終わり？」

「できれば光属性魔法で浄化してほしい」

「光属性だけで？　水属性は要らないのかな」

「水属性を入れちゃうと間違って良い成分も消してしまうかもしれないんだ。菌だけ殺したいんだよね」

「へぇ」

天然の菌の中でも悪いものだけ抽出して排除する、という方法もある。ただ、それを正確にイメージしてもらえるかと言ったら難しい気がした。それなら単純に光属性だけで浄化した方が上手くいきそうだ。本来の浄化に必要な水属性を含めると「手洗いのための浄

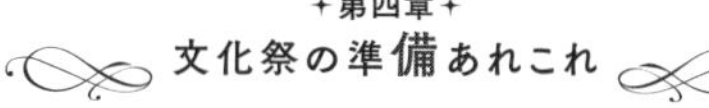

化」というイメージが強くなってしまう。これは「全部洗い流す」に近いだろうか。光属性には「悪いものを消す」という力がある。

「分かった。一度、やってみてもいいかな」

「うん。いいけど、ウスターシュは光属性があるの？」

シウはウスターシュを鑑定していたので光属性がないのは知っていた。ただ、彼自身から聞かされていないので知らない振りだ。

「僕は持っていないけど、メルクリオが使えるんだ」

ウスターシュはそう言うと、メルクリオを呼んだ。そして説明を聞いた彼はすぐさま瓶の中に魔法を掛けた。きちんと浄化できたかどうかはステファノに見てもらう。

「あ、中身が変わったよ。シウに教えてもらったから鑑定できる内容が増えてる。こんな風に分かるものなんだね」

ステファノの鑑定結果では高品質と表示されるようだ。まだ浄化していない瓶だと「交ざりものあり」と出るらしい。

シウの簡易鑑定でも似たような表示になった。完全鑑定してしまうと膨大な量の情報が頭の中に流れるため、最近は簡易鑑定ばかり使っている。

「メルクリオは便利だなぁ。光属性だけで高品質にできるのか」

「ステファノ様の鑑定魔法だって便利じゃないですか」

「そうかな。まあ、お互い役に立ったなら良かったよ」

二人は互いを褒め合うと解体班の作業に戻った。シウたちも蜂蜜を小分けにしたり搾り滓の処理をしたりと、細かな作業を続けた。

翌日の生産の授業では、シウは相変わらず文化祭の展示物に関係のないものを作った。シウが自由に作業しているとレグロが見回りに来る。

「今度はなんだ？」

「パン切り機です」

「……パン切り機か。またおかしなものを。まあ、なんでもいいがな」

シウは度々、レグロが想像しないような魔道具を作るとして、面白がられている。大抵は彼にとって「おかしなもの」だが、稀に「面白い」が引っかかるので期待値が上がる。今回は興味がなかったようだ。さっさと離れていった。

シウがパン切り機を作るのは、シュヴィークザームと調理をした際に「あればいいな」と思ったからだ。焼きたてのパンは切り難いし、かといって冷めるのを待ちたくない。

何より、焼きたてパンを薄く切れるというのが楽しそうだ。

シウは四角い枠を作って糸を張るという、単純な装置を作った。糸はアクアアラネアのものを使う。そして微振動の機能を付与した。スイッチを押すと等間隔に並んだ糸が震える仕組みだ。そのままパンに下ろせばスッと切れる。

興が乗ったので微振動の包丁も作った。柄と刃の部分の素材を変えたことで、手への振動がかなり抑えられた。その代わり、包丁にも魔核が必要だ。長持ちするだろうが高価な包丁になってしまった。これはシウ専用にする。パン切り機も需要はないだろうから特許は出さない。

そもそも熱々のパンを切ったとしても、ふにゃふにゃしているので使いづらい。こだわるのはシウだけだ。これはシュヴィークザームにプレゼントすればいい。どのみちシウは魔法で切れるのだから。

この日シウが作ったのは「それ本当に必要か」や「おかしなもの」と言われる道具ばかりであった。


午後はまた生徒会室に行き、文化祭実行委員の仕事を手伝った。文化祭に参加するクラスがほぼ決まり、あとは内容の再確認と場所のタイムスケジュール調整になる。広い場所、あるいは便利な場所を使いたいクラスが多く、交代制にしたのも調整の理由だ。それだけではない。各催し物の開催時間も把握しなければならない。来訪者に聞かれた場合、完璧に答えるためだ。開催中の様子を見る必要もある。企画書と同じ内容か抜き打ち検査をする予定だ。違反があればクラス全体の失点になる。

とにかく忙しい。皆、早くまとめてしまいたいと思っていた。それなのに何度も修正案が届くのだ。配置場所に変更があればタイムスケジュールも修正になる。

提出した書類通りに作らないクラスもあった。気付いた生徒からの報告で、裏方の生徒がこっそり調査に向かう。その後、権限のある生徒会役員が指導に行った。

指導から戻った生徒の多くが疲れた様子なので、シウは端のテーブルに菓子類を用意した。甘い果実を使った角牛(つのうし)乳割りの果実オレが一番人気だ。

「保温鍋は知っていたけど、保冷容器は初めて見たよ」

シウに話しかけてきたのはタハヴォという男子生徒だ。

「君が持ってきてくれたの？」

「はい」

「あれ、もしかして、君が作ったのかな」

シウの持ち物だと分かるよう、隅にサインを入れている。タハヴォはそれに気付いた。

「そうです。シュタイバーンにいた頃に作りました」

「そうだったのか。最近ルシエラで出回っていると聞いたから、てっきりここが発祥地で流行っているのもここだけだと思っていたよ。それにしても面白いな。だけど魔核の消耗がすごそうだ」

「そうでもないですよ。これぐらいの小さい魔核で、毎日使って二年ぐらいかな」

「えっ、ホントに？　もしかして保温鍋もそれぐらいで済むのかい？」

食い付いてくる彼に、シウは術式の内容を簡単に説明した。それを聞いたタハヴォは笑

顔になった。

「実は家でも使いたいと思っていたんだ。だけどほら、高いだろうと思ってね」

シウはルシエラでの売価を知らないが、特許料は低めに設定してある。商人ギルドの正常性も見ていて分かっている。高い値で売られていることはないだろう。

そう答えると、タハヴォは感激した様子だった。それから彼の事情を話し始めた。

タハヴォの家は貧乏貴族で、普段から質素倹約に勤しんでいるという。しかし、冬の寒さは応える。せめて飲み物ぐらいは常に温かいものが飲みたい。かといって、毎回そのために火を熾（おこ）すのは大変だ。魔道具を買いたくても、そもそもタハヴォ以外の家族は魔力が低かった。ルシエラで売られている魔道具は高い上に、魔力が結構必要らしい。

貴族の割には悲惨な生活だと思うが、タハヴォは「名ばかり貴族さ、ほぼ庶民だね」と笑った。案外逞（たくま）しそうだ。シウは苦笑して、保温鍋の起動に必要な魔力量は一にも満たないと教えてあげた。魔核も極小でいい。彼はまた感激したようだった。

それからもシウはずっと生徒会室で過ごした。裏方でも初年度生だから見回りもしなくていい。ひたすら仕事に専念できるはずだった。ところがタハヴォと話し込んだせいか、入れ代わり立ち代わり生徒会役員がやってくる。なるべく作業の手を止めないようにするも、話し掛けられたら答えるしかない。

そのうち、癒（い）やしを求めて「フェレスちゃんに触りたい」と誰かが言い出した。シウは

「彼が嫌がらなければ」と答え、フェレスにも確認を取った。はたして。

「にゃん！」

フェレスは「いいよ」と尻尾を振った。シウが仕事にかまけて一切相手をしてくれないと拗ねていたところだ。暇だから寝るしかなかったフェレスは途端に元気になった。そうなると、フェレスのお腹や尻尾でゴロゴロしていたブランカも張り切り出す。

ブランカはリードを付けたまま、可愛がろうと手を伸ばしてきた女子生徒に突撃した。スカートのヒラヒラが気になったらしい。その中に潜り込もうとする。

そんなブランカを止めるのはクロだった。一生懸命リードの先を引っ張る。体格の差もあってブランカより力は弱いが、一瞬でも喉が締まったらしいブランカが「ぐぇ」と鳴いた。その場にいた生徒たちが笑い出す。ブランカは「みんな楽しそう」と思ったようだ。みゃーみゃー鳴いて飛び跳ねた。

クロはブランカに巻き込まれないよう、あっちへこっちへと避ける。その動きがユーモラスで可愛い。疲れ顔の生徒たちに笑顔が戻った。

放課後になるとルイスたちもやってきて、彼等が連れている希少獣も癒やしの元となった。生徒会室の隅が遊び場だ。

毎回つまらなそうだった希少獣も遊んでいいと言われて喜んだ。ウルラのアノンやルスキニアのケリは鳥型希少獣だから自由に飛び回る。基本的に学内は飛行禁止だから飛べない時間が長い。だから飛んでいいと知るや嬉しそうだった。

ウェンディの相棒は亀型(テストゥド)だ。他の子のように動き回らない。のそのそと床を歩く。たまに遊び場から抜け出して踏まれそうになるが、実は希少獣のテストゥドは頑丈だ。人間が踏んだところで体に影響はない。それでも生徒たちは慌てて「ごめんね」と謝った。

プルウィアも皆の様子を見て、レウィスを放した。彼女はレウィスを自分の傍(そば)から滅多に離さない。よほど生徒会に慣れたのだろう。表情も明るくて楽しそうだ。

シウが「良かったなあ」と思いながら書類に視線を落としたところでプルウィアの声が上がった。

「また間違ってるわ！　この説明に行ってくれたのは誰ですか？」

「あ、僕、だけど」

「ちゃんと説明してくれました？　わたし、衛生面が心配だとメモを添付したのに、それが剝がされています。内容もほぼ前のまま。このクラス、大丈夫かしら!?」

説明役の生徒会役員に怒っているのではない。それは分かるが、彼は代理で怒られている気分になったのだろう。首を竦める。

周囲の生徒たちが同情めいた視線を送った。が、すぐに作業に戻る。シウもだ。張り切って仕事をするプルウィアを止めるほど、皆も暇ではなかった。楽しそう（？）な彼女の声を聞きながら、それぞれが仕事に専念した。

実行委員の仕事が終わると、プルウィアは仲良くなった女子生徒たちと一緒に寮へ帰った。後ろ姿だけでも充実しているのが分かる。

シウには生徒会のメンバーが校門まで付き添ってくれた。送迎はいつものように断った。厄介な出来事が続いていたため何くれとなく助けてくれる。本当は尾行されていた件を考えると徒歩は危険だろうと思う。けれど、だからこそ、シウは他の生徒たちを巻き込みたくない。それにシウには全方位探索という強力な警戒網がある。

とはいえ気を抜くつもりはない。ヒルデガルドがいなくなっても、彼女を裏で利用していた誰かはまだいる。飛行板に難癖を付けた冒険者ギルド支部の職員も処分を受けたが、その大元には辿り着いていない。

シウは何が最善の行動になるかを考え、徒歩を選んで帰った。


この日作ったパン切り機は、ロランドに頼んで王城に届けてもらった。

シウが行くとシュヴィークザームの部屋まで持参させられるかもしれない。それが使用人のリコであれば、すんなり帰れるだろう。その目論見は当たり、門兵は「今日はシウ殿はいらっしゃらないのですね」と手紙とパン切り機だけを受け取った。リコは待たされることなく帰ってきた。

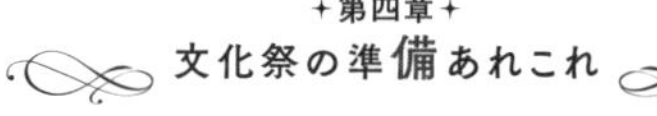

戦術戦士の授業は文化祭の出し物となる設備の土台作りから始まった。場所はドーム体育館の横にある、基礎体育学などで使用する広場だ。本校舎からドーム体育館までは屋根付きの廊下が通っており、行き来がしやすい。だからこそ、レイナルドはこの場所を申請した。

「ここは借り切っているからな。設備もしっかりしたものを作れるぞ」

レイナルドは手書きの図をシウにだけ見せた。つまり、シウ一人で作れという意味だ。皆がシウの肩を叩き「頑張って」と声を掛ける。言葉の中には同情も含まれていた。

組手披露のスケジュールは各自で相談し合いながら書き込んでいった。そのノートを見ると知らない名前がある。レイナルドの受け持ち生徒だけではないようだ。シウと同じように気になったクラリーサが確認した。

「先生、もしかして基礎体育学からも生徒を引っ張ってこられたのですか？」

「おう。攻撃防御実践からもだ。他にもいけそうなのがいたら声を掛けた」

クラリーサが呆れ顔でレイナルドを見るも、彼は気付かない振りだ。皆も「一般科なのに怪我をしたらどうするんですか？」「必須科目は実力の差が激しいのに」と詰め寄る。レイナルドは馬耳東風だ。授業が終わるまで逃げ回った。

騒がしい皆を横目に、シウは土台作りに着手した。どのみち作らねばならない。レイナルドとの追いかけっこに体力を奪われるより、さっさと作った方がいい。

シウは授業が終わるまでの間に木組みの設備を作り上げた。


食堂に入ると、そこかしこで文化祭の話題が飛び交っている。ただ、各科で学んだ内容を発表する、という文化的な話は少ない。それより全く関係のない「出し物」で盛り上がっている。必須科目や一般クラスしか受けていない初年度生は羨ましそうだった。

必須や一般は基礎を学ぶ。成果を発表するという文化祭の趣旨に合わないからだ。もちろん、発起人がいてクラスを纏めたのなら構わない。学んだ内容とは関係のない出し物でも許可は下りるからだ。ただ、初年度生にはそれが難しかった。そこまで仲良くなれていなかったり、あるいは個々が忙しすぎたりすると参加者を集められない。まして、シウのように受講する科のほとんどが参加するとなれば忙しいを通り越す。

「ゆっくり見て回れるから、その方が楽しいんじゃないのかな」

クレールが同じ初年度生を慰める。

「戦略指揮科なんてね、先生同士が話し合って合同開催すればいいのに別々の発表となったんだ。あちらの先生が対抗意識を燃やしてね。巻き込まれる生徒はたまったものじゃないよ」

「うわぁ、そう聞くと確かに困るね」

「そうだろう？　君たちは当番もないのだから存分に楽しんだ方がいい」

準備に奔走しなくていいのだから逆に羨ましいとクレールが苦笑する。そんな彼に、エドガールが話を振った。

「戦略指揮科が何をするのか聞いてもいいかい？」

「ああ。模型を使って過去の事例を説明するんだ。当時の戦略がどうだったのか、今ならどうするのかを話し合ってきたからね。それらを発表する。だけど一般の方は楽しくないだろう？　それで考えた出し物が『人形を使った盤上遊戯』だ。皆で何度も話し合って作ったものだよ。実は特許申請中だ。ぜひ遊びに来てほしい」

「面白そうだね」

「僕は絶対に行くよ。昔から盤上遊戯が好きなんだ。白黒駒競技や昔の戦術遊戯盤はほとんど触ったと思う。得意中の得意だ」

「そういう人は大歓迎だよ。ぜひ、意見を聞かせてもらいたい。そして穴を探してくれると助かるな」

「俺は得意じゃないけど、参加はできる？」

「できるとも。基本的な使い方は簡単にしてあるんだ。一般の方々も楽しく遊べるようにね。その応用で組み合わせていくと難しくなる。そんな風に調整してみたのさ」

「へぇ。勝ち抜き戦なんてやると面白そうじゃないか？　楽しみだな」

「そうなのよ。奥が深いの。楽しいと思うわ」

プルウィアが頬を上気させ、自慢げに答えた。彼女もクレールと同じ戦略指揮クラスだ。盤上遊戯のシステムを一緒に考えたらしい。時々、早口で補足している。

男子はプルウィアの珍しい姿に驚き、それから恥ずかしそうに相手を続けた。

誰を見ても楽しそうだ。シウも聞いているだけなのに、なんとなく楽しかった。


ディーノは魔道具開発のクラスにいる。クラスのこれまでの開発歴と、自分たちが作った魔道具を展示するそうだ。

「シウがいたら絶対に大盛況なのにな。残念だ〜」

「さっき自信作があるって言ってたくせに。商人を呼んだら？　盛況になるよ」

シウが返すと、ディーノは腕を組んだ。

「当然、商人は呼ぶさ。そうじゃなくて、一般の人にも興味を持ってもらいたいんだよ。なんたって買ってくれるのは一般人だ」

「てことは、庶民向けの魔道具が多いの？」

「まあな。だけどやっぱり難しいよ。シウの言っていた通り、値段との兼ね合いがなぁ。開発費用を上乗せすると予定していた価格より高くなる。だからって手を抜くわけにもいかない。授業だから何度も失敗ができるんだよな」

「そうだね」

「だからさ、シウの特許料はおかしいんだって。よくあんな設定にするよな」

「僕の場合は元手がかかっていないからね」

「そうは言っても人件費が掛かるだろ～」

ディーノは授業が進むにつれて現実を知ったようだ。頭が痛いとぼやいた。


午後は新魔術式開発研究の授業になる。このクラスは文化祭など一切関係ないので通常通りの授業だ。いつも通りに、場面展開の早い映画のようにサクサク進む。

皆の息が整う間もなく五時限目の補講が始まった。シウは相変わらずヴァルネリに張り付かれていたが、もう慣れたもの、ラステアの補講に集中した。

とはいえ、横に張り付かれていれば声は聞こえてくる。

「この間、僕が考えた複合技だけどね。理論上は可能なんだよ。だけど使える人がいなくてさ。僕は金と土と光と闇と無しか持っていないから」

それだけの属性魔法があれば普通はすごいと言われるものだが、ヴァルネリは全属性持ちを羨ましいとぼやく。自分自身で実践できれば研究が進む、というのが彼の意見だ。そんなヴァルネリには固有魔法が三つもある。鑑定魔法と展開魔法、固定魔法だ。人の望みは際限ない。シウも研究好きだから分からないではない。ただ、羨むよりは自分でなんとかする派だ。たとえば、複数属性で術式を考える。

「攻撃魔法は早々作れないからね～」

「あー、そういえば」

シウは自身の平穏のため、ヴァルネリの喜びそうな話題を提供した。

「僕も理論上可能だと考えた複合技を、先日友人に教えたんですよ」

「えっ」

ヴァルネリが食い付いた。シウはにっこり笑った。

「練習の結果、使えるようになりました」

「ど、どんな内容のっ？」

「雷撃です。まだ一発しか撃てないようですが、ちゃんと発動しました」

一発しか撃てないのは術式が複雑だからだ。水と風、金と火に、更に風属性を重ねないとならない。その話をしたらヴァルネリが頭を抱えた。

「な、なんて面倒くさい……」

「術式はこうです」

壇上のラステアを見ながら、シウはサラサラとノートに書いた。ヴァルネリが身を乗り出してノートを覗き込む。

「僕も雷撃は考えたけどさ〜」

使える人がいないだろうと考え、途中で諦めたという。語尾が段々小さくなって、そのうちヴァルネリは黙り込んだ。一心不乱に術式を読み解いている。やがて、

「え、まさか、それがきっかけになる？　あ、方向性を強化させるために風属性を追加したのか。とんでもないなぁ」

呟くように漏らした。ヴァルネリは褒めてくれるが、それは初めての術式に触れたからだ。よく読めば意見も変わるだろう。シウは肩を竦めた。

「もっと節約できると思うんですよね」

たとえば場所を指定する術式は本来不要だ。目の前の「そこ」に当てればいい。しかし、シウ以外ならどうだろうか。「そこ」を確実に狙えるかどうか分からない。だから「場所」を指定した。できればなくしてしまいたい箇所だった。あるいは。

「もっと簡単な術式で指定の部分を書き換えられないでしょうか。固定魔法なら近いのかな。重複する箇所を削(けず)れそうな気もします」

「ううむ。固定魔法か」

シウが振った話題で、ヴァルネリは思考の海に潜った。そのまま静かでいてほしい。そう思いながら、シウはラステアの補講に集中した。

授業が終わると、ヴァルネリが引きずられるようにして教室を出ていった。シウは手を振って見送る。ホッとした気分だ。それを見たファビアンが笑う。

「先生を煙に巻いていたね。笑いを堪えるのが大変だったよ」

「僕は複合技の術式が長すぎるのに驚いたね。ノート一ページ分ぐらい書いてなかった?」

「使えるようになった子はすごいね」

なんだかんだで意外と見ている。皆もヴァルネリに集中力を乱されているようだ。

「この学校の子かい？」

そして「雷撃を使えたのは誰か」に興味津々だ。シウは少し考え、頷いた。

「はい、プルウィアという女子生徒です。とっておきの攻撃魔法を持っておきたいと相談されたので教えました」

プルウィアは生徒会の仕事を手伝うようになって明るくなった。人付き合いも増えている。彼女の頑張りを誰かに話すとしたら、このメンバーが一番良い。素直に称賛してくれるだろう。

「女子か。珍しいね。その子は貴族？」

ジーウェンが聞く。シウは首を横に振った。

「違うと思います。あれ、どうだろう？　エルフにも貴族って制度はありますか？」

誰にともなく聞いてみると、その場の全員が首を傾げた。最初に口を開いたのはファビアンだ。

「ああ、その子はエルフなんだね。シウは親しいのかい？」

「僕は友人だと思っています。最初はヒルデガルドさんの話を信じて当たりが強かったけど、真実を知ってからはよく助けてくれます。この間も生徒会室まで送ってくれたし」

「男女逆だねぇ。弟みたいに思われているのかな。優しい子なんだね」

ランベルトが微笑んだ。それから、ふと漏らした。

「エルフと親しくしているなんて少し羨ましいな」

「そうですか？　エルフなら冒険者にもいますよ。一緒に依頼も受けましたし、良い友人たちです」

ククールスはもちろん、シュタイバーンにいた頃はラエティティアとも依頼を受けた。仲が良いと言っていいだろう。シウにとっては羨ましがられるものと思っていない。

「彼等は美しい種族だからね。見ているだけで心が慰められるのさ。美術品に心を奪われるのと似ているだろうか。それにエルフは孤高だと聞くよ。そんな彼等と親しくできるのはシウがすごいからだ。それを含めての『羨ましい』だね」

ジーウェンがそんな風に説明した。ランベルトが頷く。最後を締めたのはオリヴェルだった。

「シウは人を見た目や地位で判断しないものね。そんなところが好かれる要因なのだと思うよ」

自分もそうありたいと、オリヴェルが笑顔で語る。

彼はその後、照れたシウのために話を変えてくれた。

◇◆◇◆◇

土の日も文化祭実行委員会の手伝いをしたり、戦術戦士科の出し物に必要な会場の土台作りをしたりと、シウは忙しく過ごした。

シウが土台を作っている間、フェレスたちは暇だ。作業場が外だから自由に遊ばせていると、レイナルドがやってきた。フェレスは彼を見て微妙な顔になった。

シウが気にしていると、レイナルドは「こっちはいいから作業を続けろ」と手を振った。作業の間、フェレスの相手をしてくれるらしい。安心して任せていたが「いてぇ」の声でまた気になって《感覚転移》で視てみた。

追いかけっこの最中に興奮したのか、フェレスがレイナルドを噛んでいる。本気ではない。甘噛みなのは分かるが「ちょ、おい、止めろ」とレイナルドが逃げ回っていた。

「フェレス、ほどほどにねー」

「にゃ！」

他の人にはやらないし、レイナルドが強くて頑丈だからこそ彼にだけ見せる甘えだ。

シウはレイナルドが勘違いしないよう、作業終わりにそう告げた。残念ながら彼の意見は違ったようだ。ゼーゼー息を吐きながら「絶対に甘えじゃない」と言い張った。


翌日は学校に行かず、港市場を見て回る。シウにも息抜きが必要だ。ウキウキと買い物を楽しんだ。午後はコルディス湖に《転移》する。訓練がてらの遊びはフェレスにも良い息抜きとなったようだ。クロとブランカも森に慣れ、いっちょまえに狩りの練習をしている。相手は虫だが、追いかける姿は真剣そのものだ。

＋第四章＋

文化祭の準備あれこれ

その日は小屋に泊まり、翌朝もゆっくりと過ごした。

午後は爺様の家に寄った。この時期は採取したいものが多いから休みの度に来ている。クロとブランカは家の横にある元畑で泥だらけになっていた。シウは彼等を《感覚転移》で視ながら、家の中で作業だ。

フェレスは遠くまで見回りに行った。《感覚転移》で視ていると時々ハラハラするような動きがあって手が止まる。無茶な飛び方にも見えるが本獣は平気そうだ。過保護気味のシウはその度に溜息を漏らした。

あらかた調理が終わったところで、皆を呼び戻す。といっても遠くまで出掛けているのはフェレスだけだ。彼には通信魔法で伝えた。

「にゃ！」

戻ってきたフェレスは「楽しかった！」と元気そうだ。

「楽しいのはいいけど気を付けてね。無理したらダメだよ」

「にゃ～ん」

分かってるもーん、と即答する。シウは「本当かなあ」と訝しんだが、フェレスは体を擦り付け甘えてくる。そうなるともうダメだ。シウはわしゃわしゃとフェレスを撫でた。

作った料理を爺様の家で食べ、一休みしてからシウたちはブラード家に戻った。

夜はリュカとお風呂に入る。フェレスはリュカと入るのが好きだ。大はしゃぎで、恒例の「風呂に飛び込んで水を飛ばす」遊びを始めてしまった。

そんな兄の姿を見たブランカは当然のように湯に飛び込んだ。上手に泳げないのはコルディス湖での経験で分かっているはずだ。シウは呆れて助けようとしたが、そうではないとすぐに悟った。彼女にとっては「フェレスに助けてもらう」ところまでが遊びなのだ。

そんな二頭に交ざらず、マイペースで遊んでいるのがクロだった。水面を羽でバシバシ叩いて水を散らし、飛び散った水滴がタイルを流れる様子にうっとりしている。光の反射を楽しんでいるのだろうか。

リュカもフェレスに釣られて潜水を始めた。クロも潜り、フェレスが慌てて助けようとする。ブランカはまたも深い部分に飛び込み、溺れかけた。シウはブランカを引き上げると、フェレスの背に乗り上げたリュカと咥えられたクロを見て笑うしかなかった。

風呂から上がると、スサが腰に手を当て待っていた。

「のぼせますよ。どれだけ入っているんですか」

騒いだことはバレていないようだ。音を遮断していて良かったと、シウは神妙な顔でスサのお説教を聞いた。

「すぐには寝られないでしょうが湯冷めしてもいけません。リュカ君、横になって休みましょうね。その代わり、美味しいレモネードを用意します」

「わーい！　ありがとう、スサさん」

リュカが手放しで喜んだ。

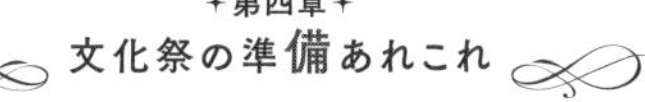

第四章
文化祭の準備あれこれ

レモンはシウが森で採ってきた。この時期のレモンはまだ青いけれど、瑞々しくて美味しい。蜂蜜も採取したので料理長に渡していた。

シウはまだまだ眠れそうにないリュカをベッドに連れていき、クロやブランカと共に寝かせた。フェレスはお気に入りのラグの上でごろんと横になった。それから、おもむろにへそ天姿を取る。そのまま寝てしまいそうだ。

「レモネードを飲んだらブラッシングしてあげるね」

「にゃ……」

クロもベッドの上でごろんと横になってしまった。普通の鳥はこんな寝方をするものだろうかと不安になるが、クロにとっては慣れた格好らしい。シウの鑑定魔法でも問題は出なかった。

ブランカだけが今も元気で、寝転ぶリュカの周りをぐるぐる回る。

レモネードを飲むと体の熱さが引いて、気持ちが良い。リュカものぼせた顔が落ち着いてきた。そして意を決したように薬師ギルドでの話を始めた。

彼は、シウを待たずにソロルと二人だけで薬師ギルドに行った。本当は付き添うつもりだったのに、シウが忙しくしているのを見て遠慮したようだ。しかし、リュカを心配しているのはシウだけではない。二人だけで行くという決意を聞いたスサが、ミルトとクラフトに教えた。気になった二人はこっそり、リュカの後を追ったらしい。結局、途中で合流し、一緒に帰ってきたそうだ。

スサにおよその話を聞いていたシウは、初めて聞いたような顔でリュカの話に相槌を打った。

「それで、師匠になってくれる人は見付かった？」

「うーん。まだ分かんないの」

冷たいレモネードを飲みながら、リュカは考え考え、続けた。

「優しいお顔の人と、目がこんなになってるのに僕を見ない人がいたんだ。ちょっと怖いお顔の人もいたよ」

目がこんなだと話した時に、リュカは両手を使って自分の顔に触れた。目尻を下げた、笑み顔だろうか。しかし、子供のリュカでも分かる「自分を見ていない」様子に、彼は不信感を抱いた。直感は大事だ。シウはリュカの話を一つも聞き漏らさないよう、真剣に聞いた。

「優しいお顔の人はね、いっぱいお話ししてくれたんだ。種族は関係ないんだって。子供もいっぱいいるから楽しいよって言ってくれたの」

ソロルやミルトは「その人がいいんじゃないか」と勧めたようだ。

なのに決めかねている。

悩むのは、心のどこかで引っかかっているということ。理由があるはずだ。

「怖い顔の人はどうだった？」

「えっと、あのね、あんまり喋ってくれなかったの。それでね『俺のところに来たら甘やかさないぞ』って大きな声で言ったんだよ。でも全然怖くなかったんだぁ」

どうしてかな？　と首を傾げる。シウは助け船を出した。

「本当は怒っていないからだよ。もしかしたら、リュカのために言ったのかもね」

「僕のため？」

「そうだよ。ずっと甘やかしていたら、それが当たり前になっちゃうかもしれない。そのまま大人になったらどうなると思う？」

「あ、おとうが言ってた！　僕に厳しく教えるのは大人になった時のためなんだって。甘えるのは夜だけのお約束だったの。夜、おとうの前だけって――」

思い出したのか、少し涙ぐんで教えてくれた。

「……僕、シウにいっぱい甘えてる。スサおねえちゃんにもソロルおにいちゃんにも」

「家族ならいいんだよ。身内に甘えるのは特権だ。でも、怒る時もあるよね？　さっきもスサに怒られた」

「あ、そうだったね！」

リュカはにっこり笑い、涙を袖で拭いた。それから急いでレモネードの残りを飲み干すと、少し考えてから口を開いた。

「僕、厳しくしてくれる師匠にしようかな。あのね、ミルト先生のお爺さんに似ていたんだ。お爺さんね、すっごく怖い顔で怒るの！　でもね、謝ったら髪の毛をぐしゃぐしゃってしてくれるんだ」

「優しい人なんだね。そして不器用なのかも」

「ぶきよう？」

「自分の中にある優しい気持ちを、皆と同じような形で表現できないんだ。笑うのが苦手な人もいるよ。その怖い顔の師匠候補も、ミルトのお爺さんと同じかもしれないね」

「僕、あの先生にお願いしようかな？　大丈夫かな？」

「頑張ってお願いしてみようよ。それとね、皆がどんな様子で学んでいるのか、見学させてもらおう」

「けんがくってなぁに」

「仕事の様子を見せてもらうんだよ。普段の仕事ぶりを目で見て感じられたら、リュカも心配が吹き飛ぶんじゃない？」

　シウはコップをテーブルに置いた。リュカの分もだ。そして、彼と目を合わせた。

「もし合わないなって思ったら、また別の先生に頼めばいい。そうしても構わないんだ。だからね、無理をする必要はない。分かった？」

「……うん。でも、僕、頑張る！」

　リュカは拳(こぶし)を強く握って宣言した。やる気が漲(みなぎ)っているようだった。

　その後も、シウとリュカは話を続けた。

薬師ギルドにはたくさんの本があったこと。それが全部、薬に関するものばかりで驚いたこと。読めない字がたくさんあって勉強をしたいと思ったこと。

帰ろうとしたらミルトがいて、街に連れていってくれたこともだ。

ミルトは「これも校外学習だ」と言い、カフェに入ったという。ソロルが緊張していたから、リュカは自分だけじゃないと思えたそうだ。店員が変な目を向けても、ミルトが睨んでくれたから怖くなかったよと朗らかに笑う。

冒険者ギルドにも寄ったらしい。そこでは誰一人としてリュカに変な目を向けなかった。差別する発言もなかったそうだ。どうしてなのかミルトに聞くと「多種多様な人種が会員になっているからだろ」と返されたらしい。それに他国を知る冒険者がいる。彼等が多様性を広めるのだ。

リュカはちょっとだけ冒険者にも憧れたようだ。

「僕、冒険者さんが好き。あとね、シウも好き」

そう言うと、ふわふわ欠伸をしてスッと寝てしまった。歯磨きができなかったので、シウはこっそり浄化を掛けてあげた。ラグの上を見るとフェレスも寝てしまっている。今日のブラッシングはなしだ。

ベッドの上には大の字のブランカとクロがいる。シウはリュカの横に並ぶ格好で寝転んだ。幸せな心地だった。リュカの告白がシウを暖かくする。

いつもより早い就寝だったけれど、シウはあっという間に寝ていた。

第五章
文化祭の始まり

He is wizard, but social withdrawal?
Chapter V

草枯れの月は忙しさと共に始まった。

授業もほぼ休みとなり、誰も彼もが文化祭の準備に奔走している。

次回からの授業が詰め込みになるのではと心配する生徒もいたが、授業をどこまで進めるかは教授それぞれによる。調整するのも教師の手腕だ。

それに、あからさまに手を抜いた「学びがない」授業だと、生徒自身が報告を上げる。調査が入れば最終的に教授会で糾弾されて解任コースだ。そもそもシーカー魔法学院は世界最高峰の学校である。教授になりたい人は多い。授業に手を抜く人はいないだろう。

たとえば卒業認定試験についても、一人の教授だけで判断しない。同じ科目を教える教授がいれば複数で、いなければ他科の教授らが認定チームに入る。ダブルチェックどころか多くの目で厳しく見張るそうだ。

とはいえ、それは生徒の側からは分からない。どれだけ学べば科の卒業認定が取れるのかは知らされていなかった。それに必ずしも試験があるとは限らない。教授の能力が他科からも認められている場合は、たった一人の判断で決まる時もあるらしい。

どの形であっても最終的に決定するのは学院長だ。卒業認定の許可を出すのも彼である。

シウのクラス担任であるアラリコが言うには、大図書館レベルの内容を把握していれば間違いなく卒業できるらしい。何の参考にもならない情報ではあった。

ちなみに、シウは生産の授業中、レグロに「お前はもう卒科扱いになっているからな」と軽い調子で言われた。

「えっ、じゃあ、僕は勝手に授業を受けに来ているんですか？」

「うん？　まあ、そうとも言うのか。とにかく無理して来なくてもいいぞ。来たかったら来てもいい。お前の作るものは面白いからな。他の生徒の発想にも役立っている。俺も見るのが楽しいからな！」

「そ、そうですか」

「そういや言い忘れていたな。お前らが卒業認定の話をしていたから思い出せた。ははは」

と、こんな形で「たった一人の判断」による珍しい卒科を知らされたのだった。

これでシウの卒業認定が一つ決まったことになる。


金の日の戦術戦士は、組手の段取りについて話し合うことから始まった。設営は終わっているため、あとはもう大きな作業はない。

話すうちに「魅せる組手がいい、そうしよう」とレイナルドが思い付いてしまった。しかも授業さながらの乱取りを始めようとする。子供みたいなレイナルドを止めたのはクラリーサだ。「時間がないのですよ！」と怒られたレイナルドは、しおしおと肩を落とした。

午後の新魔術式開発研究は相変わらずだ。他のクラスがざわめているのに通常進行である。

この授業で卒業認定を受けるとしたらどうなるのか。他科の教授がチェックに入るとしたら誰がその大変な役目を担うのだろう。そう考えてシウが真っ先に思い付いたのはトリスタンだった。同情しか湧かない。

シウはいつもと変わりない早口のヴァルネリを見て、彼が文化祭に興味を持ったら自分たちも同情されていただろうと思い、このまま気付かずにいてほしいと願った。


授業が終わると、シウはファビアンたちとの挨拶もそこそこに、急いで生徒会室に向かった。文化祭準備の佳境に入っているから、メンバーの多くが今日から泊まり込みを始める。女子は禁止だ。早い時間に帰るよう、注意された。

とはいえ、仕事大好きのプルウィアだ。時間ギリギリまで粘って作業を続けた。

土の日になっても仕事は終わらない。授業もないため、大がかりな設営が始まる。案内標識を付けて回ったり、立ち入り禁止区域にはロープを張ったりするなど、やらなければならない仕事は山ほどあった。

立ち入り禁止区域の中には、大図書館以外にも薬の保管庫や開発中の魔道具を置く倉庫、研究中の古代魔道具を持つ教授の執務室がある。ここには強力な結界魔道具を設置した。ヴァルネリの執務室にある資料保管庫にも結界を張る。本人が自分でやると言い張ったが、誰も信用していない。有無を言わさず設置した。担当者はシウだ。皆、ヴァルネリの性格をよく知っていて「シウは可愛(かわい)がられていると聞いた」と押し付けてきた。

「あー、なんで勝手に発動させるんだ！」

第五章
文化祭の始まり

「やっぱり設置しないつもりだったんでしょう？」

「うっ、いや、そうじゃないけど」

「文化祭の期間中は一部を除いて全面的に強制休業です」

「僕がその一部だ！」

「一部っていうのは、毎日面倒を見ないと枯れてしまう希少植物を育てている教授や、菌の繁殖のために片時も目を離せない研究チームの人だけです。ヴァルネリ先生の研究は毎日やらなくても大丈夫。枯れないし死なないでしょう？　教授会でも言われたと思うんですけど」

「僕にそこまで言うなんて！」

　ヴァルネリの秘書兼従者のラステアとマリエルが、パチパチと拍手する。彼等の告げ口でシウは真っ先にここへ来た。いわば共犯者だ。それなのに、矢面に立つのはシウだけらしい。シウは半眼になりながらも、仕事が終わったのでさっさと教務棟を後にした。


　文化祭実行委員の中でも特に初年度生たちは、雑用に追われて走り回った。シウも腕章を着けているせいであちこちから声を掛けられる。

「あっ、お前、委員の奴（やつ）だよな。頼む、ここを手伝ってくれ！」

「もしかして、まだ設営できていないんですか？」

「生徒会の奴等と同じことを言うなよ！　そうだよ、一度やり直しを命じられたんだ！」

「え、今頃？」

シウは足を止め、声を掛けてきた上級生に近付いた。

「エルフの女子がいるだろ？　あの子が『こんな危険な土台で門を作るな』って怒ってさ」

青年が渋面になる。シウは問題の門に目を向けた。よく見れば杭打ちもしていない、ただの石を土台にしているだけだ。その石の上に大きな門を乗せている。

「あー、再三に渡って注意されてたクラスですね。彼女、すごく怒っていました。強風が吹いたらどうするんだ、子供が下敷きになったら怪我じゃ済まないって」

「いや、その」

青年が目を逸らした。

この場所は上級生の一般クラスが使用している。ドーム体育館側の外庭にあり「希少獣と遊ぼう」がコンセプトの出し物だ。希少獣のほとんどは親から借りると申請書にあった。貴族の多い学校だ。希少獣持ちの割合も高い。

希少獣を使った催し物は魔獣魔物生態研究のクラスでも一度は考えた。希少獣は人間に好かれている。人気があるから思い付く人も多い。しかし、実際に許可が下りたのはこのクラスだけだった。それなのに、あまりにも杜撰すぎる。シウもプルウィアのように怒りたい気はしたが、希少獣のためだと思って手伝うことにした。

「仕方ありません。時間もないので僕が杭を打ちます。材料はどこですか？」

「それが、もうなくて。今からじゃ無理だと仕入れ業者に断られたんだ。その、どこかに

第五章
文化祭の始まり

余っていないか？　融通してもらえたらと思ってさ」

「それが目当てですか」

シウは呆れて溜息を吐いた。もう後がないと思ったのか、青年がシウの肩を摑んだ。

「頼むよ！」

頭も下げる。貴族の子息らしいのに珍しいと、シウは苦笑を隠して頷いた。

「分かりました。その代わり、後始末の時にちゃんと均しておいてくださいね。えーと、このあたりの土でいいかな」

地面があったことが幸いした。シウは地面から土を抜き出し、圧縮させていった。みしみしと音を立てながら、土が四角く固まっていく。青年はぽかんと口を開けた。

「退いててくださいね。杭を打ちます。《打撃》それから《固定》かな」

鉄筋は空間庫から取り出した。もちろん、魔法袋からという体でだ。それを編み目に組んで、土台に使うはずだった材料をコンクリート状にして固める。

「これで土台ができました。飛び出ている鉄筋部分に柱の基礎を繋げます。曲げてあるでしょう？　さっき撤去した門で再利用できるはずですから設置してください。それと、希少獣が盗まれないよう見張りを増やしてください。資料にあった数では足りません」

「えっ、あ、ああ……」

「では、僕はこれで」

「あ、おい、待ってくれ。その、ありがとう」

まだ呆然としていた青年が慌てて言うが、シウはまだ忙しい。手を振ってその場を後にした。

こんな事例はシウだけではない。他のメンバーも似たような目に遭ったと、次々報告が上がる。生徒会室に戻ったシウは呆れ半分でそれらを聞いた。

そんな中、プルウィアだけが首を傾げている。

「わたしは誰にも声を掛けられていないわ。どうしてかしら？」

たまたまなのかと本人は思っている。ミルシュカがシウの横で小声になった。

「だって彼女、怖いんだもの。皆が避けているのよ」

「憤怒の少女って言われていたね。とあるクラスに立ち寄った時に愚痴られたんだ」

とは、グルニカルだ。シウは賢く無言を貫いた。

「まあ、愚痴といっても笑顔だったけれどね。本気で嫌なら笑えないさ」

「男は美女に弱いものね～」

「美人が嫌いな男っていないだろ」

「あら、美女が気にならない男ならいるわよ」

「どこに？」

関わらないよう無言でいたシウに、ミルシュカが指を差す。

「ほら、ここに」

「え？　僕？」

「そうよ。美女と並んで仕事をしているのに全く気にしない少年が、ここに」

にっこり微笑むが、目が笑っていない。先ほどからミルシュカもグルニカルもストレスのせいか真顔で話している。シウが困惑していると、プルウィアが話に入ってきた。

「ミルシュカ先輩の横で仕事しているのに何も気にしてないってこと？　先輩、ダメですよ。シウったら、てんでお子様なんだから。お世辞の一つも言えないんです。たまに失礼なことも言うらしいし、気にしない方がいいですよ」

「あら、こんなに良い子なのに何かしちゃったの？」

「だってほら、そのせいでヒルデガルドさんが拗ねて怒ったんですよね」

「え……。あの騒ぎをその説明で片付けちゃうんだ？　プルウィアさん、すごいね」

グルニカルが目を丸くして驚き、ミルシュカは笑い出した。

「あは。そうなのね。美女の中にわたしが入っていて嬉しいわ」

「だよねぇ。お世辞の言える後輩がいて良かったじゃないか」

「グルニカル？　あなた、いい加減その口を閉じないと許さなくてよ？」

「はい！　とっとと仕事をします！」

グルニカルの返事で笑いが起き、しばらくは空気が和んだ。

文化祭は風の日から始まる。いよいよだ。昨夜は遅くまで皆が準備に走り回っていた。夕方にはかろうじて形が整い、最終チェックは全員で、学校側も二重に確認を終えた。終わったのは夜も遅い時間だ。

さすがのシウも疲れた。体力というより気力の方でだ。早々に就寝し、いつもの時間に早起きする。フェレスは眠そうだった。遅い時間までシウに付き合っていたせいだ。二度寝を勧め、シウは朝食の準備をする。

「今朝もお早いですね。連日大変そうでしたのに、お疲れになりませんか」

スサは厨房にいたシウに驚いて、心配そうだ。

「大丈夫。一晩寝たらスッキリしたし」

「学校へはいつもの時間に向かわれますか？」

「少し早めに行くつもり。スサたちは午後からだよね？」

「はい。その予定でおります。交替で参りますから時間は前後するかもしれませんが。わたしはリュカ君と一緒に行きますね。途中で会えると良いのですけど」

「だったら通信魔道具で呼んで」

「よろしいのですか？」

第五章

文化祭の始まり

「うん。時間が空いていれば案内したいし。空いてなくても、その時間帯のお勧めを教えてあげられるから」

「では、到着しましたら連絡いたしますね」

楽しみです、とにこやかに笑う。スサたちの楽しみのメインはカスパルにある。彼の提出した申請書類は一度却下されたものの、最終的には許可が下りた。ブラード家の使用人にとって、主の展示は見るべきものだ。もちろん、文化祭自体も楽しみのようだった。

「リュカが起きてくるのを待っていたいけど、もう行くね」

「はい。行ってらっしゃいませ」

起き出してきたフェレスのおめかしはスサがやってくれた。普段とあまり変わらないように見えるかもしれないが、オシャレスカーフに変更している。ブランカは女の子らしく首輪にリボンを付けているし、クロは蝶々を模した細工物を羽に付けていた。軽いため全く気にならないようだ。綺麗な蝶々の細工にクロは喜んだ。

そして、フェレスの背には猫の鞄がある。彼が選んだ。これがフェレスにとってのオシャレである。本獣は「とてもいけてる」と思っているらしい。

ただ、シウにはセンスがないようなので、もしかしたら世間的にフェレスのセンスは本当にいけているのかもしれない。


学校に着くと、受付担当の生徒がシウを見て驚いた。

「早いね」

「先輩も早いですよね。寝てないんじゃないですか？」

「あー、うん。ここまで来たら寝ない方がいいかと思って」

目の下が黒い。シウはポーションを渡した。

「うわ、助かる。有り難くいただくよ。そうだ、生徒会室に差し入れがあるよ。勝手に持っていっていいからね。ティベリオ会長の実家からの支援なんだ。他にも寄付や支援物資があるから遠慮しないでいいよ」

「はい。じゃあ、先に生徒会室に行ってみます」

忙しいようなら手伝おう。そのつもりだったが、生徒会室に見たことのない人が大勢いる。シウが「あれ？」と首を傾げるのと同時にティベリオが気付いた。

「シウかい？　君、どうしてこんなに早いんだ」

それから早口で続ける。

「あ、彼等はね、実家でぼやいたら秘書や従者を貸してもらえたんだ。差し入れの量が量だったから仕分けも必要だったしね。知り合いの貴族にまで話が行って増えたんだよ。だからシウも持っていってくれるかい。おーい、ロジータ！」

呼ばれた従者が「はい！」とキビキビ応じる。

「シウに渡してやって。それと、君はもう生徒会の手伝いはいい。文化祭を楽しんでおいで。持ち回りの時だけ頼むね」

✦第五章✦
文化祭の始まり

「はい。分かりました」

　これだけ人がいたら生徒会の仕事は回せるだろう。実行委員の仕事も本メンバーで回せるようだ。あとは交替で見回りすればいい。シウの仕事も減る。つまり早めに来た分、時間が余るということだ。

　シウが「さて、どうしようか」とブラブラ歩いていたら、バルトロメと行き会った。彼がにんまり笑うので、ついていくしかなかったシウである。


　魔獣魔物生態研究のクラスでは魔獣を使った料理を披露する。

　その横並びにある教室で研究成果を展示しているが、ほとんど入る人はいないだろう。冒険者か、同じ研究者が興味を示すぐらいだと踏んでいる。当初の計画では、食事をした人が強制的に入るよう、出口を一ヶ所にしか作っていなかった。当然、実行委員会に却下された。ちなみにそんな勝手な書類を作ったのはバルトロメである。

　彼は懲りていなかった。

「ちょこっと帰りの通路を変更するだけなんだけど、ダメかな」

「ダメです。大体、姑息すぎませんか。早朝に手を入れたらバレないと思ったんですか。バレるに決まってるでしょう。怒られますよ?」

「そう?　そうかなぁ」

「プルウィアの耳に入ったらどうなるか。ただ怒られるだけじゃないと思いますけど」

「あ、ごめん、今のなし。なかったことにして！」

　バルトロメはすぐさま降参した。

「ところで、料理の方はどうなっていますか。下準備はもう終わっていますよね？　レシピ作成の方にしか参加できなかったので、当日の進行状況が気になって」

「そのへんは大丈夫だよ。僕よりしっかりしている生徒が多いからね」

「ですね」

「うん」

　自覚はあるようだ。しかも、堂々と笑顔で答える。案外、これはバルトロメの戦略かもしれない。生徒の自立心を促すための――そこまで考え、シウは頭を振った。

「どうしたんだい、シウ。そろそろ、アロンソたちが来るから大丈夫だって。昨日のうちに仕込みも済んでいるしね。朝やることと言ったら、お皿の準備だけさ」

「そう言えば、今更言っても仕方ないけど肉ばっかりなんですよね」

「そうだね。魔獣に絞ったからね！」

「不本意だ」

「君、ずっと言ってるね」

「僕は肉食系男子じゃないので」

「相変わらず面白い言い方をするね。肉食系男子か。ふふ、じゃあ肉食系女子もいるのかな」

◆第五章◆
文化祭の始まり

シウは返事をしなかった。

「あら、シウ。バルトロメ先生まで、早いですね！」

プルウィアがにこやかに登場する。シウは分かっていた。だから余計なことは言わなかった。

「僕は実行委員の仕事を手伝おうと思って早めに来たんだ。追い出されたけどね」

「あ、わたしもよ。差し入れをもらっちゃった」

嬉しそうなのは、差し入れの中に有名な菓子店の包みが入っていたからだろう。

「なんだ、二人とも。それでか。一番にここへ来てくれたと思ったのに」

「拗ねないでください、先生。それより、今日は邪魔しないでくださいね」

プルウィアの切れが鋭い。今日も絶好調だ。バルトロメは苦笑した。

「ひどい生徒だなぁ」

「だって、先生ったら、何にもできないんだもの。わたしだって料理は得意じゃないけれど、先生のは不器用って問題じゃないです。あれで魔獣の説明ができなければ良いところナシでしたよ」

「プルウィア、そのへんで、もうそろそろ」

シウは思わず彼女を止めた。

「え？」

バルトロメが撃沈している。可哀想（かわいそう）になって止めたが、浮上できてない。

シウも人に対してハッキリ物を言うところがあるが、プルウィアも相当だ。彼女を見ていると気を付けようと思うようになった。もっとも、

「でも先生ったら、大事なお肉を一塊もダメにしたのよ？　手伝いは要らないって断ったのに『エプロン姿っていいよね』だなんて、そんなの邪魔でしかないでしょ」

どうやら食の恨みがあるようだ。しかもセクハラめいた発言である。シウはそれ以上、バルトロメを庇うのは止めた。


プルウィアがいるなら魔獣魔物生態研究のクラスは安心だ。シウは教室を離れた。

二日間の文化祭でシウが科の出し物に参加するのは、生産と古代遺跡研究、魔獣魔物生態研究だけだ。戦術戦士科は設営を頑張ったため当日は不参加にしてもらった。

各科の当番も一応あるが、それも先だ。シウは見回りをしながら本校舎を歩いた。途中、鐘が鳴って構内アナウンスが流れる。文化祭開催の挨拶だった。注意事項も続く。やがて、開始が告げられた。同時に一般客が続々と入ってくるのが《全方位探索》で分かる。予想よりも多い人数が訪れているようだった。

観客の入りが気になり、シウはドーム体育館まで気配を消して向かった。こっそり窺うと、設備の前で仁王立ちするレイナルドが見えた。壇上には当番の生徒が所在なげに立っている。

観客が来なかった時のことを考え、シウは冒険者ギルドにも話をした。「戦術戦士のク

第五章

文化祭の始まり

ラスで組手の披露をします」の案内も貼らせてもらった。しかし、時間が早いからかもしれないが、冒険者の姿はおろか誰の姿もない。

　シウはレイナルドと目を合わせるのが怖くなり、その場から静かに立ち去った。

　本校舎に戻ると一般の人の姿が見え始めた。彼等はローブを着用していないのでひと目で分かる。服装から、庶民も多く来てくれたようだ。彼等は貴族のような立て襟やフリルたっぷりの光沢あるブラウスは着ていないけれど、素朴ながらも可愛い手作りブローチで目一杯のオシャレを楽しんでいる。男性も髪を綺麗に撫で付け、身なりを整えていた。

　そして「あれは何だろう」「これ面白そう」と笑顔で歩いている。皆が楽しそうだ。文化祭が地元の人たちの娯楽として受け入れられている。宣伝が功を奏したのだろう。

　中にはおっかなびっくりで見て回る人もいる。魔法が仕掛けられていると思うのか、何もない壁や教室の扉を確認していた。

　残念と言っていいのか分からないが、そんな仕掛けは一切ない。魔法学校だからといって特別に何かがあるわけではないのだ。仕掛けもほとんど存在していない。新魔術式開発研究の教室ぐらいではないだろうか。そこには担当教授のヴァルネリが変な術式を掛けていた。

　もちろん、大図書館や研究室といった関係者しか入れない場所はある。といっても庶民の想像するような「目に見える派手な演出」はない。意外と普通だ。シウも最初に大図書館へ入った時は肩透かしにあった。期待が大きすぎたようだ。だから、興味津々の人たちには申し訳ないような気持ちになった。

　そんな一般人の中に、シーカーとは別の魔法学校に通う生徒もいた。王都にある中等学校の子だろう。お揃いのローブを着用しているので分かりやすい。シーカーは大学校という位置付けになるため、学生の多くは成人しているし、更に言えば二十歳前後の青年が多かった。中等学校の生徒たちと比べると、明らかに違う。まだ初々しい子供たちが団体で歩く姿は可愛かった。

　他に、高等学校に通う生徒たちもいた。ローブを着ていないから、一般の学校だ。彼等も揃いの制服でグループごとに見て回っている。このうちの数人に態度の悪い者がいた。貴族出なのだろうか、庶民と思しき格好の二人組に絡んでいる。せっかくの楽しい場で何を考えているのか。《感覚転移》で視ていたシウはその場に急いだ。

　が、巡回中の生徒会役員が先に到着していた。ガツンと注意している。相手が親の爵位を持ち出そうと関係ない。シーカーは外から来た者に対してもルールを適用する。

　そもそも外であろうと貴族であったとしても、理不尽な態度は許されていない。態度の悪い生徒たちは担当の職員に連れられていった。がっつり絞られることだろう。

　シウはまた、本校舎内を見て回った。といっても実行委員の手伝いで書類はもちろん、

✦第五章✦
文化祭の始まり

現場の様子も見ていたから目新しさはない。あくまでも確認といった気分で眺める。

途中、当番の時間には早かったけれど生産の教室に寄った。

「まあ、シウ殿。早いですね」

「アマリアさんもね」

ほんわかしたアマリアに釣られてシウも笑顔になった。受付は別のクラスメイトがしているため、シウとアマリアは自分たちのブースに向かった。隣り合っているので椅子を用意しながら話をする。

「そうだ、商家から引き合いがあったんですよね？」

「ええ。有り難いことに複数からお話がありました。今日も見に来てくださるらしいの。少し緊張しますわね」

「大丈夫ですよ。絶対、子供には受けが良いです」

可動式の手乗りサイズ人形は男性型と女性型がある。最近のアマリアは顔の造形にも凝り始め、デフォルメされてはいるが美しい。観賞用として大人にも人気が出るのではないだろうか。シウは更に、良いと思った箇所について語った。

「高級路線の人形に式紙が使えるよう変更しましたよね。あれも素晴らしい発想だと思います」

通常は自身の手で人形を動かすのだが、式紙を使えば人形自身で動いてくれる。簡単な命令しか使えないとはいえ、画期的だ。貴族や商家の子供たちに人気が出るだろう。この式紙は組み合わせ次第で複雑な動きを登録することもできる。

「式紙は使えないのかと、聞いてくださったのはシウ殿ですわ。それに、わたくしが通常版と高級版を作ったきっかけは飛行板にあります」

「え、そうだったの？」

「ええ。わたくし、飛行板の仕組みにとても感動しましたの。それで気付いたのです。廉価版には廉価版の良さがあるのだと。簡潔な形や仕様は使いやすいですもの。高機能でなくとも良いと考える方もいらっしゃいます。逆に、より良いものに触れたい方もいらっしゃるでしょう。それによって仕事の幅が広がるかもしれません。素敵な品には手に入れる喜びもありますわ。わたくしは、子供たちがいつか手に入れたいと願うような最高のお人形を作りたいのです」

彼女の人形は人に夢を与えるものだ。シウはそんな気がした。

「シウ殿は常に新しい魔道具を考えておられますわね。より良いものにしようとなさっている。わたくしもそうありたいのです」

彼女も夢を与えられたのだと思う。それは努力を積み重ねた彼女の過去であったり、周りで見守り続けた人のおかげだったりするのだろう。いつか、騎士の代わりに人々を守ってくれる人形を作りたい。それがアマリアの夢だった。

その研究成果の一部を今日、多くの人に発表できる。

ちょうど、教室に人が入ってきた。最初の見物客はおそるおそるといった様子で室内を

見回す。風貌から、いかにも生産系技術者に見えた。その男性の後ろには冒険者風の若者が続く。やがて、他校の生徒たちがワイワイ騒ぎながら入ってきた。

クラスメイトたちが顔を見合わせる。緊張しながらも、全員が笑顔で頷いた。


見学に来てくれた人の割合は、鍛冶と魔道具関係者が一番多かった。その次が一般の利用者だ。冒険者もこれに含まれる。他にも将来を見据えて見学に来た生徒もいた。彼等はそれぞれのブースを興味深そうに見て回った。

各ブースのテーブルに置いてある魔道具は実際に手に取ってもらう。その場で触れて動かせるのだ、ほとんどの人が興味を持った。

大盛況なのがシウとアマリアのブースだ。特にアマリアの人形には男女関係なく人気があった。男性の方が熱の入りようはすごい。

「こ、これが動くのですかっ？　なんて素晴らしい！」

貴族と思われる青年が教室中に響くほどの声で叫ぶ。

「ぜひ売ってくれませんか！　お願いします。言い値でお支払いしますとも！　え、近々売り出されると？　それは素晴らしい！」

その興奮する姿に危険を感じた護衛や従者が、アマリアを後ろに下げる。代わりに説明するのは従者だ。アマリアは初めて見るタイプにぽかんとしていた。

とはいえ、青年の質問に対して正確に答えられるのは開発者のアマリアだけだ。護衛に

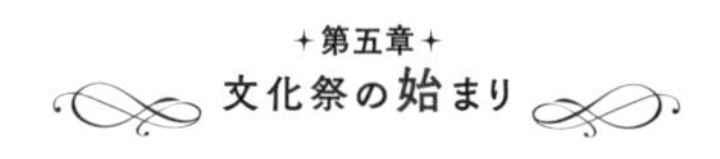

守られながら彼女は説明した。青年は益々興奮して「素晴らしい！」と叫んだ。間の悪いことに複数の商家が商談のために来てしまった。アマリアのブース前は多くの人でごった返した。

その上、貴族の青年は商談にまで口を挟んだ。「どんな内容なのだ、わたしに聞かせてみろ」だとか「それでは開発者に対して分が悪い」などと煩い。百戦錬磨の商家もたじたじのようだった。

シウのブースは主に少年少女と若い男性に人気があった。あとはアマリアのブースからはみ出た人も見てくれる。

「この乗り物が『歩球板』？　変わった名前だな」

「底に球体を使っています。それと、歩くように動くという意味を込めました。造語ですね」

「へぇ」

興味を持ってくれた青年に、シウは「実演してみましょうか」と隣に移動した。アマリアとは反対側になる場所に、小さなレーンを設けている。手すり付きのレーンだ。乗ってみせると、見学者が「自分も乗ってみたい」と手を挙げた。もちろん、実際に触れてもらうのが生産クラスの展示ルールだ。どうぞと勧める。ただし、肘と膝のガードを付けてからだ。《転倒防止ピンチ》でも良かったが、小さすぎて回収が難しい。それに一般的に使われているのは魔道具ではないガードだ。馴染みがいいだろうと、子供から大人サイズまで用意してある。

「慣れてきたらハンドルの取り外しも可能です。ちょっとやってみせますね」

シウが向かったのは中庭だ。ここには大きめのレーンを用意してある。室内では少しの距離しか動かせないため、許可をもらって作った。

「うわ、すごい！」

「思ったより速く進むんですね」

「こちらの、競技用には子供向けのような低めの速度制限は掛けていないんです。その代わり安全装置を付けるのが規則になってます」

「そうか、打ち所が悪いと大怪我になるでしょうからね」

青年は納得し、頷いた。ところが少年たちは速い方が格好良いと思うようだ。子供向けではなく、競技用に大はしゃぎだった。

「まるで飛行板みたいだ！」

「飛行板を知っているの？」

「兄貴が冒険者で、買ったばかりなんだ。本当は冒険者仕様の方が欲しかったけど無理だからって言ってた。その代わり普通の飛行板で練習して、依頼を受けるって張り切ってた。俺も乗りたかったのに、ダメだって言われてさぁ」

「そうなんだ」

「作った人が、安全に乗らない人には売らないんだって。それに貸すのもダメ。なんか、

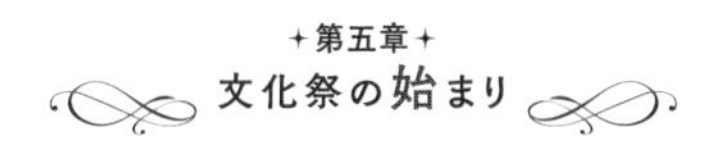

安全装置もセットで買わせるって兄貴が文句言ってた。けど、そのおかげで落下しても助かったんだ。兄貴は黙ってたけど、父ちゃんが教えてくれた。だからさ、あんたも安全装置って言ってて偉いと思うよ！」

「うん。ありがとう」

シウは素直に喜んだ。なんだかんだ言いつつも少年は兄を慕い、彼の言い付けを守っている。そして、兄が助かった事実をこうして伝え、注意喚起するのだ。こんなに嬉しい話はない。

ちなみに、この少年は後になって友人から「あの人もしかしたら飛行板の製作者かもしれない」と言われ、慌てて戻った。受付の生徒にこっそり聞いて事実を知った少年たちは、わざわざ謝りにきた。シウは笑って「いいよ、本当に気にしてない」と答えたのだが恐縮しきりだ。

可哀想になって、魔獣魔物生態研究で出す食事の無料チケットをあげた。そのせいで何故（なぜ）か「兄貴」と呼ばれるようになった。少年たちにとって食事が無料になるというのはそれぐらい大きいことなのだ。

当番を済ませると、シウはまた見回りを再開した。その際、何度か一般客と間違われて困った。迷子（まいご）か、親はどこだと心配してくれる。魔法使いと分かるようなローブを着けているにも拘（かかわ）らずだ。もしかすると子供が魔法使いの真似（まね）をしているとでも思ったのかもしれない。

　フェレスを連れ歩いているのも不安だったようだ。彼がどうというより、幼い子供が一人で騎獣を連れていることへの心配だろう。ラトリシア人にとって騎獣は「貴族の持ち物」で「高価」だからだ。生徒の中には小型希少獣を連れ歩いている者もいるが、さすがに騎獣はいない。目立ってしまうのも当然だった。

　シウは結局、実行委員の腕章を目立つ場所に付け替えた。

　その足で食堂に寄った。ここでも出し物として庭に臨時の屋台を出している。そのどちらも大盛況だ。

「お疲れ様です」

「シウ君か！　いやぁ、目が回る忙しさだよ！」

　大変だと言いながらも嬉しそうだ。料理長のドルスは笑顔で腕を振るう。彼等も昨夜は遅くまで下準備に奔走していた。臨時で雇った人たちもマニュアル通りに動けている。

「分かりやすい指示書を作れって教えてくれただろ？　あの意味がよく分かったよ。二度三度と説明しなくて済む。作業の分担もできて、効率よく働けるのがいいな」

「本番はこれからですよ」

「そうだな。気を引き締めて頑張るよ。シウ君はこれから食事かい？」

「はい。あ、端の方で勝手にやってますから」

「そうか。悪いな！　じゃあ」

話す間も手は動く。さすがはプロだ。

シウはいつもの場所に向かった。最初は誰もいなかったが、食事が進むうちに一人二人とやってくる。プルウィアも来た。ルフィナたちも一緒だ。

「休憩？」

「ええ。シウも早めに休憩を取ったのね」

「昼時は混むと思って」

「わたしも同じよ。途中でルフィナと会ったから誘ったの」

「ここで食べるのは初めてよ」

庶民のようなところがあるルフィナだが、これでも伯爵令嬢だ。誘われるのは貴族専用サロンである。初めての場所にキョロキョロしている。

「昼食は僕が作った料理にする？　それとも食堂で頼む？」

「うわぁ、悩むわね。シウの作った料理は美味しいんだもの。でも食堂に来たからにはチケットを買って自分でトレーを受け取りたいわね」

ルフィナはセレーネを連れてさっさと行ってしまった。プルウィアも誘われたが「わたしはいいわ」と断っている。

「何か出そうか？」

「あ、本当にいいのよ。摘み食いでお腹がいっぱいなの。飲み物だけでいいわ」

と、屋台で買ったらしいカップを見せた。

「プルウィアは午前中が当番だったっけ。肉ばっかりで胃もたれしたんじゃない？」

「今日ぐらいはいいの！」

ツンとそっぽを向いてしまった。ところがすぐに振り返り、笑顔を見せる。

「昼からデザートめぐりをするの。お腹を空けておかないとね」

「食べ過ぎでお腹を壊さないようにね」

心配で注意すると、プルウィアは肩を竦めた。

「はいはい。あなたは逆ね。こんな時でもいつも通りで驚きだわ」

それから「何それ」と、シウの食べかけを見る。

「オムライス」

「名前は知ってるわよ。前に出してくれたじゃない。美味しかったわよね。って、そういう話じゃなくて。あなたが、いつも通りにお弁当を持ってきていると言いたかったの。料理を出すクラスが多いのは知っているでしょうに、買おうとは思わなかったの？」

「そうなんだけど、何度も見て回ったせいで食傷気味というか、食べた気になって」

「それは、うん、少し分かる気がするわ。新鮮味を感じないのよね」

プルウィアは頬杖をついて庭に視線を向けた。

「食堂で出している料理もほとんどシウのレシピじゃない？　食べたことがあるものばかりだから感動はないわね」

そんなプルウィアには気付かず、ルフィナたちが意気揚々とトレーを持ってきた。

第五章
文化祭の始まり

「さあ、食べるわよ！　食券を買うのが面白かったわ。窓口で量の調整もお願いできるのよ。プルウィアは知ってた？」

ルフィナは食堂に感動したようだ。見慣れない料理に心惹かれ、セレーナや従者と分け合うつもりでトレーに多く載せている。

「ね、プルウィアも少し食べなさいよ。こういうの楽しくない？　お友達と分け合うの」

「……そうね。そういうのもアリね」

プルウィアは肩を竦め、苦笑いで手を伸ばした。

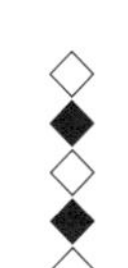

午後は疑似遺跡発掘体験コーナーの見張り番がある。まだ時間には早いが顔を出す。シウが早めに行けば当番の生徒も早く食事が摂れる。はたして、リオラルは「早くない？」と驚きながらも喜んだ。

「午後から下宿先の人たちが来るんだ。早めに抜けさせてもらえたらと思って。その代わり留守番をしておくから、いいかな？」

「いいよ、分かった。じゃ、食事に行ってくる。お腹が減ってたんだ、助かったよ」

「食堂に行くなら急がないと。混んできてるよ」

「うわ！　急ぐ。ありがとう！」

リオラルとアラバを見送ると、シウはタープの下の椅子に座った。疑似遺跡発掘体験コーナーは地面での作業になる。日差しや雨避けとして屋根を作っていた。その隣に待機場所もある。参加者がいない場合は当番もここで休憩できるようにタープを張っていた。

近くの教室ではフロランとアルベリクが展示物の見張り当番をしている。フロランは居座るだろう。受付は自分一人でやると話していたからだ。アルベリクも一緒なので、そちらは完全に任せている。

その二人以外のクラスメイトたちで疑似遺跡発掘体験コーナーを回すことになっていた。幸い、生徒に付いている護衛も手伝ってくれるという。なんとかなるはずだ。

しかし、そんな心配は杞憂だった。参加者が来ないのだ。シウは応援の護衛と共に、ぼんやりと椅子に座っていた。フェレスは「あの地面をまた掘るの？」と期待に満ちた目で見てくる。それに「ダメだよ」と答えていたら、通信が入った。リュカたちが早めに到着したという連絡だった。

「(今、当番中なんだ。もしよかったら遊びに来ない？)」

シウが事情を話すと、二つ返事で「行く」と返ってきた。

リュカは疑似遺跡発掘体験コーナーをとても気に入ってくれた。小型シャベルと刷毛を両手に、一心不乱で発掘を続ける。手持無沙汰のソロルには、シウがお勧めスポットを教えた。校内見取り図に丸を付けていく。

「ここは貴族が有名店の料理長を引っ張ってきて作っているんだ。採算度外視で、超お得なお手頃価格だよ」

「まあ、それは嬉しいですね」

見取り図を覗(のぞ)き込んでいたスサが喜ぶ。

「あとは、そうそう、生産科も面白いよ。宣伝だけどね」

冗談のつもりの発言を、スサは真面目(まじめ)に受け取った。シウに「絶対に見て参ります」と宣言する。シウは苦笑で説明を続けた。

「カスパルはここ。教室を貸し切って展示しているんだ。ファビアンも一緒だからね」

この並びにある教室は似たような生徒たちを集めている。いわゆるオタクゾーンだ。マニアックな研究発表が多い。教授会の一部からは高評価を受けているとか。

スサたちメイドは「次はそこに参りましょう」と頷き合った。

しばらくして数組の親子がやってきた。窓から発掘の様子が見えたらしい。リュカが楽しそうなので気になって見にきたそうだ。

シウが発掘体験について説明すると、子供たちが乗り気になった。その準備をしていると、ちょうど一息吐いて満足したらしいリュカが手を止めた。チラチラと小さな子供たちを見ている。少しだけ人見知りが顔を出したらしい。無理はしない方がいいと思い、シウは声を掛けた。

「休憩する？　美味しいお店が多いから昼食を摂っておいで」

「うん」

リュカは道具を片付けると、スサたちと出ていった。子供たちは早速、シャベルを持って空いた場所に走り込む。

「あの、わたしたちのせいで追い出す形になりましたか？　申し訳ないです」

「いいえ。さっきまで夢中で作業していたので、ちょうど良かったんです。水分補給も大事ですしね」

「そうですか。ああ、では、わたしたちも見張ってないとダメですね」

すでに夢中になって穴を掘り始めた子供たちに、親同士が苦笑する。子供は楽しそうだ。親もそれを笑顔で眺めている。

彼等はリュカを見て何も言わなかった。そこに差別の目は一切なかった。こういう人もいるのだ。いや、そういう人が多いのだとシウは思った。


この親子たちが呼び水になり、リオラルとアラバが戻ってきた頃には大勢が詰めかけていた。五人までなら多少窮屈でも作業はできるが、それ以上は厳しい。代わりに、待っている間にどうですかと隣の展示室を勧めた。

意外と、親が興味を持って見てくれる。彼等は発掘された有名な魔道具や研究成果についての展示を眺め、子供と一緒に「すごいね」「あんなものが埋まってたんだって」と話し合った。

シウが整理券を作って渡したのも良かったようだ。番号を見ればどれだけ待つのかも分かる。発掘体験も楽しかったと、親も一緒になって喜んでくれた。

中には子供騙しだと不満をぶつける大人もいた。「学校内に本格的な遺跡模型を作ったら危険だと怒る人が出てくる」と説明すると、不思議なことに「それもそうか」と納得して帰っていった。

「いろんな人がいるねえ」

「そうだな。ここにミルトがいなくて良かったよ。あいつなら『興味ないなら来るな』って返しそうだ。で、喧嘩になるんだ」

「あはは」

それからも途切れることなく、体験コーナーに人が集まった。

シウが抜ける頃には当番のミルトが来て、その盛況ぶりに驚いたほどだ。


皆と合流したシウは、カスパルのところに向かった。近付くに連れ人が少なくなっていくのが分かる。更に、教室の前の廊下も中にも人がいない。いるのはカスパルとその護衛、ファビアンといった関係者だけだ。

「おや、皆で来てくれたのか」

「はい、坊ちゃま！　これが研究内容ですか？」

スサたちメイド組が目を輝かせて展示物に見入る。ただし、それはトイレだ。彼女たちはもう慣れているので平然としている。そして語り合うのだ。

一度、迷い込んだ一般の人が教室の中のトイレに気付いてビックリした。しかもメイドが熱心に見ているのだから二重にビックリだ。変な場所に入り込んでしまったと、慌てて出ていった。

ファビアンが「変じゃないんだけどな」と苦笑する。そのファビアンの研究内容は、カスパルに負けず劣らず変わっていた。

古代語でつらつらと書かれた論文はマニアックすぎて誰も興味を持てない。たとえば古代の複雑な魔術式を、どうやったらもっと複雑にできるのかを論じている。もちろん彼には彼の理由がある。術式のブラックボックス化のためだ。しかし、素人(しろうと)にはそれが理解できない。素人でなくとも、理解はし辛(づら)い。

カスパルの友人だからという理由でスサたちも眺めていたが、ちんぷんかんぷんだと頭を振った。リュカがつまらないのを必死で隠している姿も――シウは見ていて可愛いと思うが――やはり可哀想だ。カスパルが目配せしてきたタイミングで皆を連れ出す。

「そろそろ、おやつを食べに行こう」

「うん！」

「スサたちも、もういいよね？」

「はい。では坊ちゃま、頑張ってくださいね！」

「ああ。ありがとう」

第五章
文化祭の始まり

カスパルはひらひらっと手を振って、にこやかにシウたちを送り出した。

食堂の外庭でソフトクリームを食べて一息つく。その次は生産の教室に行った。

中に入れば、相変わらずシウとアマリアのブースが混んでいた。そのシウのブースに、何故かレグロがいる。つい見入っていたら、レグロが気付いた。

「おい、シウ。戻ったなら早く来んか。商人が話を聞きたいそうだ」

本人がいない時は「注意書きに従ってご覧ください」との張り紙をしていたが、それでは済まなかったのだろう。レグロがシウの代わりに説明させられていたようだ。

シウは慌てて駆け寄ると、商人と少しだけ話をした。ほぼ挨拶だけで、詳しくは商人ギルドを通してほしいと伝える。文化祭で詰めるような話題でもない。用意していた商人向けのチラシはなくなっており、再度補充してリュカのところへ戻る。

「シウ、もういいの？」

「うん。リュカたちは何か見た？　スサもどうだった？」

「ええ。楽しいですわ。皆さん、こんな素敵な研究をなさっているのですね」

「僕ね、あっちの玩具（おもちゃ）で遊んだの。面白かったよ！　あっ、あれは何？」

リュカの目が丸くなる。彼はシウのブースを素通りし、アマリアのブース前で止まった。

「お人形さんだ！」

「まあ、素敵。綺麗なお人形ですね」

スサもうっとりと眺める。アマリアは席を外していたが、彼女の従者と護衛が一人ずつ残っていた。二人が他の見学者に説明していたため、シウが説明を買って出る。

「これね、ちゃんと自立するんだよ」

「わぁ！」

「腕も足も動かせるし、服の着せ替えもできるんだ」

「可愛いね！」

「素敵ですわ。このレースのドレスなんて、とても可愛らしい」

リュカやスサの声で、他のブースを見ていたメイドたちもやってきた。そして小物の細かさに感動している。

「式紙っていう特別な指示書を使うと、人形がその通りに動いてくれるんだ。グスターさん、式紙を使ってもいいですか？」

「どうぞどうぞ。予備をお出ししましょうか」

「いいえ、アマリアさんに以前もらった分がまだあるんです。ありがとう」

早速、実演してみせる。

「うわ、うわぁ！　すごい、動いたよ！　剣を振ってるみたい」

「そうだね。この騎士は剣を持っていないから変な感じになっちゃったけど」

「面白いね！」

シウは次にお姫様の人形を動かした。

第五章

文化祭の始まり

「まあ！　ワルツかしら。お人形がこれほど滑らかに動くなんて、驚きです」

「ドレスがひらひらしてるね！」

スサたちがきゃっきゃと騒いでいたら、他の見物客も見に来た。

「可愛い～。見て見て。わたし、こんなお人形が欲しかったの！」

「すごいな。勝手に動いているぞ。こんな人形、見たことがない。さすがシーカーの生徒だな」

「これは誰が作ったものだろう。君、知っているかい？」

近くにいたシウに質問が飛んでくる。どうやらシウを従者か家僕だと思ったようだ。アマリアの護衛や従者はまだ忙しそうだったので、代わりに説明する。

「人形がこんなに滑らかに動くのは、ここに関節があるからです。作ったのはアマリア＝ヴィクストレムという生徒で、今は休憩中のようですね。せっかく来ていただいたのに申し訳ありません。彼女の家の者があちらで説明中です。もし詳細をお知りになりたい場合は資料もありますよ。持ってきましょう」

「え、もしかして貴族の女性が作られたのですか？」

見物客らは一様に驚いた。それだけ珍しいことなのだろう。けれど、彼等の中に嫌悪感は見られない。ほんの少しの困惑だけが見て取れる。すると、一人が前に出た。

「貴族の女性が……。でも、だからこその造形美なんだわ。とても美しいもの」

子供を連れた女性がうっとりとした様子で呟いた。他の人たちも次々と頷く。そこにはもう困惑は感じられなかった。

それからもシウたちは各教室を覗いては楽しんだ。最後の目的地は本校舎の外側に作られた「希少獣とのふれあいコーナー」だ。

早速、門を潜って中に入ると上級生が声を掛けてきた。

「あ、そこの少年、シウって言ったっけ。昨日は助かった。おかげで間に合ったよ」

彼は感謝の言葉を伝えると、今度はシウの連れを見て笑顔になった。

「ようこそ、いらっしゃい。ゆっくり遊んでいってください」

「はい。ありがとうございます」

「ありがとう、お兄ちゃん！」

スサとリュカに挨拶された青年は嬉しそうだった。

会場内は希少獣がいかにも住んでいそうな雰囲気で、丁寧に作り込まれている。森林風に誂（あつら）えた木々は、なんと大型の鉢植えごと運んできたものだ。それを隠すために下草を植えている。このあたりは魔法でやったのだろう。地面にちゃんと根付いていた。

岩場に向かうと、鹿型希少獣（しかがたきしょうじゅう）のカプレオルスや山羊型希少獣（やぎがたきしょうじゅう）のカペルがいた。その下に作られた水場では亀型希少獣（かめがたきしょうじゅう）のテストゥドが日向（ひなた）ぼっこをしている。

第五章
文化祭の始まり

「うわぁ、可愛いね！」

「まあ、あちらにはリスがいますよ」

「タミアだね。あっちにいるのが猿型(さるがた)のシーミアだよ」

「この子はなんていうの？　このとげとげの子」

「針鼠型(はりねずみがた)のイレナケウスというんだ」

「わっ、頭を下げた！」

「挨拶だね。小型希少獣たちも賢いから僕らの話を理解しているんだよ」

「クロも賢いよね！」

　リュカが「ねー」とクロに話し掛ける。シウの肩の上にいたクロは「きゅぃ」と鳴いて首を傾げた。まるで「そんなことないよ」と言っているかのようだ。これがフェレスだと素直に受け取るだろう。そして照れながらゴロゴロ転がってしまう気がした。シウは想像して笑った。

「あ、おっきい子もいるよ！　ソロルお兄ちゃん、僕たち乗ったことあるよね！」

「本当だ、ドラコエクウスがいるね。最初は大きくて怖かったけど、楽しかったなぁ」

「いっぱいお世話したから乗せてもらえたんだよね。僕、兎馬(ロバ)に一人で乗ったんだよ」

「今度、馬に乗せてもらいましょうか？」

　家僕として働く上で必要だからと、ソロルは馬に乗る練習もしている。上達が早いのは騎獣に乗った経験があるからだ。

「えぇ、君たち、ドラコエクウスに乗ったことがあるの？」

案内係の青年が話しかけてきた。ソロルは相手が貴族の子息だと見て、緊張した面持ちで「はい」と答えた。

「いいなぁ、僕も乗ってみたいんだけど機会がなくてさ」

「え、では、こちらはどなたの騎獣なんですか？」

「クラスメイトのお兄さんに貸してもらったんだ。だから勝手に乗れないんだよね」

「そうだったんですか。わたしたちはシュタイバーンの王都に行く機会があって、あちらの騎獣屋で乗せてもらいました」

「あ、そういうことか。あの国は自由に乗れるって聞くよね。羨ましいな」

ソロルがちゃんと会話を続けている姿を見て、シウは内心で感動していた。スサも同じ気持ちらしい。ハラハラした様子を隠し、二人を見つめている。

まだまだ緊張はしているが、必要以上におどおどしなくなった姿は立派だ。リュカが前向きに歩き出したように、ソロルもいつの間にか成長していた。

ふれあいコーナーを充分堪能（たんのう）しても、帰宅予定の時間にはまだ早い。少しだけ寄り道するならどこがいいか。シウが聞いてみると、スサが答えた。

「できましたら、シウ様のクラスの出し物を拝見しとうございます」

「となると、魔獣魔物生態研究の肉料理かな」

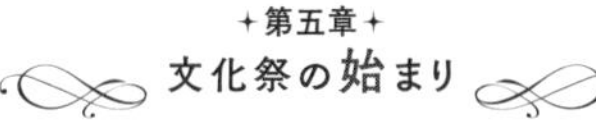

第五章
文化祭の始まり

スサは「肉ですか……」と眉尻を下げた。他のメイドも同じだ。昼食をしっかり食べているし、デザートも食べた。とても入らない。となると残るは一つだ。

「あとは、戦術戦士の組手披露かな」

「まあ、なんだか面白そうですね」

「僕、見てみたい！」

シウは心の中で「見るの？」と問うた。でも口にはしない。黙って皆を会場まで案内した。

会場に着くと、驚くことに人がいた。冒険者風の男たちだ。彼等は腕を組んで壇上を見ている。

「あれは何？」

リュカが指差したのは壇上で組手をする生徒ではない。その背後にあるアスレチックだ。

レイナルドが「背景として」と言い張ったので、少し大袈裟(おおげさ)な障害物を取り付けた。

それを見たレイナルドが、組手の披露だけでは面白くないかもしれないと言い出し「体の鍛え方コーナー」として再申請してしまった。本来は、レイナルドか生徒がやってみせる出し物の予定だった。

それなのに、何故か一般の人たちと競争している。

「よーし、今度も俺の勝ちだ！」

レイナルドが喜びもあらわに拳(こぶし)を突き上げた。

「待て待て。俺も参加させろ」

「そうだぞ、お前らだけ楽しんでどうするんだ」

「しようがねぇな！　その代わり怪我しても自己責任だからな！」

いや、良くない。良くないのだが、誰も止められそうになかった。一般人といっても多くが冒険者のようで、やる気に満ち溢れている。当番の生徒は能面のような表情だ。頼りとなるクラリーサはいない。シウだけではレイナルドを止められないだろう。

「面白そう！　シウもあんなことしているの？」

「うーん、ちょっと違うんだけど。あ、でも、土台を作ったのは僕だよ」

「わぁ、すごい！」

シウはあちこちで土台を作っている。ここに至っては上物の設備も全部がそうだ。魔法が使えなければできなかったことだが、そのせいでシウ一人で作業する羽目になった。

リュカはアスレチックを競技か何かだと思ったらしく、手を叩いて喜んだ。そのせいで通りがかった人たちが気付き、興味を持ってしまった。

「飛び入り参加も可能なのか？」

「冒険者なら絶対、負けられないだろ。お前出ろよ」

「よし、俺がやるぞ！」

「俺も出る」

いつの間にか参加型競技になっている。シウは少しの間、ぼんやりした。そのまま見なかった振りをしたかったが、諦めてグルニカルに連絡する。彼は突然の通信に驚きつつ、シウの話を聞いてくれた。そして「分かった、後で僕の方からレイナルド先生に釘を刺しておくよ」と言ってくれた。

というのも、怪我人が出るかもしれない出し物の場合、治癒魔法持ちを配置しなくてはならないからだ。シウでも治療はできるが、今回ここにいるのは「たまたま」だ。

「おい、本当に先生か？　お前、冒険者やれよ」

「お前、化け物かよ！　なんちゅう体力だ」

「こっちの生徒も早かったな」

「お前のその飛び道具を見せてくれ。見たことないぞ」

「なんだそれ、暗器かよ！」

ヴェネリオの忍者ばりの動きに現役冒険者たちが驚く。和気藹々と武器について語り合う姿は楽しそうだった。レイナルドは一人勝ち状態で、胸を張って自慢げだ。

シウはなんとも言えない顔で彼等を眺めるしかなかった。それは当番でやってきたエドガールも同じだ。シウと一緒に呆然とすると、やがて頭を抱えて蹲った。

リュカたちが帰ると、シウは実行委員としての見回りを続けた。これはルイスとペアで行った。

途中、立ち入り禁止区域に入ろうとする一般客を見付けた。教務室に入ろうとする男もだ。前者はただの興味本位、悪気のない違反だったかもしれない。しかし、後者は手慣れた様子だった。謝り方も堂に入ってる。シウとルイスのような初年度生だけでは舐められるため、生徒会役員と職員を呼んで対応した。

情報は皆にも共有されたが、まだ悪事を働いていない以上そのまま帰すしかない。結局、門の外まで同行して男を見送った。

もちろん、そのまま手をこまぬくティベリオではない。応援に来ていたエストバル侯爵家の秘書が調べるそうだ。

「たぶん、どこかの研究者から依頼を受けた間者か何かだろうね」

ティベリオはいともあっさりと言う。研究内容を盗もうとする輩は、シウが思う以上に多いらしい。

ともあれ、ティベリオがいれば安心だ。彼の指示で教務室の安全は強化された。これに困るのはスパイの男と、自分の執務室にも入れなくなったヴァルネリだけだろう。

文化祭の二日目もシウは朝早くに屋敷を出た。この日は門前で受付係だ。といって、そんな早朝に誰も来るわけがない。シウの仕事は、間違って早めに来た人に「まだ入れないんです」と謝ることだ。つまり、とても暇だった。

第五章

文化祭の始まり

フェレスと「誰も来ないね」「にゃ」と話しながら、時間が過ぎるのを待つ。

入場開始時間が近付くと、学校の雇った人が来てくれた。衛士も並ぶため、そこでようやくシウの当番は終わりだ。

その次は生産科の当番、終われば今度は魔獣魔物生態研究科の当番と、立て続けにある。

シウは急いで割り当ての場所へ向かった。

「来たよ～」

「うわ、良かったぁ！」

「助かった……」

アロンソとウスターシュが同時に安堵の声を上げる。この時間はシウの当番ということになっていたが、実行委員の仕事が入れば抜けるとも話してあった。そのため二人はシウを当てにしていなかったはずだ。ところが――。

「シウ、実行委員の方はどう？　もし午前が空くなら、こっちを手伝ってもらえると助かるんだけど」

期待に満ちた目で問われる。シウは大丈夫だと頷いた。

「緊急の用件はないし、当番に入るよ」

「良かった。実は昨日、思った以上に売れてしまってね。作り置きしていた分がなくなったんだ。急いで準備しているけれど間に合いそうになくて」

下準備は終わらせたが調理のところで止まっているという。このままでは開店どころではない。シウはエプロンを着けると、厨房として使っている隣室に入った。アロンソとウスターシュも付いてくる。

「肉ばっかりだったのに売れたんだね」

「そうなんだ、驚くよね。最初に火鶏の唐揚げがなくなって、次にスパイス揚げと照り焼きかな。あっという間だった。岩猪のステーキも飛ぶように売れたしね。そうだ、それと肉だけじゃ物足りないって言われて、今日はパンも用意したんだ」

昨夜の内に近くのパン屋さんへ駆け込み、なんとか注文できたようだ。二人は早朝、受け取りにいった。それでも数が足りないのではないかと不安そうだった。

「だったら、米飯を用意しようか。それなら出せるよ」

「助かる。お米なら絶対に合うしね。ありがとう、シウ」

シウは早速、大釜を取り出した。作り置きを使わないのは見た目がド迫力だからだ。厨房と食堂は繋がっているから、窓やドアを開けていればよく見える。匂いも届くだろう。炊きたての米の匂いは食欲をそそるはずだ。

更に追加で何か作ってもいい。シウは魔道具の冷蔵庫を開けてみた。岩猪のスジ肉が大量にある。

「あれ？　それは余ったら打ち上げでカレーに使うんじゃなかった？」

「そうなんだけど、肉が足りないようだから岩猪版のすじ肉の味噌煮込みにするよ」

「ああ、前に食べたっけね。あれは美味しかった。でも、煮込む時間はあるかな？」

圧力鍋は全部塞がっている。アロンソが残念そうに眉尻を下げた。シウはにんまり笑った。

「大丈夫。こういう時こそ魔法だよ。任せて」

「そう？　だったらお願いするね。材料も好きに使ってくれていいから。。バルトロメ先生からも追加で肉を提供してもらったんだ。僕はそれを解体してくる」

アロンソは段取りが付いたことで元気になったようだ。颯爽と出ていった。

厨房にはセレーネやステファノ、キヌアもいるが、彼等に料理の経験はほとんどない。シウが急遽、増やしたレシピにも対応できないのは分かっていたから、一人で勝手にやらせてもらった。

冷蔵庫の中を改めて見ると、さすがに肉だけではまずいと思ったのか、野菜が増えている。どれだけあればいいのか分からなかったのだろう、野菜それぞれの量がちぐはぐだ。人参は何本もあるのに、葉物は一束しかない。冷蔵庫の横にはジャガイモの山、玉ねぎは少量だ。キャベツはどこにあるだろうと見回せば、部屋の隅に積まれてあった。

「肉が足りないんだったら炭水化物と野菜で誤魔化せばいいんだよ」

シウは一つ頷き、レシピを脳内に浮かべた。単純だけれど、奥の深い野菜炒め定食はどうだろう。味を少しだけ濃くすれば、ご飯が進む。

柔らかめのフランスパンには切込みを入れ、キャベツの千切りと炒めた玉ねぎ、トンカツを挟む。タレは甘辛いソースだ。

お米とパン、両方のレシピを考えながら、シウは次々と揚げたり焼いたりを繰り返した。野菜もパンに挟む用、付け合せ用と切り方を変える。残った芯や皮は細かくしてスープの具材にした。

徐々に匂いが広がって、まだ昼前だというのに客が入ってきた。対応するのはルフィナたちだ。セルフサービスにしていても、席の案内やテーブルの清掃には人手がいる。男子も必ず一人はフロアに立った。いわゆる、用心棒的な役割だ。

戻された皿を浄化するのは当番の男子と護衛の一人で、二人は交代しながら裏方作業を続けた。できる人ができることをする。皆が協力し合った。

当番ではないのにプルウィアもやってきた。

「何か手伝うわよ」

と言ってくれるが、残念ながら彼女は厨房の中では不器用だった。シウが我慢しきれず口を挟む前に、プルウィアは自分で気付いた。彼女は人参の残骸を前に、

「……わたし、外で呼び込みをしてこようかしら」

と言い出した。たまたまそれを耳にしたアロンソが「頼むから止めて」とお願いして事なきを得る。なにしろ現在すでに大入り満員状態だ。席が空くのを待つ人の列が、廊下に長く続いている。これ以上はとても捌ききれない。

ところが、昼を過ぎると状況は更に悪くなった。噂を聞いたという人が次々やってきたのだ。シウは急遽、厨房として使用している小部屋の、廊下側にある出口を「テイクアウト専用窓口」にした。前世で見た、ドライブスルーを真似る。

それに合わせてメニューも変更した。

「えっと、どういう感じでやればいいの？　メニューは？」

「手で持って簡単に食べられるバーガー類をここで売るんだ」

「ああ、前に食べたわね。サンドイッチみたいなものか」

「うん、そう。メニュー表は、これ。ザッと書いただけだから書き直してくれると助かる。プルウィアは受け渡しをやって。ウェンディは僕の手伝いをお願い」

「分かったわ」

「任せて」

食堂の方は、昨日も営業していたので男子も勝手は分かる。調理済みの料理をトレーに載せるだけだ。アロンソとウスターシュが中心となって働いた。

シウはテイクアウトの分をその都度作って出すという作業だ。ロワルのお祭りでも屋台をした経験があるし、何より作った料理を食べてもらえるのが嬉しい。シウはウキウキと作り続けた。

「えーと、この、照り焼きバーガーとポテトのセットを三つくれ」

男性が注文すると、プルウィアがそれを復唱してメモに残す。シウも復唱しながら作っていく。

「ポテトはこっちの保温器から出して。紙はこれ。落ち着いてやればいいから」

ぶっつけ本番でもなんとかなるものだ。ウェンディは最初は戸惑っていたが、やがて慣れてきた。シウはハンバーガーを焼く。パテはテイクアウトの話をしている間に魔法でさっさと作っていた。成形も簡単だ。あとは鉄板に載せて焼くだけ。あっという間に焼き上がる。最後にレタスを挟んで、ソースとマヨネーズを塗れば出来上がり。

「できたよ」

受け取ったプルウィアが窓の外に声を掛ける。

「はい、こちら照り焼きバーガーのセット三つです」

「うおぉ、美味そう！」

「え、なんだよ、こっちにも買える場所があるのか。俺はここでいいや。えーと、照り焼きってのが甘めのソースになる？　あー、俺はマスタード味で頼むわ。セットな！」

「こっちはカレー味のセットを二つだ。昨日、ここで食べたカレーが美味しかったんだ」

食堂の席が空くのを待っていた人が、テイクアウトの方に流れてきた。

初めて見たり聞いたりするであろうメニューなのに、挑戦する人が多い。飛ぶように売れた。それだけの数の対応をするのだから、ウェンディもプルウィアもどんどん手際が良くなる。おかげで人が増えてもシウはそれほど忙しいようには感じなかった。

また、分散したことで席待ちの時間が減り、食堂で順番を待つ人たちの顔からイライラ

が消えた。クラスメイトらも気持ちが楽になったようだ。

昼の最も忙しい時間帯を過ぎると、徐々に客足も鈍くなる。その間に遅い昼食を交代で取った。シウは味見と称して摘み食いをしていたから、調理係に徹した。皆のリクエストに応えて作っていく。

食事を摂ると皆の心にも余裕が生まれる。和気藹々とした空気だ。シウも話に加わりながら、夕方に必要な分の仕込みを始めようとした。

そこに緊急の連絡が入った。通信相手は、まるで爆弾が落ちたかのように叫んでいる。

でもそれはおよそ当たっていた。「爆弾のようなもの」がやってきたからだ。

第六章
お騒がせの聖獣様

He is wizard, but social withdrawal?
Chapter VI

文化祭の最中は当然だが人が多い。雑多な人の気配に少しだけ鬱陶しさを感じ、シウは全方位探索の能力を下げていた。もちろん魔獣には反応する。フェレスも脅威があれば気付くだろう。だから、あくまで「生き物の気配を感じないよう」薄めていただけだ。

それでも人の気配の渦ぐらいは分かるし、シウに近付く人がいれば全方位探索にも引っかかる。その渦が、シウのいる厨房に向かっていた。

「(まずいことが!)」

そう叫んだのはグルニカル。生徒会役員であり、文化祭実行委員のリーダーだ。シウが答える前に通信は途切れ、厨房を出ようとしたところでグルニカルが見えた。

シウを捜して走ってきたのだろう、慌てた様子で手を振る。

「何かあったんですか?」

「空からっ、裏門、近く、広場にっ、せっ、聖獣、様がっ!」

それだけで何があったのかが分かった。シウは急いで《全方位探索》を強化した。すると、問題の「聖獣様」が裏門辺りでウロウロしているのが分かった。何をしているんだと、更に《感覚転移》を使って視てみる。

「あー」

シウは変な声を出してしまった。

聖獣の王、シュヴィークザームが無表情に突っ立っていた。

正確には、校舎に向かって歩こうとした彼を生徒たちが取り囲んでいる、だろうか。取り囲んでいるのは実行委員たちだ。別に何かをしようとしているのではない。突然現れた謎の聖獣に困惑して、どうしたらいいか戸惑っているだけだろう。

「たぶん、僕の知っている聖獣だと思います。すぐに行きます」

「や、やっぱり、そうか！　ティベリオ会長がシウを呼べって、さっき、指示を。ああ、そうか。良かった、良かった……」

　走り続けて疲れたらしいグルニカルが、その場に座り込む。シウはアロンソたちに「ごめん、そういうことだから抜けるね」と謝って、エプロンを外した。

　シウが裏門に辿り着いた時には、聖獣を囲む人の輪が厚くなっていた。掻き分け、擦り抜け、足元を潜ってようやく前に出る。その後ろをフェレスが付いてきていたのは知っていたが、まさか人の輪が波が引くように割れていったとは知らなかった。気配で振り返り、人の波が割れているのを見て肩を落とす。

「最初からフェレスを先に行かせれば良かったんだ……」

「にゃ？」

「なんでもないよ。なんか、ちょっと疲れただけ」

「おお、シウか！」

　シウは呆れて声も出なかった。疲れているせいかもしれないが。それでも気を取り直して「シュヴィ……」と声を掛けた。

「ここで何やってるの？」

「ふむ。おぬし、最近忙しいと言って会いに来ないであろう？　それなら我から会いに行けば良いと考えたのだ」

偉そうに胸を張る。しかし、威厳といったものが一切感じられない。このままでは皆のイメージにも良くないのではないか。シウは半眼になって、シュヴィークザームの腕を引いた。連れていこう。このままではいけない。

途中、ヴラスタという名の実行委員とすれ違ったので頭を下げた。彼は先ほどシュヴィークザームを取り囲んでいた生徒の一人だった。生徒会役員でもあり、他の生徒より前に出るタイプだ。今回も率先してやってきたと思われる。

「お騒がせして申し訳ありません。責任をもって面倒みます。首に縄を付けて――」

「はっ？　お、お前っ、聖獣様になんてことを！」

シウは頭を掻いて、苦笑いで否定した。

「えっと、すみません。冗談、そう冗談です。まさか本当に縄なんて付けません。彼とは友達なんです」

「そうか。……はっ？　待て、今なんと？」

「とにかく大丈夫です。連れていきます。あの、集まった人たちの対応だけお願いします。ここ、立ち入り禁止区域ですし」

応援も呼びますと伝え、シウはそそくさと歩き出した。いつの間にかシュヴィークザームも早足になっていて、シウは逆に引っ張られる格好で後を追う。

振り返ったシウに見えたのは、呆然とするヴラスタたちだった。


本校舎が見えてきて、シウはようやく口を開いた。

「服を着ていて良かったよ」

「我は露出狂ではないぞ」

「それ、もしかしてカリンに聞いたの？」

「うむ。おぬし、面白い言葉をよく吐くな」

案外と、他の聖獣とも仲良くしているようだ。シウは溜息を漏らした。

「ここまで飛んできたの？」

「そうだ」

シウたちが話しているのを人々が遠巻きに見ている。「聖獣が何故ここにいるのか」という驚き、あるいは困惑だろうか。

聖獣かどうかは見た目で分かる。全身が真っ白いからだ。残念なことに、シュヴィークザームの風貌は良い。その美しさのせいで「聖なるもの」というベールが掛かる。黙っていれば威厳さえ感じられるだろう。黙っていれば。

シウは諦めの境地で確認を取った。

「ところで、ヴィンセント殿下に許可は取ってあるんだよね？　まさか勝手には来てないよね？」

目を見ると、そっと視線を外される。聞こえなかった振りをしようとするが、それは無理だ。シュヴィークザームはしかし諦めが悪かった。シウと全く目を合わせようとしない。そのうちに本校舎に着いてしまった。ちょうど疑似遺跡発掘体験コーナーの前だ。

「あれ、シウ？　これから当番だったのか……い？」

アルベリクと鉢合わせした。彼は伯爵家の後継ぎだ。いくらシュヴィークザームが引きこもりとはいえ、大きな夜会には連れ出される。貴族の嗣子であるアルベリクも当然、出ているだろう。つまり、顔ぐらい覚えているはずだ。

「聖獣、の王、です？」

上から下まで見ると、彼は急いで王族に対する第一級礼を取ろうとした。

「よいよい。我は王族ではない。ただの獣よ」

その割には偉そうなんだけどな。シウは内心を隠してアルベリクに囁いた。

「お忍びを楽しみたいようです。そういうのはナシで大丈夫です」

「シウ、いや、それはちょっと」

まずいんじゃないかと戸惑うアルベリクだったが、シュヴィークザームの様子を見て言葉を飲み込んだ。そして心配を口にした。

「ですが、目立ちますよ」

「そうなんですよね。変装ぐらいしてくれれば良かったのに」

第六章

お騒がせの聖獣様

「何故、我が変装するのだ」

「騒ぎになるからだよ。さっきもそうだった。あー、後でヴィンセント殿下に怒られるんだろうなー」

「なに、安心せい。我が庇ってやる」

「何言ってるんだよ、怒られるのはシュヴィでしょ」

「む」

動きが止まった。しかしすぐ「それもそうか」と納得し、悩むのを止めた。

「さあ、どこへ行く？」

マイペースな聖獣の王は、いとも簡単に気持ちを切り替えた。


本校舎内に入ったところで、ようやくティベリオと出会った。ついでにどこで拾ってきたのか、オリヴェルも一緒だった。

「せ、聖獣様っ」

「おお、チビか。そうそう、おぬしもシウと同じ学校であったな」

「は、はい。ところで、あの、空から落ちてきたと伺いましたが」

「む」

無表情だけれど、むっとしたのがシウには分かった。

「我は鳥であるぞ。落ちたりなどするものか。そっと目立たず、裏門とやらに下り立ったのだ」

ふふんと偉そうだ。オリヴェルは恐縮した様子で謝罪した。

「は、申し訳ありません」

シウは恐縮しないので、ちゃんと注意した。

「目立たずって、完全に目立ってたよね。大体、勝手に抜け出してきて、絶対に心配してるよ。カレンさんがシュヴィの代わりに怒られていたらどうするの」

「あれは里帰り中だ。怒られるはずもない」

「ふーん。だから、見張りが手薄だったんだ」

「そうだ。近衛の騎士どもに我の気配など読めるものか」

自慢げに胸を張ったところでシウの冷たい視線に気付いたらしい。シュヴィークザームはハッと我に返り、視線を彷徨わせた。

「……噂で聞いたのだ、シーカーで面白い催しがあるとな。しかも誰でも入場して良いそうではないか。だから来てみたかった。それにシウが王城に来ないのが悪い。せっかく我の料理の腕前も上がったというのに」

「ようするに寂しかったってこと？」

「む」

「でも、それならそうと言ってくれないと。無断で抜け出すのは良くないよ」

「我は聖獣ポエニクスだ。誰に何を断る必要があろうか」

「そこは僕には分からないけど。ただ、大事に思ってくれる人がいるんだ。心配かけたらダメだよ」

「我に護衛は必要ない」

「気持ちの問題じゃない？　嫌なら嫌って言っておけばいいのに。上の人が勝手に差配しているとしても、皆とはもう顔見知りで仲が良いでしょう？　気持ちを伝えておくのは決して悪いことじゃないと思うんだけど。皆、シュヴィが好きだと思うよ。だから心配もする」

傍で聞いていたオリヴェルが必死に頷く。ティベリオは面白そうな顔で見ている。二人とも口は挟まない。シュヴィークザームの答えを待っているからだ。

「……分かった。次からは、そうしようではないか」

「うん。でも、連絡は入れておくからね？」

シウが告げると、隣に来たオリヴェルが「兄上、怒るだろうなぁ」と呟いた。

ヴィンセントは通信魔法越しでも分かる無言の圧をシウに与えた。

それでも「せっかく来てしまったことだし、このまま案内します」と報告したら、大きな溜息の後に「よろしく頼む」と言った。いろいろ言いたかっただろうがそれを飲み込んで、シュヴィークザームの気持ちを汲んだ。

通信を切ると、シュヴィークザームがおそるおそるシウの顔色を窺う。シウは笑った。

「殿下の許可は取れたし、見て回ろうか」

「構わぬのか？」

「うん。あ、ティベリオ会長、午後の見回りなんですが――」

「シウは外しておく。手配はグルニカルに任せるよ。このまま聖獣様のお相手は君に任せていいかな？」

「はい」

「では聖獣様、ごゆっくりお楽しみください。本日は一般の方々もいらしております。くれぐれもシウの傍から離れませんよう、お願いいたします」

「分かっておる」

ティベリオはにこりと微笑み、礼儀正しく頭を下げるや颯爽と去っていった。

オリヴェルが残ったのは想定外の事態が起こった際の「伝家の宝刀」役としてだ。

「さて、じゃあまず最初にどこへ行こうか。シュヴィはもう食事は済んだ？」

「まだだ」

シウはさっきまで立ち働いていた場所に戻った。そう、魔獣魔物生態研究の「魔獣肉を食べる」食堂へだ。

第六章

お騒がせの聖獣様

突然現れた王族と聖獣を見て、クラスメイトたちは茫然自失になった。皆が元に戻ったのは、シウが厨房に入ってからだった。シュヴィークザームとオリヴェル、そして彼の従者や護衛は食堂のテーブルに着いている。

「緊急事態ってこういうことだったんだね」

「うん。ごめんね、連れてきて」

アロンソは「いや、うん、それは別に」と曖昧に答えた。他のクラスメイトは使い物になりそうになかったから、シウが注文を取った。さすがに何も知らない聖獣の王と王子様にセルフサービスをさせるわけにはいかない。やらせたら、シウがアロンソたちに怒られそうだ。

「どれにするか決まった?」

「うーむ、どれが良いだろう。ヴェル坊は何にするのだ?」

「わたしは野菜と岩猪の重ね焼き定食にしてみます」

オリヴェルの選んだメニューは、岩猪の薄切り肉と野菜をミルフィーユ状態にしたものだ。外側をパリッとさせているので食感も楽しめる。

シュヴィークザームは散々悩んだ末に、火鶏のスパイス揚げハンバーガーセットを頼んだ。特別に葡萄オレも出してあげる。シュヴィークザームは子供みたいに喜んだ。

ところで、希少獣たちはシュヴィークザームが現れるとソワソワし始めた。彼に興味津々である。「恐れ多い」というよりも「好き！」といった気持ちが強いようだ。希少獣のトップに君臨すると言われているポエニクスだから、どこかに愛される要因があるのだろう。

フェロモンかもしれない。

シウは気になってシュヴィークザームに近付き匂いを嗅いでみた。しかし、特に何も感じられない。変な目で見られたぐらいだ。でも確かにフェロモンがあったとして、人間のシウが嗅ぎ取れるわけもない。諦めて、希少獣たちと戯れる様子を眺める。

シュヴィークザームは「可愛い子たちだ」と好ましげに皆の頭を撫でていた。

希少獣たちと別れる時は名残惜しそうだったシュヴィークザームも、部屋を出ると次の楽しみで頭がいっぱいになったようだ。オリヴェルがシウの話をしたせいもある。

「おお、これは面白そうだ」

シュヴィークザームは生産の教室に入ると真っ先にシウのブースへ行き、歩球板を手にした見学者をじっと見る。あまりに熱心に見つめるものだから、その人はハッと気付いて歩球板を渡してくれた。シュヴィークザームは遠慮なく受け取ると、中庭に作ったコースに行ってしまった。そこでも他の人たちがサッと場所を空けてくれる。

謝るのはシウの役目で、見学者たちは「いえ、あの」と戸惑いながら「もしや聖獣様ですか」と恐れおののいた。結局、お詫びとして蜂蜜玉をあげたところで、ホッと安心したようだった。

シウは歩球板に乗るシュヴィークザームに、

「飛べるくせに、そういうの面白い？」

と聞いた。何が楽しいのだろうか。そんな気持ちでだ。返ってきた答えは子供みたいなものだった。

「面白いぞ。王城の廊下で走らせてみたい」

ダメでしょ、と内心で突っ込んだのはシウだけではないはずだ。


次に向かったのは食堂の外にある庭だ。この時間はデザートを出している。

「あれは以前食べたな。冷たいクリームだろう！」

そう言うなり、シュヴィークザームはいそいそと列に並びに向かった。オリヴェルの従者が慌てて「わたしが代わりに！」と追いかけるのを、シウとオリヴェルで止める。

「並ぶのも楽しみの一つだろうから、ね？」

「聖獣様の好きにしてもらおう」

従者は渋々承知してくれた。が、護衛も含めて気が気でないようだった。

シウとオリヴェル以外がそわそわ待っていると、シュヴィークザームがトレーにたくさん乗せて戻ってきた。

「おぬしらの分もあるぞ」

ふふんと嬉しそうだ。お金を持っていたシュヴィークザームにも驚くが、従者や護衛にまで買ってきたことにも驚いた。しかも、立ったままの彼等でも食べやすそうな小ぶりの菓子を選んでいる。シウとオリヴェルにはソフトクリームだ。

「フェレスはパンケーキが良かろう。クロとブランカは半分こにするが良い」

ブランカはシュヴィークザームのソフトクリームを狙っていたようだが、

「む、これはいかん。腹を壊すぞ」

と、止められた。それでもしつこく強請るブランカに屈し、少しだけ分け与えてしまった。そうなるともっと欲しがってしまう。シウが、シュヴィークザームはさてどうするだろうと見ていると、おもむろにポケットから羽を取り出しフリフリと目の前で振った。ブランカの気を紛らわせる作戦だ。

その視線、優しさは、そこだけを見れば素晴らしい聖獣の王だった。普段の子供っぽいマイペースな部分が霞んで見えるほどの。

休憩が終わると、また本校舎内を見て回った。案内のほとんどはオリヴェルがしてくれる。あちこち見学したから少し詳しくなっただけだと言うが、同じく実行委員として見て回ったシウよりずっと丁寧で上手な説明だ。

「あ、ここのクラスも面白いんだ。シュヴィークザーム様、入ってもいいですか？」

前半はシウに、後半はシュヴィークザームに向けて声を掛ける。シュヴィークザームは

✦第六章✦
お騒がせの聖獣様

鷹揚(おうよう)に「うむ、構わぬ」と答えた。

オリヴェルが勧めたのは戦略指揮のクラスだった。戦略指揮は二つの科が別々に発表の場を設けている。こちらはサハルネ教授の方だ。

「シウは実行委員の手伝いをしていたね。内容は知っているの？」

「概要だけは」

話していると、ちょうど当番だったらしいクレールが挨拶に来た。王子が来たのだから当然だ。彼のように真面目(まじめ)な性格でなくとも、貴族なら無視などできまい。ところが、シウの横にはシュヴィークザームがいる。クレールは戸惑い、一瞬立ち止まった。

そんな心の機微に頓着しないのがシュヴィークザームだ。

「ほう。模型か。緻密で美しい」

さっさと展示物に向かって歩き出し、眺め始めた。

模型は、有名な過去の決戦場跡をモデルにしている。話に聞いていたよりも本格的で、繊細な作りだった。凝り性の生徒がいるらしい。森や川など、本物によく似ている。

オリヴェルがそっと声を掛けた。

「シュヴィークザーム様、こちらに面白い盤上遊戯があるんです。確か、お好きでしたよね？」

「うむ」

「戦略用なので一般的な盤上遊戯より難しいですが、どうですか？」

と言うのは「やってみませんか」という意味だ。シュヴィークザームはオリヴェルの申し出を受けた。「よし」と腕まくりをして席に座る。二人対戦だからシウは横で観戦だ。

ゲームは陣取り合戦と個々での争いを混ぜた内容になっている。陣取り部分が本筋で、個々の争いが点数式だ。当然、本筋だけでは終わらないため、同時進行で争いが勃発する。兵站にも関わってくる、なかなか本格的なゲームだ。白熱した戦いが続く。

シウはゲームの進み具合を眺めながらクレールの説明に耳を傾けた。どうやら盤上遊戯にコアなファンができたらしい。昨日今日とで勝ち抜き戦もあったとか。

そんな話をしていたら、ふと思い出した。

「そういえばニルソン先生の方は？」

暗に見に行ったのかと含ませれば、クレールは肩を竦めて苦笑いだ。シウも行かなかった。揉め事が起こりそうな場所には最初から近付かない方がいい。

「僕は申請書類を見ただけで、あとは見回りで外から少し覗いたぐらいかな」

「それがいい。君も目の敵にされているようだからね」

ハッキリ言わないが、ニルソンはそこかしこで気に入らない教師や生徒を悪し様に言うそうだから、クレールの耳にも入ったのだろう。

「プルウィアさんは逆に発奮するらしくてね。敵情視察だと言って、実行委員の腕章を着けて見に行ったんだ」

「うわぁ」

「追い返されたそうだ。敵は入ってくるな、とね」

「そこまでいくと喜劇だよね」

「悲劇だったよ。プルウィアさんの怒りを抑えるのは本当に大変だったのだからね。それに、どうやら真似をされたようなんだ」

シウは眉を顰めた。クレールも同じような表情になる。

「クラスメイトが友人に頼んで見てきてもらったら、当初の内容とは違っていたそうなんだ。別の生徒も確認してくれた。うちの模型とそっくり同じものがあったそうだよ。これはまずいとプルウィアさんも上に報告したけれど、まあ間に合わないよね」

ニルソンたちにはプライドがないらしい。客の入り具合を見て、焦ったのだろうか。

シウが確認した申請書類には「歴史上の有名な戦争についての説明」と「現代の戦略方法による模擬実験の結果をパネル展示する」とあった。

「報告するのはともかく、敵情視察なんて危険だなあ。プルウィアも放っておけばいいのに、相手にするから腹が立つんだよ」

「シウは達観しているね」

「相手をする方が時間の無駄って気がするんだ」

同じ土俵に立つ必要はない。もちろん、戦わなければならない時には全力で勝ちに行く。

そんな話をしていたらゲームが終わったようだ。

「これを考えたのは誰だ？」

　シュヴィークザームが質問する。他に当番の生徒がいないため、答えたのはクレールだ。

「サハルネ先生が担当する戦略指揮科の全員で考えました。土台は、その、お恥ずかしいのですがわたしです」

「そうか。とても面白かったぞ。だが穴もまだある」

「あ、はい。点数の数え方、枠外での出来事などですね」

「そう。そのあたりを改良し、製品にできたら我が真っ先に買ってやろう」

「……えっ、本当ですか？」

「我は嘘は言わん」

　これは最大の褒め言葉だ。シウがクレールに耳打ちして教えると、彼の顔が真っ赤になった。それから破顔する。

「ありがとうございました！　もう一度やり直し、必ずや製品化します！　その際はぜひ、献上させてください！」

「うむ」

　ひょろっと背の高いシュヴィークザームが上から目線で頷く。そんな対応でもクレールには嬉しかったようだ。感激した様子で頭を下げた。

　そろそろ残り時間も少なくなった。シウはシュヴィークザームに尋ねた。

「最後に行ってみたいところはある？」

「そうだのう。面白い見世物も美味しい食事も楽しんだ。ふうむ。他におぬしらのお勧めはあるか？」

本校舎を歩いて移動する間はオリヴェルのお勧めスポットに寄った。それなら次はシウだろうか。少し考え「まあいいか」とドーム体育館に足を向ける。道中、念のため、

「変な人がいるけど気にしないでね」

と注意を促す。事前に知っておけば心構えができる。

会場には、シウの予想よりも多くの人が集まっていた。冒険者が仲間に話したのだろうか。それらしい格好の男ばかりだ。

シウは出番を待っている男たちに耳をそばだてた。

「シーカーって魔法使いの学校だろ？　なんであんな、やたらと強いんだ」

「あの先生と生徒に誰も勝てないのか？」

「いや、モーアは生徒に勝ったそうだぜ」

「モーアって、スピーリトのモーアか？　やっぱりすげぇな」

シウも知っている冒険者の名前が飛び出た。というより、スピーリトはルシエラの冒険者ギルドで上位に入るパーティーだ。彼等と食事に行ったこともある。冒険者仲間に羨ましがられたぐらいだ。それだけ上級冒険者として有名だった。

そんなパーティーのメンバーがアスレチックに挑戦したという。シウがなんともいえない表情で遠くを見ていると、シュヴィークザームが服を引っ張った。

第六章

お騒がせの聖獣様

「あれは、なんだ？」

「あー、運動競技の設備、と言えばいいのかな」

　身体能力を競う、が正しいだろうか。シュヴィークザームはシウの説明を聞くと「ふうん」と気のない返事だ。ところが、ある青年に目を留めた。

「あそこの黒ずくめの青年、面白い動きをする」

　シュヴィークザームが指を差したのはヴェネリオだった。忍者のようなスタイルなのは、シウと二人で悪ノリしたせいだ。今や忍者ルックが定着している。

「動きが良い。あれは生徒であろう？　見所があるようだ。あれなら王族専用の諜報員（ちょうほういん）になれるのではないか」

「本当に素晴らしい動きですね」

　オリヴェルも普通に応じているが、その語り合う内容はシウが聞いていいものだろうか。王族の、というからには内緒の話だろうに。二人はなおも話を続けた。

「後で声を掛けておきましょうか？」

「そうだのう。それとなく、将来について聞いてみるが良い。ヴィン二世が足りないとぼやいておったのでな」

「承知致しました」

　どうやら冗談ではなく本気の話らしい。決めるのはヴェネリオ自身だからシウは口を挟むつもりはない。更に言えば二人の会話も聞いていないと、素知らぬ振りを続けた。

一通り見学して満足すると会場を後にする。本校舎に着いたと同時に鐘が鳴った。

「文化祭終了です」

シウが宣言すると、シュヴィークザームは名残惜しそうに「もうそのような時間か」と漏らした。表情には出ないけれど、彼が楽しんでいたことは分かる。きっと良い経験になったろう。

「シュヴィはオリヴェルと一緒の馬車で帰ってね。飛んでいくのはダメだよ？」

「うむ」

「シウはまだ片付けがあるのかい？」

「ううん、一般客の追い出しをやるんだ」

「あ、そうなんだ。それは大変そうだね。頑張って」

オリヴェルに同情めいた視線を送られたが、シウからすれば彼の方が大変そうだ。この後、問題を起こしたシュヴィークザームを連れて戻るのだから。

オリヴェル自身は「片付けを免除された」ことに申し訳なさを感じているようだ。生徒会やクラスメイトたちの側からすれば逆である。王族に手伝ってもらう方が申し訳ない。本音を言えば「聖獣の王などという上位の存在の相手をしてもらう方が何倍もいい」ではないだろうか。

「シュヴィ、今日はいろいろ言ったけど楽しんでくれて良かった。また近いうちに料理教

室をやろうね。お土産も持っていくから」

「うむ。楽しみに待っておるからな。……絶対だぞ？」

子供みたいな発言に、シウは笑って頷いた。

一般客の追い出しを、他の実行委員らは地道に足で稼いで頑張った。シウにはとっておきの魔法がある。《全方位探索》を強化し、学校の敷地内を一斉検索だ。生徒との区別は付かないが、この期間に立ち入り禁止区域に入るのは生徒でも許されていない。だから誰彼構わず排除するのが一番だ。

シウは妙な動きの人を見付けるとすぐさま通信魔法で近くの実行委員に伝えた。何故分かるのか不思議がる生徒もいたが、あまりの忙しさで忘れてくれたようだ。

追い出し作業が終わると最後に生徒会室へ寄る。ティベリオの配下がまだ多く残っていた。実行委員のメンバーも続々と集まってくる。報告書といった事務作業を今のうちに仕上げるのだろう。

「シウ、さっきは助かったよ。あいつ、とんでもないところに潜んでいたな」

「彼、そのまま夜を明かして、魔法学校の生徒気分を味わうつもりでいたらしい」

少年を連行した担当者が言う。シウは目を丸くした。

「まだ中等部ぐらいの子だったよね？」

「そうなんだ。まさかロッカー室のごみ置き場に入り込むとはね」

他にも食堂に居座って帰ろうとしない親子もいたなどと、話は尽きない。そのうち誰かが「そろそろ、追い出しは完了かな」と言った。

「後は各クラスの片付けと、撤収完了届を受け取れば終わりだね」

「うはー、まだ締めの仕事があるんだった」

そんな皆に、ティベリオが手を叩いて注目を集める。

「よーし。一度、休憩にしよう。差し入れのポーションがあるから飲んでくれ。それから打ち上げ用にインゼルゲッテの子牛肉シチューが届く予定だ。楽しみにね」

「うわ、本当ですか！」

「インゼルゲッテって、超一流店じゃないですか。やった〜」

ティベリオは人を煽るのが上手い。皆がやる気になった。シウが苦笑していると、ティベリオが手招きする。

「シウはまだ成人前だ。もう帰ってもいいんだけど、どうする？」

「最後までやってこその仕事ですし、残ります」

「そう言うと思っていた。じゃあ、生徒の撤収確認を頼めるかな？」

「はい。ついでにもう一度、一般客の確認もしておきます」

「助かるよ」

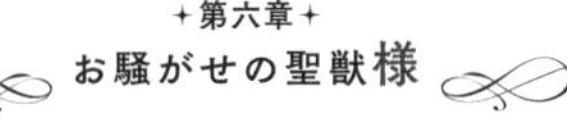

✦第六章✦
お騒がせの聖獣様

校舎外は上級生が受け持ち、シウは本校舎を中心に動く。これは男子のみでやる。女子は暗くなってきたことから万が一を考え、事務処理の担当だ。続々とやってくる撤収完了届や売上表などをチェックしていく。

夜の帳(とばり)が下りても教室の明かりは消えない。作業を早めるよう追い立てても動きは鈍かった。終わった途端に疲れがドッと出たのだろうが、これではいつまでたっても片付けが進まない。シウはティベリオに了承を得てから、無理だと判断したクラスには一旦作業を止めるよう告げた。明日、早めに来て片付ければいい。

しかし、教室を借りて展示ブースを作ったクラスは今日中に片付けるのが条件だ。でないと明日の授業に差(さ)し支(つか)える。古代遺跡研究の展示場所もそうだった。シウは腰に手を当て、まだ手の付いていない教室内を見回した。

「外の庭は急ぎじゃないのに、どうして教室内を後回しにしたの？」

「俺もフロランが何もしていないと思わなくてさ。庭を片付けて教室に来たら誰もいないんだ、俺たちだってびっくりだよ」

ミルトの手にはロープが握られていた。そのロープの先にはフロランが括(くく)り付(つ)けられている。彼は悪びれもせず「だって」と笑った。

「お腹が空いたからさ。ちょっと食べに行こうと思っただけなんだ」

「今日はもうサロンも食堂も閉まっているよ？」

「えっ、そうなの？」

「その話もしただろ、フロラン」

怒り出したミルトに「わぁ、ごめんごめん！」とフロランが謝る。

シウはふと、あることに気付いた。

「ところでアルベリク先生は？」

「逃げた」

「あ、逃げたんだ……」

教室の展示ブースはアルベリクとフロランの二人が担当だ。その二人が消えると片付けられない。というのも、個人的な遺跡物も持ち込んでいたからだ。勝手に触れない。

皆は呆れながらも協力し合って教室内を片付けた。フロランの尻を叩きながら。


魔獣魔物生態研究のクラスも本校舎の教室を借りていた。ただし、こちらは生徒数が多く、何よりプルウィアという厳しい目があった。おかげで片付けは円滑に進んだようだ。

バルトロメが魔法袋を貸してくれたのも良かった。借り物の冷蔵庫も厨房器具も収納するだけでいい。あとは業者に引き渡すだけだ。

シウが確認に行った時には、部屋全体に浄化魔法を掛けて綺麗にしたところだった。

「あ、終わったんだね」

「お疲れ様。シウは見回り？」

第六章
お騒がせの聖獣様

「うん。片付けの手伝いもしてたけどね」

「大変だなぁ」

「皆もね。室内に忘れ物はない？　確認したら閉めちゃうからね」

「大丈夫、もう帰るよ」

遅くなったため、男子は女子を送ることにしたようだ。寮組だとしても、長い渡り廊下がある。それぞれグループを作って帰っていった。


シウが生徒会室に戻るとヴラスタが待っていた。

「なあ、お前、確か戦術戦士のクラスだよな？」

「はい。そうですけど」

「全然片付いてないぞ」

「え、まだ残ってるんですか？」

組手を見せる演壇やアスレチック場は床に魔法陣を敷いてあった。作った設備が崩れ落ちるような仕組みだ。ほとんど木材しか使っていないため、隅に寄せておくぐらいはレイナルドや生徒たちでできる。この片付けは夕方の当番たちでやる予定になっていた。あとは業者が引き取りに来て終わりだ。その手配も済んでいるはずだった。

そして解体のために作った魔道具はレイナルドに渡している。

「おかしいな。術式の発動に失敗したのかもしれません。見てきます」

「俺も一緒に行く。何かあったら危ないからな」

「あ、はい」

　走り出すヴラスタに合わせて追いかけると、フェレスの上にいたブランカがむずかった。眠いのだ。いつもより時間が早いのは、昼間の騒がしさで疲れたのだろう。シウはヴラスタに「ちょっと待ってください」と断った。

「うん？　どうした」

「この子が眠そうなので、少しだけ――」

　魔法袋から抱っこ紐を取り出し、ブランカに装着する。宥めるように「よいしょ」と抱き上げ、紐を後ろに回した。ヴラスタが面白そうな顔で見ている。

「上手いもんだな。だが、重くないか？」

「まあ、それなりに」

　生まれた時より随分大きくなった。揺すると、ブランカが「んみ」と鳴く。もう完全に寝に入っている。

「そうか。でもまあ、仕方ないよな。そっちの黒いのはまだ大丈夫か？」

「クロは眠くなったら勝手にここに入ってくれるんです。ありがとうございます」

　胸の辺りにぶら下がる袋を指差せば、ヴラスタはまた笑った。それから、

「起こしちゃ可哀想だ。歩いていこう」

　と言ってくれた。

第六章
お騒がせの聖獣様

現場に到着すると、ヴラスタの言った通り設備がそのままだった。レイナルドと実行委員のタハヴォ、学校職員が話し合っている。シウは急いで間に入った。

「レイナルド先生、魔道具が発動しませんでしたか？」

「あっ」

一瞬だったが「まずい」という表情になった。シウはここまで「もし不発だったとしたら自分のせいだ」と思って駆け付けた。だから、そこを疑ってはいなかった。何か問おうとしたシウに、顔馴染み（かおなじ）の施設管理を担当する職員が話し掛けてくる。

「シウ君か、来てくれて助かったよ。教授が魔道具を失くしたと言うんだ。魔道具がないと解体できない、ともね。だが、魔法陣を敷いたのは君だとタハヴォ君から聞いた。君なら、魔道具がなくても発動できるよね？」

「あ、はい、できます」

全員がレイナルドを見た。半眼になっているのはシウだけではない。

「先生……」

「いや、その」

「とりあえず、小言は後にします。先に片付けましょう。皆さん離れてください」

「まっ、待て、勿体（もったい）ないだろ！　せっかく――」

職員は「やはりですか」と呆れ、タハヴォは「うわぁ」と非難の声を上げる。レイナルドからは「あああ……」という力のない声が聞こえた。

シウは気にせず設備全部を崩した。ついでに魔法を使って木材を片付ける。隅に並べ、更に地均しも済ませた。ここまで五分とかからなかった。


愕然とするレイナルドは職員が容赦なく連行していった。

「すごい魔法だったね」

「お前、あれはなんなんだよ……」

タハヴォとヴラスタは唖然とした様子だ。ゆっくり歩きながらシウは答えた。

「演壇やアスレチック設備の下に予め魔法陣を描いていたんです。片付けが大変だろうし、一気に解体できる方がいいなと思って。木材ばかりだったからできました。地面を深く掘っていたり柱を立てていたりしたら厳しかったですね」

「とは言っても、だ。最後の地均しも、あっという間だったじゃないか」

「魔力量が多いの？」

「いえ、僕はかなり少ないです。だから術式の簡略化を研究しています」

「それでも滅茶苦茶だろうが。ホント、お前って訳わかんない奴だな」

「ヴラスタ！」

タハヴォが窘める。ヴラスタは「だってさ」と言いながら肩を竦めた。

「騎獣を二頭に小型希少獣一頭だぜ。更に大がかりな魔法の行使ができる」

　シウは苦笑した。

「騎獣はたまたまだし、魔法自体は大がかりに見えるだけです。本当に簡単なんですよ」

　二人が信じていないようだから、シウは生徒会室に戻るや急ぎ紙に書く。

「ほら、どうですか？」

「……本当かよ、すごいな」

　二人が紙を覗き込んで何度も確認する。タハヴォは「ふわぁ」と溜息だ。

「ここを節約しているんです。必要なのは発動の時の魔力だけ。簡単でしょう」

「なるほどなぁ。それに難しい術式かと思ったが、案外分かりやすいのな」

　術式の横に入れた注釈を指でなぞる。ヴラスタは「俺、こういうの苦手だからさ」と笑った。

　そこに女子がやってきた。

「あなたたち、さっきから何をしているの？」

　手元を覗き込み、眉を顰める。彼女はオッタヴィアという生徒会役員だ。

「もしかして術式の勉強なんて言わないわよね。ヴラスタ、あなたは生徒会役員なのよ？　サボっていないで仕事してちょうだい」

「悪い。でも、もうちょっと待ってくれ。シウ、地均しの術式なんだけど――」

　オッタヴィアの顔を見ずに話を進める。シウは慌ててヴラスタを止めた。

「その話はまた今度にしようよ。今日はもう遅い。早く片付けよう。女性も送ってあげないと」

ヴラスタが今気付いたとばかりに「あっ」と声を上げ、呆れたり睨んだりする女子生徒の視線から目を逸らした。でも彼ばかりが悪いのではない。シウも同罪だ。

「皆さん、ごめんなさい。すぐに手伝います」

「いいのよ、シウ君。あなたは生徒会役員じゃないのにずっと手伝ってくれていたわ。それだけで充分よ。ありがとう」

「そうよ。あなたこそ小さいのに遅くまで残業させちゃって、ごめんなさいね。それとね、彼女、オッタヴィアも疲れているの。許してあげて。ほら、ヴラスタ、さっさと書類整理をやる！　大体あなたが書類仕事が苦手だってサボるからよ」

スザナという生徒会役員がヴラスタを叱った。叱っているが、笑顔だ。明るい調子でハキハキ喋り、そのおかげでヴラスタも反発することなく作業に入れた。

シウも書類仕事を始めると、スザナがそっとやってきて横に座った。

「さっきはごめんなさないね。ヴラスタって自由すぎるというか、自分の好きなように動くところがあるの。真面目なオッタヴィアはイライラしちゃうのね。どちらも悪い子じゃないんだけど、相性ばかりはどうしようもなくて」

「いえ、僕も説明を始めてしまったから」

「どうせヴラスタが突っかかったんでしょう？　彼、最初から君に態度が悪かったものね。手伝いに来てくれた子に対する態度じゃなかったわ。それを止められなかった自分たちも

悪いのよね。ごめんなさい。恥ずかしいわね」

　シウは書類を見ながら首を横に振った。

「人それぞれですし、気にしていません」

　すると、スザナが溜息を漏らした。シウがどうしたのかと目を向けると、彼女は頬に手をやって苦笑いだ。

「大人の発言ねぇ。ヴラスタに聞かせたいわ。ところでシウ君、君は幾つなの？」

「今月の終わりで十四歳になります」

「えっ、本当に？」

　とてもそうは見えない。と、書いてあるかのような驚き顔だった。先ほども「小さい」と口にしていたので実際の年齢が気になったのだろう。が、たとえ十歳だろうと二十歳だろうと、やらなければならない仕事は平等にある。もちろんスザナにもだ。

　彼女はハッとしたあと、シウの動きっぱなしの手元を見て急いで仕事に戻った。

　生徒会室に続々と差し入れが届く。ティベリオからだけでなく、オリヴェルや教授陣からもだ。それらはティベリオの家の者がテーブルセッティングして並べてくれた。生徒会室が臨時のサロンになったかのようだった。

シウも超一流店の子牛のシチューを楽しんだ。

食事は良い休憩になった。皆のやる気も上がり、サクサク進む。とにかく今日中に金銭関係だけでも終わらせたい。それがティベリオの目標である。

売り上げの一部は神殿に寄付する予定だ。割合に応じてで、残ったものは各クラスに返却される。活動費に充てるなり打ち上げに使うなり、それは自由にしていい。金銭のやり取りが生じていることから念のためチェックしている。もし間違って多めに受け取っていたら、相手を捜し出して返金しなければならない。業者への支払いもある。後ろ暗い部分がないかを含め、厳しい目で二重三重にチェックを続けた。

最後に写しを取ったところで仕事完了だ。

「うん、終了だね。細々した処理は明日にしよう。寮組男子、君たちは女子を護衛しながら帰ること。いいね」

ティベリオの指示に男子が「はい！」と小気味好い返事だ。プルウィアも寮組なので帰っていった。

「さて、自宅組はこの後どうする？　予約している店があるけど行くかい？」

寮組がいなくなった途端にティベリオが笑顔でウインクする。そのお茶目な姿に残留組の大半が手を挙げた。

女子は遅いからと帰る方を選んだ。というより、この時間からだと「紳士の時間」になるようだ。彼女たちはティベリオの家の者たちが停留所まで送り届けた。

第六章

お騒がせの聖獣様

「シウも来るだろう？」

「いいんですか？」

聞き返したのは「紳士の時間」だと聞いたからだ。貴族の男性が食後にお酒を飲んだり煙草を楽しんだりする、大事な時間のはずである。そこにシウのような庶民が割り込んでいいものか。その上、シウにはないだろうか。その上、シウにはフェレスがいる。クロとブランカはまだ幼獣だからいいとして、騎獣は入れないのではないだろうか。

ティベリオに抜かりはなかった。

「もちろん来てくれ。個室にしたし、僕が懇意にしている店なんだ」

そう言われると断れない。シウはティベリオの馬車に同乗させてもらった。


馬車は中央区の、貴族街に近いところで止まった。落ち着きのある店でレストランというよりはバーに近い雰囲気だ。

子供のシウでは断られそうな店構えに見える。もちろんそんなことはなく、ティベリオの後に続くシウにも丁寧だった。丁寧さは他でも発揮されていた。

廊下が入り組んでいるので不思議に思っていたら、客同士がかち合わないよう複数のルートを用意するためだった。顔を合わせたくない相手が来ていても、これなら無理に挨拶しなくていい。なるほど、ティベリオが懇意にするはずだと、シウは感心した。

店に集まったのは男子生徒ばかり、かつシウ以外は成人している。全員がお酒を頼んだ。

給仕係はシウにだけ、アルコールの入っていないお子様メニューを見せてくれた。それはフェレスの分を頼むために使った。本獣に聞いてみるとオレンジがいいと言うので注文する。シウはせっかくだから林檎酒にした。ジュースで多めに割ってほしいと頼んだので、ほぼジュースと言えそうだが、どのみちお酒に酔える体質ではない。美味しければ良かった。

給仕係は注文を取った後、またすぐに戻ってきた。手には毛布だ。寝ているブランカに気付いて持ってきてくれたのだった。シウは空いているソファを借り、毛布を丸く形作って敷いた。そこにクロがサッと入り込む。そしてパタンと横になった。

「あれ、眠かったの？」

返事はない。もう寝ている。シウは笑って、フェレスの上にいたブランカを抱き上げた。毛布の上に並べると、見ていたらしい誰かが「可愛いなぁ」と口にする。

「本当だ。二頭とも寝ちゃってるね」

「シウ、フェレスはまだ大丈夫なのかい？」

「はい。まだもう少しは起きていられます。でも、彼は戦闘になったら徹夜もできますし、案外タフですよ」

「ええ、すごいな。とてもそんな風には見えないのに」

フェレスは普段は愛らしい姿で愛嬌を振りまいている。そんな彼に戦闘という言葉は似合わないのだろう。しばらくの間、フェレスや騎獣の話題で盛り上がった。

第六章

お騒がせの聖獣様

途中で数人が、煙草を吸いたいと別室にあるスモーキングルームへ行った。ところがすぐに戻ってきた。

「本物の紳士たちが陣取っていたよ。若者が来るところじゃない、ってさ」

肩を竦めて苦笑いだ。それから、文化祭の話題に移った。

「それにしても今日は大変だったね」

「今日だけじゃないさ。昨日も、いや、準備段階から忙しかった。まあでも、楽しかったかな。充実した日々だったかも」

「皆の意見を知りたいね」

「生徒の意見はまだ多くないけれど、評判は上々のようだよ」

「発表の場が研究会だけでないというのが良かったらしいね」

「やっぱり一般の人にも何をやっているのか知ってもらいたいよな。そうそう、魔道具開発の生徒が興奮していたんだ。使う側の意見を生で聞けて良かった、ってさ」

「ああ、それは俺も分かる。冒険者と直に話ができたことで、彼等にとって何が必要な魔法なのかが分かったんだ。魔法の技術を上げるために時々ギルドの手伝いに行っていたから、そういう情報は助かるんだよな」

「そういう意味では、シウは現場で実践しているわけだから先駆者じゃないかい？」

ティベリオがシウの名を出したので、皆の視線が集まった。

「冒険者をやっているって噂は本当だったのか」

「飛行板のこともじゃないか？」

「ああ、噂のあれか！」

一人がシウをまじまじと見る。飛行板は貴族の間にも広く知られているようだ。

「乗ってみたいんだよなぁ。でも街中の飛行が禁止って聞いて、諦めたんだ」

「だったら、あれはどうだ？　歩球板だったか。あれもシウが作ったんだよな」

シウが「はい、そうです」と答えるのに被せて、別の生徒が興奮した様子で話し始めた。

「それ、知ってる！　生産クラスに面白い魔道具があるって誘われてさ。どれもこれも面白いし楽しい。その中でも君の歩球板は本当に楽しかったよ。順番待ちが大変だったけどね。あれは癖になる」

「僕も見た。人が多くて試せなかったんだ。確か、競技用もあるんだろう？」

「はい、そうです」

「へぇ、だったら僕もそれを買ってみようかな？」

「他にも動く人形があったよね。妹に買ってあげようと思うんだ。きっと喜んでくれる。うん。そう、そうなんだよ。文化祭、楽しかったな」

生徒の一人がしみじみと口にする。

「忙しかったけどね。これも経験だと思えたし、充実していたな」

「勉強にもなった。書類仕事もだけど、文化祭自体もさ」

「面白い発想の催事もあれば、つまらないところもあったね。特に初年度生は、どの授業

を取るかの良い判断材料になったんじゃないかな」

「上級生にだって助かるよ。先生の指導力がよく分かるからね。どの院に進むか、悩まなくて済む」

「そうだな。総じて、良かったと言える」

「いや、楽しかったよ。うん。またやりたいな」

誰かの言葉に、ティベリオが笑顔を見せる。

「やればいい。君たちには来年があるじゃないか。次の生徒会長が仕切って、またやればいい」

皆が顔を見合わせた。誰ともなく静かに笑いお酒を飲む。それぞれの頬が緩んでいた。

エピローグ

He is wizard, but social withdrawal?

Epilogue

草枯れの月、最後の週末はお菓子の大会が開かれた。商人ギルドが主催したものだ。

全国菓子博覧会と銘打ってはいたが、宣伝時間が短すぎた。参加者は王都の料理人だけだ。観客も、王都とその周辺の街からしか集まらなかった。それでも珍しい催しだと、大いに盛り上がった。

なにしろ、一つの場所に多くの店舗が集まって菓子が売られる。眺めるだけでも楽しいし、吟味して買えるのもいい。どの店が良かったのか、各部門ごとに投票する催しもあった。観客も参加できるとあって応援の声にも熱が入る。

また、料理人が観客の前で実際に作ってみせるという競技もあった。作るだけではない。実際に観客にも振る舞われる。その総合得点を競う。これが大会の目玉でもあった。

ブラード家のリランも出場した。彼は装飾部門で一位を取った。そう「お菓子の家」でだ。堂々の一位である。以前「お菓子の家を作ったのは自分たちだ」と騒ぎ立てた有名店は、上位にすら入らなかった。

初回だった大会には失敗もあったが、文化祭と同じで皆の顔には笑顔が見えた。

失敗は次回に生かせばいい。そんな話を、シウは何故か連れていかれた「商人ギルドの打ち上げ会」で聞かされた。

そして、シウは十四歳になった。この国でも誕生日を特別に祝う習慣はない。ひっそりと誕生日は過ぎた。来年、成人の際にはスタン爺さんやエミナが祝ってくれるだろう。シ

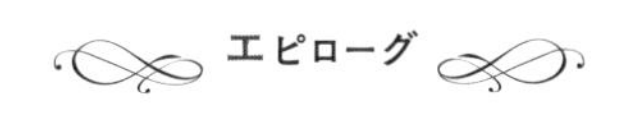

エピローグ

ウはなんとなく想像し、恥ずかしくなった。それらの想像を脳内から追いやる。

それより年末の予定だ。

今年のシウは忙しい。前倒しで年末の休みを取るため早めに休暇届も提出した。ところが、ヴァルネリやレイナルドの引き留めにあった。

ヴァルネリは「冬休みでさえ一月（ひとつき）という長さなのに、その上まだ二週間も休むのか」と会えないことへの抗議だ。

レイナルドの場合は「アスレチック場、良かっただろ？　訓練にもいいぞ？」と、常設で施設を設置しようとする目論見にシウを巻き込みたいからだった。

レイナルドの方には「やりたいならまず自分で企画書を立て、学校の許可（きょか）を取ってください」と返し、その後は一切相手をしなかった。

ヴァルネリは子供の駄々と同じだ。子供ではないのでたちが悪い。彼には優秀な秘書がいるのだから、シウは何も反応せずに過ごした。どのみち、ヴァルネリの思考はあちこちに飛ぶ。やがてシウの休暇についても忘れたようだった。


他に特筆すべきはリュカの話だ。彼はとうとう師事する相手を見付けた。

実際に学ぶのは年明けからになる。その前に、彼は何度も面談を繰り返した。

リュカが選んだのは「怖い顔の人」だった。弟子の子供が十人近くいて、半数が養護施設から来ている。リュカはその子たちとも顔を合わせた。誰もリュカを差別しなかったそうだ。彼等には過去に同じ境遇の子と知り合う機会があり、更に言えば、その子供はとても優しい子だったという。年下の子を可愛がり、面倒もよく見た。

子供たちはリュカの中に同じ優しさを見付けたようだ。あっという間に仲良くなったという。付き添っていたソロルはおろか、話を聞いたロランドまで涙ぐんだとか。

シウやスサたちは、リュカと同じように喜んだ。年明けが今から楽しみだった。

その前に、シウには大事な予定がある。

ガルエラドに誘われ、彼の故郷、竜人族の里に行くという予定だ。

特別書き下ろし番外編

リュカと師匠

He is wizard, but social withdrawal?

Extra

その日、リュカは薬師ギルドに来ていた。ソロルも一緒だ。馬車を降りてからずっと緊張していたリュカは、ソロルが自然と手を繋いでくれたことにも気付かないでいた。

「先日お約束しておりました、ブラード家の者です。ギルド長にお取り次ぎ願えますでしょうか」

ソロルが受付の女性に話し掛けると、彼女の視線が自然とリュカに向かう。リュカはドキリとして手を強く握った。その時に初めてソロルと手を繋いでいる事実に気付いた。

「ソロルお兄ちゃん……」

「大丈夫だよ」

笑顔のソロルに促され、リュカは受付台におそるおそる視線を戻した。女性はリュカを見て微笑んだ。

「面談の件ですね。お待ちください」

そう言うと、背後の壁に取り付けられた伝声管の蓋を開ける。

「ギルド長、ブラード家の方々がいらっしゃいました。応接室にお通ししてもよろしいでしょうか」

相手の声は聞こえない。リュカは初めて見る伝声管に目を丸くした。ブラード家では使われていないからだ。ソロルにこっそり話し掛ける。

「通信魔法じゃないの？」

「あれはシウ様だからだよ。ブラード家でも通信魔道具は数台しか置いてないでしょ。貴族の家には多くの使用人がいるから屋内の連絡には使わないのだって」

「お外とは使うの？」

とは、シウ以外の誰かについてだ。リュカの問いにソロルは微笑んだ。

「僕たち家僕が手紙を持参するんだ。急ぎじゃない限り、基本的には『不格好だから』という理由で魔法を使わないそうだよ。貴族の規則って難しいよね」

リュカが目を丸くする。ソロルはまた笑った。

「シウ様は魔法をいとも簡単に使うからね。僕も最初は驚いていたのに、最近は慣れちゃったなぁ。そう言えば厨房にもシウ様が作った魔道具がいっぱいあるけど、本当はあんなに置いていないそうだよ」

「僕、知ってる！　リランさんが言ってたの。『うちは本当に設備が整っていて最高』なんだって」

「あ、その言い方、リランさんにそっくりだね」

「ほんとっ？」

楽しく話しているうちにリュカの緊張が解れた。ちょうどそのタイミングで受付の女性が伝声管からの返事を受け取った。彼女は振り返ると、ニコリと微笑んだ。

「お待たせしました。どうぞ、こちらへいらしてください」

案内されたのはギルドの二階にある応接室だった。

ギルド長はネストリという名のお爺さんで、作ったような笑顔でリュカに挨拶した。怖がらせないようにと無理をしている。

詳しい話はソロルが代わりにしてくれる。そう気付いたリュカは緊張するのを止めた。だから、リュカはただこの後の面談を受ければいいだけ。事前にシウやロランドが話を詰めていたそうだ。膝の上に手を置き、その時を待った。

やがて、三人の男性がやってきた。リュカの師匠になってくれるかもしれない人たちだ。わざわざ来てくれた彼等に、リュカは頭を下げた。

「あの、えっと、僕のために来てくれてありがとうございます」

「おや、偉いね。ちゃんと挨拶もできる上にお礼も言えるのかい」

「君には事情があるのだから構わないよ」

「ふん。ギルド長との打ち合わせついでだ。子供が気を遣うな」

三人はそれぞれ返事をすると、ソファに座った。

面談は、ネストリの秘書カルアという女性が間に入って進んだ。ネストリは仕事があるといって、部屋の端に置いてあった机で書類仕事を始めてしまった。

リュカはソロルと並び、机を挟んで向かいに三人が座っている。

カルアは三人に「弟子の数は？」だとか「何歳から学ぶ子が多いか」などといった質問を始めた。

一人は「大勢の子が学んでいるよ。学び始める年齢はそれぞれだけど、多くは五歳かな。

小さな子たちは休み時間になると遊び回ってるねぇ」と言った。笑顔が一番多い人でもあった。

一人は「うちは人数を絞っているんだ。その代わり、丁寧に教えられる。一番小さい子は六歳だね。大体その頃から学ばせているよ」と言った。目尻を下げた笑顔だ。リュカはネストリの笑顔を思い出した。無理をしているような気がしたからだ。

一人は「その時々で変わる。俺のところは来るもの拒まず去るもの追わずだ」と言った。そして「何歳から始めようと変わらん。二十を過ぎて門を叩く者もいる」とも言う。笑顔はなく、怖い顔の人だった。

その後も質問は続いた。大事な質問もあった。たとえばこうだ。

「種族差別をするような弟子はいますか？　その場合はどう接していますか」

笑顔の人は「薬作りに種族は関係ないんだ。そのことを懇々と諭し、分かってもらうよ」と微笑んだ。何も知らない子供たちが多いから、師匠はそうした常識も教えるのだと説明する。

作った笑顔の人はカルアに向かい「子供の礼儀作法や常識については親に任せている」と答えた。そして「こちらはあくまでも薬作りを教える立場だからね。そもそも、お客様に対して失礼な真似をするような子供は引き受けられない」と付け加える。

怖い顔の人は「そりゃ、いるだろうな。だが、差別ってのは種族問題に限らん。どこにでもある。一々教えてられるか。だから見付けたら拳固だ」と拳を握ってリュカに見せた。

カルアが眉を顰めたけれど、リュカは何故か怖いと思わなかった。

それぞれと個別の面談も行われた。ソロルは部屋にいたけれど、横には座らない。彼は立って見ているだけだ。リュカは緊張しながらも三人と話をした。

笑顔の人は弟子が多いためか、子供の扱いに慣れているようだった。明るい笑顔で子供たちの面白い話をしてくれる。リュカも笑顔で聞いた。

作った笑顔の人は、薬作りがどれだけ大変なものかを語った。手順を守らねば、せっかくの素材たちが無駄になる。真摯に取り組める弟子でなければならないと話す。手を抜くなど論外で、言われた通りに動かない子も困ると言う。リュカは神妙な顔で頷いた。

怖い顔の人はあまり喋らなかった。むっと口を引き結んでいるから、リュカはドキドキしながら開くのを待った。けれど、もしかすると自分から話さないといけないのかもしれない。そう思って口を開きかけたら「俺のところに来たら甘やかさないぞ」と言われた。ビックリしたけれど、リュカはやっぱり怖くなかった。

ふと、夏に獣人族の里で遊んだ時のことを思い出す。

ミルトの祖父が時々子供たちのところにやってきては「危ないぞ！」と注意した。子供の中には「怖い」と言って震える子もいたけれど、リュカは何故か平気だった。

遊んでいるうちに些細なことが原因で喧嘩に発展した時も、ミルトの祖父は目を釣り上げて叱った。リュカも一緒に怒られた。でもその後に皆で「ごめんなさい」をしたら、彼は頭を撫(な)でてくれた。笑顔も何もなかったし、髪はぐしゃぐしゃになったけれど、それが妙に嬉(うれ)しかった。

　なんとなく似ている気がして、リュカは怖い顔の人を見上げた。笑顔はない。けれど、どこにも無理をしている様子はなかった。

　面談が終わると、三人はギルド長と仕事の話を始めた。元々そのために呼ばれていたそうだ。リュカは少しだけホッとした。仕事の邪魔をするのは良くないことだと知っている。迷惑を掛けたくなかった。だから、カルアがギルド内を案内してくれると言い出した時も最初は戸惑(とまど)った。けれど「これも仕事のうちなのよ」と彼女は笑い飛ばした。

　薬師ギルドでは弟子やその希望者が来た場合、手の空いた人が内部を案内するそうだ。師匠を斡旋(あっせん)するのも、薬師たちが学ぶ場を用意するのもギルドの仕事だという。

「他国から来た薬師にこの国で必要な技術を教えるのもギルドの役目ね」

　図書室には薬に関する蔵書が山のように置いてあった。

　ソロルと二人でぽかんとしていると、カルアはリュカの前に大きな本を持ってきた。

「貴重な本もあるのよ。たくさんの魔法を掛けて保護してあるわ。これはね、歴代の薬師たちが丹精込めて作り上げたレシピ集よ。古いものだと、読めない文字もあるわ」

「わぁ」

「翻訳してくれた人や、綺麗(きれい)な文字で写本してくれた人もいるの。でも、薬師たちは一度は自分で原本を読みたいのね。暇を見付けては写しにくるの。一人や二人ではないわ」

「あの、ここも古い文字なの？」

「これはまだ新しいわよ。二十年前かしら。珍しい素材を使っているわね。あなたがまだ読めないのも当然よ。知らない言葉も多いでしょう？」

「……はい」

「知らないことは恥ではないの。それに、あなたはちゃんと知らないと答えられたわね。それってとても大事なのよ」

「そう、なの？」

「ええ。知らないと言えない人もいるの。それを隠して一人で学ぼうとするけれど、正しい答えに進めるとは限らない。一人の力で得られるものは少ないのよ。薬師はね、誰かに教えてもらう方がいい。自分自身での勉強も大事だけれど、師匠に教わる内容はもっと大事なの。仲間とも相談し合えるわ。師匠と弟子制度はとても素晴らしいのよ」

　リュカは以前、シウに言われたことを思いだした。

「……あのね、シウが言ってたの。『僕が知っている知識だけだと偏ってしまう。たくさんの人の考えを知った方がいいんだよ』って」

「まあ。素敵ね。彼らしいわ」

「僕、本当はシウに教えてほしいなって思ってたんだ。だって、シウはすごいんだよ。なんでもできるの。格好良いし、シウみたいになりたいなって」

リュカと師匠

「ええ」

「でも、僕はシウみたいになれない。魔力もないもん。だからダメなのかなって考えたんだ。だけど、違うんだよね？」

カルアは微笑んだ。

「ええ。彼はあなたの、どうすれば一番あなたのためになるのかを考えてくれたのね。彼が学んだ方法が、あなたに合うとは限らない。そう、たとえば今日、あなたは三人の薬師と面談したわね」

「うん」

「三人とも、素晴らしい薬師たちよ。実績もあるわ。だけど、面談してどう感じた？」

「どう……？」

「あなたに合う人はいたかしら」

リュカは首を傾(かし)げた。まだ分からない。どこを見ればいいのかも、何を聞けばいいのかも分からなかったから、ただただ流されるままに面談を終えた。

そう、リュカは自分から質問することすらできなかった。

「シウ殿の作る薬はすごいの。でも、薬師の一人が確認した時に『同じものを作れるとは思えない』と話していたわ。たとえば彼に弟子がいたとしましょう。とても丁寧に教えてもらっているのに、どうあっても同じものが作れない。そうなったら、心が折れるかもしれないわ。心が折れるってね、自分には作れないと全てを諦めてしまう気持ちのことよ」

「あ……」

「あなたが『シウみたいになれない』と感じた気持ちに似ているわね？」

「うん」

「シウ殿の勉強法はきっと彼に合った方法ね。お爺様に厳しく叩き込まれたと聞いたわ。それはシウ殿だから耐えられた。でも彼は、あなたには違う方法で学んでほしいと思ったの。同じ方法では教えられないと感じたのかもしれないし、もしかしたら厳しく教えることであなたに嫌われるのを恐れたのかもしれないわね」

「えぇー」

カルアはまた笑った。そして屈んだ。目線を合わせて、リュカの手を取る。

「学ぶ方法は無限よ。焦る必要はないわ。三人のうち、誰があなたに合うのかをじっくり見極めたらいいの。厳しいと感じても、家に帰ればシウ殿が甘やかしてくれるわよ？」

「うん！」

そう言われると途端に嬉しくなった。リュカはとびきりの笑顔で頷いた。きっとシウはカルアが言った通りにリュカを甘やかしてくれるだろう。

リュカは来た時とは違って楽しい気持ちでギルドを後にした。そこでミルトとクラフトに気付いた。二人はリュカを心配して来てくれたらしい。

そして校外学習だと言ってカフェに連れて行ってくれた。そこで面談の話をすると、笑顔の人を選んだらいいのではと勧めてくる。ソロルが「あの人は子供の扱いに慣れていたね」と添えたのもある。ソロルは優しくて明るい人の方がリュカに合うと考えたようだった。クラフトは厳しそうな残り二人の師匠ではリュカが辛いのではと思ったらしい。だから三人ともが笑顔の人を薦めたのだ。

リュカは「まだ分からないの」と戸惑いながら答えた。カルアもじっくり考えたらいいと言ってくれた。だから、もう少し考えてみる。

シウに話した時も、自分の中で全くまとまっていない言葉をただ出しただけだった。相談とも言えぬ相談だったのに、シウはリュカの話を真剣に聞いてくれた。

だからだろう。シウはリュカの中にあった答えへの道を見付けた。そして、実際に働く姿を見学させてもらえばいいと助言もくれる。更にシウは、

「もし合わないなって思ったら、また別の先生に頼めばいい」

とも言った。無理はしないでいいと念を押す。

シウも、リュカと合う師匠が現れるまでゆっくり考えればいいと思っているのだ。

リュカは気付いた。カルアの言った通りだ。シウはリュカを甘やかしてくれる。でもそれではダメなのだと、幼い心でも分かった。

頑張ろう。

面談の前はとても緊張して怖かった。けれど、多くの人の助けがあって無事に終えられれ

た。きっと大丈夫だ。できなかったことができるようになっている。

リュカは自分一人でも学べるだろう。それ以外の、自分一人だけではできないことを支えてもらうため、師匠を探す。そう決心したら力が湧いてきた。

リュカはその日、ワクワクした気持ちで眠りに就いた。

次の日、リュカはまずソロルに話をしてからロランドに時間を取ってもらった。

「見学したいの。あ、えっと、です」

リュカが自分から薬師の作業場に行きたいと言い出したのは、ロランドにとって驚きだったようだ。目を見開き、それから涙を堪えるような表情で頷いた。一緒に聞いていたスサたちも頷いている。

「分かりました。お願いしてみましょう。ソロル、手紙を持っていってもらえますね？」

「はい！」

「わたしたちはリュカ君の応援をします！　そうだわ、見学の時に着ていく服も決めませんと！」

「付き添いは誰がいいかしら。そうだ、差し入れのおやつを持っていくのも大事よね」

「リランさんにお願いしましょう」

✦特別書き下ろし番外編✦

リュカと師匠

皆が騒ぎ出すのでリュカはぽかんとしてしまった。

見学は、面談してくれた三人全員にお願いした。たくさんの人の考えを見てみたいと思ったからだ。忙しかったらどうしよう、仕事の邪魔になるのではと考えたリュカだったけれど、弟子希望者の見学はほぼ受け入れるものだと聞いてホッとした。

順番にお邪魔し、また面談もしてもらった。

子供たちの勉強の進み具合や、作業の様子も見せてもらう。

それぞれに良さがあった。そして合わないと感じる場面もあった。

笑顔の人のところでは、皆が明るく楽しそうだ。ワイワイガヤガヤと常に騒がしい。そのせいか、勉強の進みは遅かった。作業の手順も時々間違っている。その分を、成人した兄弟子らが補助しているようだ。残業になることもあるという。でも、誰もそれを嫌だなと思っていない。楽しい雰囲気が好きだと笑い、少々忙しくても平気なのだと教えてくれる。

作った笑顔の人は、時間割通りに勉強を進めていた。かなりペースは速いが、付いていけない子にもちゃんと補習の時間が作られている。しかし、全員が住み込みだ。息抜きが難しそうだった。もちろん、兄弟子らが目を配っており、厳しいだけでないのは分かる。また、持病の薬を取りに来た人が「ここの店の薬はばらつきがない。だから安心して毎日飲めるんだ」と話しているのを聞いた。

怖い顔の人の弟子は十人ほどだった。半数が近くにある養護施設から来ているという。全員が通いで、他に仕事を持つ子もいた。だから来られない日もある。そのため各人に勉強ノートが配られ、それぞれで進み具合が違った。大抵は兄弟子が教えるようだ。時々師匠がやってきて説明に補助を加え、間違っていれば指摘する。師匠は付きっきりではない。薬作りの作業は、弟子たちが横で眺めて覚える。ただ、聞けばちゃんと答えてくれるそうだ。師匠は言葉が少ないらしい。


リュカの気持ちはほとんど決まっていた。最初からたぶんそうだった。

でも、じっくりと考えてみたい。

だから、二度目の訪問をお願いした。怖い顔の人、師匠候補にそう頼んだ。

「構わん」

素っ気ないけれど、リュカは怖いとは思わなかった。

二度目に顔を出した時、弟子の子供たちはもう仲間だと思ったのか話し掛けてきた。最初は猫を被(かぶ)っていたようだ。

「ねぇねぇ、リュカは何の獣人族になるの？　あたしは熊が格好良いんじゃないかって思うの」

「僕は薬は苦いから嫌いなんだ～」

「その言い方だと彼が困るでしょ！　飲みやすい薬を作りたいから勉強していると言いな

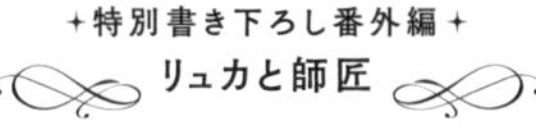

さいよ」

皆が一斉に話すものだから、リュカは呆気に取られた。

実は他の二つの作業場では誰も話し掛けてくれなかったのだ。それに数人とはいえ嫌な視線もあった。「ねぇ、あの子もしかして」と小声で話していたから、リュカが複数の血を持つ種族だと分かったのだろう。

しかし、ここでは違った。嫌な目もなければ変なことも言われない。気になることはハッキリ口にする。

リュカは自分からも積極的に話そうと頑張った。

「さっきの葉っぱの下処理、あの、上手だったね」

「おっ、そう思う？　やっぱ俺の凄腕が分かるんだな」

「調子に乗らないの！　あなたも煽てないでね」

「ち、違うよ。僕、本当に上手だって思ったんだ」

「……そうなの？　だったら、あたしの作業はどう見える？」

見せてくれた方法は初めて見るものだった。リュカは正直にそう答えた。その上で、シウの手捌きを思い出しながら女の子に説明する。

「えっとね、僕の知っている人は、葉を精製水に浸してたんだ。だから、するっと取れたんだよ」

「水に浸しちゃうと成分が溶けてしまうでしょう？　だから炙って葉脈を取り出すのよ」

「えっと、それは葉の縁の成分で、だから――」

しどろもどろになっていると、師匠候補の男性がいつの間にかやってきていた。

「どちらも間違いじゃない」

「あっ、ししょーだ！」

「師匠、急ぎの納品仕事もう終わったんですか？」

子供たちが集まると、師匠候補がそれぞれの頭の上に手を置いた。

「終わった。さっきの方法は、作る薬によって違う。リュカ、精製水に浸した時に作った薬が何か分かるか？」

「か、痒み止めだった！　えっと、護衛の人が水虫になったからだって言ってたよ」

「そうか。なら、その方法がいい。炙るのは、毒蛾用だ。同じ薬草を使っても、作る薬によって下処理は変わる。素材の組み合わせもそれぞれだ。覚えておけ」

「はーい」

「そっかぁ。最初に何の薬を作るか言っておかなきゃダメだったのね」

「そうだ」

師匠は最後に、リュカの頭に手を置いた。ポンと叩くような、もしかしたら撫でるような感じで。

リュカが困っている間に、師匠はまた奥の作業場に戻ってしまった。

「ふふ。師匠ったら、リュカのこと気にしてるわね」

リュカと師匠

「そ、そうなの？」

「そうよ。いつもはこんな騒ぎで出てこないもの」

「それか、拳固だよな？」

「あなたが煩いからでしょ」

「煩くねぇよ」

「煩いわよ。あのアンナ姉さんが『あの子は元気が良すぎるわね』って呆れてたぐらいなんだから」

「えっ、マジかよ。嘘だろ」

「アンナさんに言われるってよっぽどだぞ」

数人が一人をからかいだしたが、そのうち遊びに発展した。こうなると全員が煩い。リュカはまた困ってしまった。

それを見た女の子が「あ、ごめんね」と謝る。

「知らない人の話だから分からないよね。あのね、アンナ姉さんって、前に養護施設にいた人なの。そうそう、どうして姉さんを思い出したのか分かったわ。あなたと似ていたからよ」

「僕と？」

女の子はリュカの手を引き、庭の隅に置いてあった切り株の椅子に座った。テーブルもあるがどれもピッタリのサイズだ。子供用に作られている。

「アンナ姉さんはお父さんが人族でお母さんが獣人族だったのよ。お耳が片方だけ垂れて可愛かったの」

女の子はニコニコ話していたけれど、その次の台詞で目を伏せた。

「でもお父さんが病気で死んじゃったんだって。それでね、お母さんがしばらく預かってくださいって連れてきたの。あたしたちは『お耳のお姉ちゃんができた』って嬉しかったんだけど、アンナ姉さんは寂しかったよね、きっと」

「その人、泣いた？」

「ううん。泣かなかったの。我慢してたみたい。あたしが『お母さん、迎えに来てくれるんだって。良かったね』って言ったからかも。さっき、煩い男の子いたでしょ？　あの子なんて『俺、両親も親戚もいねーし』なんて言ったのよ。まあ、たぶん、慰めるつもりだったのよ。でも、普通の子はそんなこと言われたら困るじゃない？」

「う、うん」

「後で施設の姉さんたちに怒られちゃって、反省したの。でね、アンナ姉さんに謝ったら笑って『いいの』って許してくれたんだ。それで頭を撫でてくれたの。すごく優しくて良い匂いがするんだよ。それから、あたしたちアンナ姉さんにいろんなことを教えてもらったの。お父さんは小さな子たちに勉強を教えてたんだって。だから、扱いが慣れてるのね。あたしや小さな子たちといっぱい遊んでくれたの」

アンナは半年ぐらい施設にいたそうだ。その間、母親は「子供を連れて戻りたい」と実

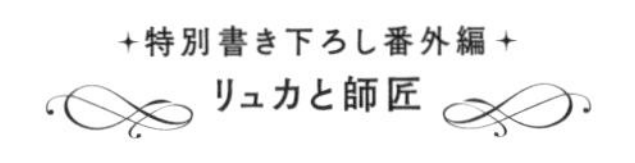

✦特別書き下ろし番外編✦

リュカと師匠

家や里長（さとおさ）に頭を下げて回った。半年というのは、許されるのに要した時間だった。

「お母さんが迎えに来たから、急いでお別れ会をしたの。そしたらね、アンナ姉さん、いつも笑顔で泣いたことなんてなかったのに、すっごく泣いたのよ。もうビックリしちゃった」

その時、アンナの母親が言ったそうだ。

「別れが辛いのね、それだけ良くしてもらったのね。みんな、アンナと仲良くしてくれて本当にありがとう」

そこでようやく、養護施設の子供たちはアンナの泣いた理由を知った。

「それを聞いて、あたしたちも泣いたの。すっごく、いっぱいよ。それでね、あたしたち、アンナ姉さんに大事なことを教えてあげたの」

「大事なこと？」

「そう。あたしたちはもう家族なんだよって。また会えるんだからねって」

「そうなの？」

「だって同じ施設で育ったんだよ。家族だよ。それに、大人になったら働いてお金もいっぱいもらえるでしょ？　会いに行けるよ」

「……うん！」

「でね、いっぱいお金を稼ぐには早くから働く場所を決めておいた方がいいの」

グッと拳を握った女の子は強くて逞（たくま）しく見える。リュカは彼女をすごいと思った。

「あたしは薬師になって名を上げるわよ。名を上げるって分かる？　有名になっちゃうの。師匠みたいに『先生にしか頼めない』って言われるぐらいね！」

「すごいね！」

「そう、すごいの！　お金は稼げるし、有名になったらアンナ姉さんも分かるでしょ」

「うん！」

リュカは嬉しくなって拍手した。すると、女の子は照れた顔で手を伸ばす。

「あなた、良い子ね！　お耳だけじゃなくて、心もアンナ姉さんみたい」

「え、え？　そうなの？」

「そうよ。アンナ姉さんも、あたしの話をいつだって笑わずに聞いてくれたもん。あいつらとは全然違うよ」

あいつらとは、騒がしく走り回っている男の子たちだ。木の枝を持って振り回している。女の子は半眼になって腰に手を当てた。

「薬の素材になる枝なのに！　師匠に見つかる前に止めなきゃ。ね、リュカも手伝って」

そう言うと、リュカの手を取って走り出す。たたらを踏みながらも慌てて追いかける。そのうちに何故か楽しくなってきた。女の子もだろう。怒りながら追いかけているのに顔が笑っている。追いかけられている男の子も楽しそうだ。

リュカが庭の隅で見てくれていたソロルに気付いて視線を向けると、彼も笑っていた。手を振って「がんばれ」と言ってくれる。

「うん！」

もう何が目的で走っていたのか分からなくなった頃、師匠が作業部屋から出てきて怒鳴った。

「お前ら、ちょっとは静かに休憩できんのか！　おい、お前、それは素材だろうが」

それから全員並ばされた。何故かリュカも一緒だった。

「一緒になって走ってたなら連帯責任だ」

そう言って拳固をもらう。

痛いけれど、なんだか嬉しい。リュカが笑っていると、皆が「おい、どうした」「大丈夫なの？」「師匠の拳固が強かったせいだ！」「師匠が悪い」と騒ぎ出す。

リュカは首を振った。

「ううん。あのね、一緒で嬉しかったの。それだけ」

皆はよく分からないようだったけれど、師匠は分かったらしい。

「……あとで、あの保護者と一緒に話を詰めるぞ。いいな？」

怖い顔の人は、この時からリュカの師匠になった。

あとがき

ご無沙汰しております。「魔法使いで引きこもり？」十四巻でございます。今回も最初の方で少し「ひぇぇ」な内容はありますけれど、それも収束に。後半には楽しい話題が盛りだくさんです。楽しい……楽しいかな？　楽しいのは鳥型聖獣のあの人だけかもしれませんね。ともあれ、作者の気持ちは落ち着きました。

暗いシーンやネチッとしたシーンを書いていると気持ちが荒みがちです。そんなわたしの心を癒やしてくれるのが戸部淑先生のイラストです！

毎回わたしは戸部先生を「神かな？」と思うのですが、安心してください。今回も思いました。まず表紙、ご覧いただけましたよね？　レウィスたち希少獣組が本当に可愛いのです。ものすごく細かいところなんだけど、クロがシウを真似てるところも良きです。

口絵も素晴らしかった。怒っているヒルデガルド最高だし（性癖丸出しですみません）プルウィアに抱き締められているシウは面白いし、その時のブランカの顔が「シウの気持ちを代弁している」ようで可愛い。なんだこれ、ホントもう最高すぎる。もちろんリュカが遊んでいるシーン、シウが希少獣と戯れたあとのシーンなど、カラーは特に大変だろうに細かいところまで表現されてあって神以外の何と称せばいいんだって感じでした。

これを書いている段階でモノクロはラフを拝見しているのですが、ラフなのに躍動感溢

あとがき

れるイラストでございます。本当にすごい。戸部先生、いつもありがとうございます！

ちなみに癒やしと言えばモフモフです。割とあちこちで語っているのでご存じかもしれませんが、わたしはモフッとした動物のおしりが好きという業を背負っております。Twitterで流れてくる動物の写真でも特にモフ尻があれば「いいね」を押してますし、そもそも動物園関係のフォロー率も高いです。海洋生物に鳥類も好きなんですけど、モフ尻が一番好きかもしれません。動物園で撮る写真も六割がお尻です。

モフモフじゃない動物はちゃんと資料写真として撮りますので、プラマイゼロ（仕事と趣味の話らしい）。とにかく、癒やしが欲しいと思ったら過去に撮ったモフモフのお尻を眺めたり、友人に集めてくれと募ったりします。また新しいモフ尻に出会うべく、そろそろ動物園に行きたいところ。そして次に繋げられるよう肥やしにしたい。

などと性癖を暴露しているうちに最後となりました。

こうして十四巻が出せたのは応援してくださる皆様のおかげです。特に前巻は事件続きでモフモフ成分が少なかったように思います。それでもお手にとってくださった皆様には感謝の気持ちでいっぱいです。誠にありがとうございます。

また、編集さんをはじめとした本作に関わる全ての方々にも感謝です。

次巻も出せるよう頑張りますので、今後ともどうぞよろしくお願い申し上げます。

小鳥屋エム

魔法使いで引きこもり？14
～モフモフと回る魔法学院文化祭～

2023年3月30日　初版発行

- 著者　小鳥屋エム
- イラスト　戸部 淑
- 発行者　山下直久
- 発行　株式会社KADOKAWA
  〒102-8177 東京都千代田区富士見2-13-3
  電話 0570-002-301（ナビダイヤル）
- 編集企画　ファミ通文庫編集部
- デザイン　モンマ蚕（ムシカゴグラフィクス）
- 写植・製版　株式会社 オノ・エーワン
- 印刷　凸版印刷株式会社
- 製本　凸版印刷株式会社

●お問い合わせ
https://www.kadokawa.co.jp/（「お問い合わせ」へお進みください）
※内容によっては、お答えできない場合があります。
※サポートは日本国内に限らせていただきます。
※Japanese text only

　ISBN978-4-04-737424-9 C0093

朝起きたら探索者《シーカー》になっていたのでダンジョンに潜ってみる

いかぽん
[Illustrator] tef

ダンジョンに潜る、レベル上がる、お金増える!!!

▷▷▷ STORY

現代世界に突如として〝ダンジョン〟が生まれ、同時にダンジョン適合者である〝探索者（シーカー）〟が人々の間に現れはじめてからおよそ三十年。高卒の独身フリーター、六槍大地（むそうだいち）はある朝、自分がレベルやステータス、スキルなどを持つ特異能力者──〝探索者〟になったことに気付く。近場のダンジョンで試行錯誤をしながらモンスターを倒し、得た魔石を換金しながら少しずつ力を得ていく大地。そんなある日、同年代の女性探索者である小太刀風音に出会ったことから彼のダンジョン生活に変化が訪れて──。

月汰元
［イラスト］
himesuz

スキル《ダンジョン生成》を使ったら、最強魔王六人の主になっていた!?

activation
{ Dungeon Generation }

未実装のラスボス達が仲間になりました。

The unimplemented end-stage enemys have joined us!

Author ながワサビ64

Illust. かわく

修太郎と
魔王たちの邂逅は、
デスゲーム世界の
希望となるのか!?
《START: DEATH GAME》
ゲーム内に
閉じ込められた
プレイヤーたちも、
それぞれの思いを
賭けて奔走する!!
The unimpl
mented
end-stage ene
have joined
contract: { BOSS MOB }
The Six Demon Kings
and the Lord of the Dung

STORY

社畜である二重暮人はある日、
神的な存在によって異世界に転移させられてしまう。
いきなり異世界に放り出された暮人であったが、
授けられた空間魔法――転移を使った商売で
すぐに生活を安定させることに成功。
しかし、前世と変わらない仕事ばかりの
日常に徐々に不満を募らせていく。
そんな時、暮人が思いついたのは転移魔法を使った二拠点生活！
のんびりしたい時は田舎で釣りをしたり農業をしたりの自給自足。
飽きれば王都で仕事をしたり、友人と名店を巡ったり。
暮人の充実した二拠点生活の行く末は――？

アラサーがVTuberになった話。

Around 30 years old became VTuber.

とくめい [Illustration] カラスBT

「書籍化不可能」といわれた異色作がまさかの刊行!!!

B6判単行本 KADOKAWA/エンターブレイン 刊

STORY

過労死寸前でブラック企業を退職したアラサーの私は気づけば妹に唆されるままにバーチャルタレント企業『あんだーらいぶ』所属の**VTuber神坂怜**となっていた。「VTuberのことはよくわからないけど精一杯頑張るぞ!」と思っていたのもつかの間、女性ばかりの『あんだーらいぶ』の中では**男性Vというだけで視聴者から叩かれてしまう**。しかもデビュー2日目には同期がやらかし炎上&解雇の大騒動に!果たして**アンチばかりのアラサーV**に未来はあるのか!? ……まあ、過労死するよりは平気かも?

Comment
シスコンじゃん

Comment
こいついっつも燃えてるな

Comment
同期が初手解雇は草

エステルド
バロニア

著：百黒 雅 イラスト：sime

B6判単行本 KADOKAWA/エンターブレイン 刊

最強の魔物国家を統べるは人間の王！

非力な王の苦悩の物語が今始まる!!

STORY

VR戦略シミュレーション『アポカリスフェ』の頂点に君臨する男はある日、プレイ中に突如として激しい頭痛に襲われ、意識を失ってしまう。ふと男が目を覚ますと、そこはゲーム内で作り上げてきた魔物国家エステルドバロニアの王城であり、自らの姿は人間でありながら魔物の王である"カロン"そのものだった。このゲームに酷似した異世界で生きていくことを余儀なくされたカロン。彼は強力な魔物たちを従える立場にありながら、自身は非力なただの人間であるという事実に恐怖するが、気持ちを奮い立たせる間もなく国の緊急事態に対処することになり……!?

特別短編

『王の知らなかった彼女たち』収録！

KADOKAWA

eb! enterbrain

リアデイルの大地にて

目覚めたのは
200年後の未来!?

かつて自らが成したこと、
そして仲間たちの
軌跡を辿る旅の果てに
あるものは——。

STORY

事故によって生命維持装置なしには生きていくことができない身体となってしまった少女“各務桂菜”はVRMMORPG『リアデイル』の中でだけ自由になれた。ところがある日、彼女は生命維持装置の停止によって命を落としてしまう。しかし、ふと目を覚ますとそこは自らがプレイしていた『リアデイル』の世界……の更に200年後の世界!?　彼女はハイエルフ“ケーナ”として、200年の間に何か起こったのかを調べつつ、この世界に生きる人々やかつて自らが生み出したNPCたちと交流を深めていくのだが——。

著:Ceez
イラスト:てんまそ

B6判単行本
KADOKAWA/エンターブレイン 刊

KADOKAWA eb! enterbrain

針子の乙女
HARIKO NO OTOME
針と蜘蛛と精霊で織りなす
幻想的な異世界裁縫
ファンタジー。
［はりこのおとめ］
Zeroki Presents
Illustrated by Miho Takeoka
著＝ゼロキ
Illustration
竹岡美穂
コミカライズ
ヤングエースUPで
絶賛連載中
①～②巻
絶賛発売中！
B6判単行本
KADOKAWA／エンターブレイン刊
KADOKAWA
enterbrain